中公文庫

死香探偵

哀しき死たちは儚く香る

喜多喜久

中央公論新社

contents

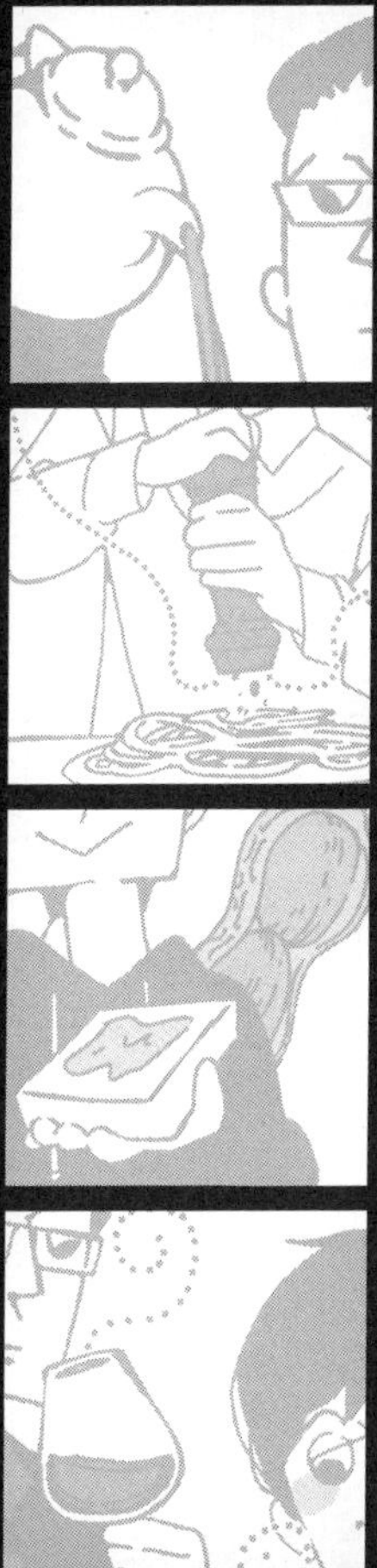

Characters

風間《かざま》由人《よしひと》

東京科学大学薬学部・分析科学研究室の准教授《じゅんきょうじゅ》。長身で誰もが納得する男前。大企業の御曹司《おんぞうし》でもある。分析フェチで、潤平の特殊能力に目をつけ「解明させてほしい」と付きまとう。

桜庭潤平《さくらばじゅんぺい》

童顔の二十六歳。特殊清掃専門の会社〈まごころクリーニングサービス〉でアルバイトをしているうちに、「死香」を食べ物の匂いとしてかぎ取るようになった。

曽根《そね》

警視庁刑事部・捜査一課・第一強行犯捜査・分析研究係。
冤罪《えんざい》を無くすため風間の研究に協力。彼の専任サポート係をしている。

羽賀《はが》 樹《いつき》

〈まごころクリーニングサービス〉で働く潤平の先輩。
茶髪《チャパツ》に垂れ目がちの三白眼《さんぱくがん》とヤンキーっぽいが、気配りのできる人。

月森征司《つきもりせいじ》

元医者。「死香」を花の香りとして感じ取る。
それに取り憑《つ》かれ、自ら患者を自殺に導いていた。

死香探偵

哀しき死たちは儚く香る

第一話

増殖する死は、人知れず香る

1

飯島華子《いいじまはなこ》は、セミの鳴き声で目を覚ました。

カーテンの隙間《すきま》から、薄暗《うすぐら》い室内に朝の光が差し込んでいる。

体をひねり、うつ伏《ぶ》せになって枕元《まくらもと》の目覚まし時計《どけい》を確認する。時刻《じこく》は午前五時四十分。セットしたアラームが鳴るまで、まだ一時間以上あった。

華子は再び仰向《あおむ》けになり、天井《てんじょう》をぼんやりと見つめた。

室内には、花の香《かお》りが充満《じゅうまん》している。昨日開封《かいふう》した芳香剤《ほうこうざい》のものだ。「爽《さわ》やかさと甘《あま》さのバランスの取れたフローラルな香り」という触《ふ》れ込《こ》みの商品だが、鼻の中に強引に入り込んでくるような押しの強さを感じる。ひょっとしたら、タンスの中の服に匂《にお》いが付いてしまっているかもしれない。職場に着ていく服を選ぶ際は注意が必要だ。

窓の外では、ニイニイゼミが盛《さか》んに鳴いている。華子の部屋は二階にあり、庭の桜《さくら》の木は窓の近くまで伸《の》びている。その幹《みき》に止まっているらしいが、鳴いているのは一匹だけのようだ。音の響《ひび》きが弱い。今はまだ七月半ばだ。もう少し季節が進めば、鳴き声は一気に大きなものになるだろう。

必死さの漂《ただよ》う鳴き声を聞いていると、懐《なつ》かしい記憶《きおく》が蘇《よみがえ》ってきた。自宅《じたく》の庭で、父親とセミ捕《と》りをしている光景だ。華子が幼稚園《ようちえん》に通っていた頃《ころ》のことなので、もう五十年近く前になる。

虫取り網《あみ》を構えた父親が、桜の木に止まっていたセミを捕《つか》まえ、得意げに華子に見せてくれる。最初は気持ち悪いと思ったが、父親の指に挟《はさ》まれてじっとしている姿に愛《いと》おしさを感じた。

「どうする？　虫かごに入れようか」

「ううん。戻してあげよう」

「そうか。分かった。悪かったな、ほら」と父親はセミを放した。慌《あわ》てたように空に舞い上がり、セミは庭木の枝の向こうに姿を消した。

父親は虫捕りの名人だった。セミだけではなく、カブトムシやクワガタもよく捕まえていたし、家の中に現れたゴキブリを素手《すで》で摑《つか》んでトイレに流したりもしていた。そんな姿に、「お父さんはすごいなあ」と華子は何度も感心させられた。

華子にとって父親は尊敬できる存在だった。それは今も大きくは変わっていない。

十年前、夫と離婚して一人きりになった華子に、「実家に戻ってこい」と手を差し伸べてくれたのは父親だった。その恩義《おんぎ》があったからこそ、二年前に父親が脳梗塞《のうこうそく》で寝たきり状態になってからも、施設《しせつ》に入れずに自分一人で介護《かいご》してきた。

「……もう、起きてるかな」

ぽつりと独り言《ひとりごと》を口にして、華子は布団《ふとん》から体を起こした。

冷房《れいぼう》のスイッチをオフにして、部屋のドアを開ける。廊下《ろうか》に顔を出して耳を澄《す》ませるが、家の中は静まり返っている。静寂のせいか、階段の踊り場に置いた芳香剤の匂いを強く感じた。

父親は昔から早起きだった。満員電車が嫌《きら》いで、会社勤めをしていた頃は午前六時には家を出ていた。その習慣は退職後も変わることはなく、寝たきりになるまでは早起きして家の前の掃除《そうじ》をするのが日課だった。

まだ六時にもなっていないが、起きていてもおかしくない時間だ。下に降《お》りて声を掛けることにした。

部屋を出たところで、華子は冷凍《れいとう》しているお粥《かゆ》のストックが切れていることを思い出した。父親のために準備しているものだ。

「あー、よかった。今から炊《た》けば間に合うわ」

いつも通りの日常を崩《くず》さずに済んだことにホッとする。

華子は大きく息を吐いてから、ゆっくりと階段を降りていった。

2

「……が聞こえる」

　午前八時四十五分。片側二車線の通りが直交する交差点で信号待ちをしていると、運転席で樹《いつき》さんが呟《つぶや》いた。

「え？　なんですか？」

　訊《き》き返すと、樹さんは伸びた前髪《まえがみ》に隠れかけている三白眼《さんぱくがん》で僕を睨《にら》んできた。最近髪を染《そ》めるのを止《や》めているそうで、先の方は金色なのに、根本は黒い。

「だから、セミの声がするってんだよ！」

「は、はあ……」

「分からねえか？　分かるだろ、潤平《じゅんぺい》よ」

　樹さんがそう言って僕の方に顔を突き出す。

　僕は耳を澄ませた。通り沿いには街路樹《がいろじゅ》が植えられているが、停車位置からは離れている。周りにあるのはコンビニエンスストアや中古車販売店で、木は一本も見当たらない。しかも、車の窓はすべて閉まっている。どれだけ聴覚《ちょうかく》に意識を集中させても、聞こえるのはエアコンが冷気を噴《ふ》き出す音だけだった。

僕は右隣を窺《うかが》った。樹さんは顔をしかめ、歯を食《く》いしばりながらフロントガラスを凝視《ぎょうし》している。うかつに触れたら指先が切れそうな、刺々《とげとげ》しい気配が発せられている。とても、「聞こえませんけど」とは言えなかった。

僕は青色の作業着の襟《えり》を直しつつ、「いよいよ夏本番……って感じですね」と神妙に言った。

「なんで四季《しき》なんてもんがあるんだよ、くそったれ」

樹さんは舌打ちし、信号が青になると同時にアクセルを踏《ふ》み込んだ。といっても加速は丁寧《ていねい》なので不快感《ふかいかん》はない。樹さんの運転技術は一流だ。さすがは、「十代の頃に峠《とうげ》のカーレースで鍛《きた》えた」と豪語《ごうご》するだけのことはある。

僕は前を見たまま、「季節が巡《めぐ》るのが嫌《いや》ですか」と尋《たず》ねた。

「律儀《りちぎ》に暑いのと寒いのを繰《く》り返す必要はないだろうが。春でも秋でも構わねえけど、ずっとちょうどいい気温にしてればいいんだよ。科学《かがく》が発展してるんだから、それくらいのことはやれよな！」

樹さんは法定速度で走りながら、とんでもないことを口走った。『ドラえもん』のひみつ道具じゃあるまいし、そんなことできるはずがない。

しかし、僕は頭に浮《う》かんだ「無理ですよ」の一言を呑《の》み込んだ。

セミの声の幻聴《げんちょう》を聞いたり、小学生でも言わないような無茶を口にしたのは、樹さんが過度のストレス状態にあるからだ。

僕たちは今、割り当てられた作業現場に向かっている。樹さんはほぼ必ず、その日の最初の現場が近づいてくると苛立《いらだ》ち、愚痴《ぐち》をこぼす。そうやって緊張《きんちょう》をほぐさないと、作業に挑《いど》むパワーが湧《わ》いてこないのだろう。

そして、気温が高くなればなるほど、その心理的なストレスは強くなる。容赦《ようしゃ》のない暑さが樹さんにプレッシャーを与え、イライラを増幅《ぞうふく》させているに違いない。僕がこの仕事を始めてから、これで三度目の夏だ。だから、樹さんの心の動きはよく分かる。

しばらく車を走らせ、大通りを離れて路地へと入っていく。僕は余計なことは言わずに、カーナビの画面《がめん》を見ながらルートを伝えることに注力した。

路地を進んでいくと、やがて本物のセミの鳴き声が聞こえてきた。一五メートル先、突き当たりの丁字路《ていじろ》のところに公園が見える。公園内の木で鳴いているようだ。

樹さんの顔つきはますます険《けわ》しさを増している。

丁字路を右に曲がってすぐのところに、二階建ての一軒家があった。玄関《げんかん》が道路に面しており、多肉植物の植えられたプランターが壁沿《かべぞ》いに並んでいる。ここが、今日最初の作業現場だ。

「……着いたな」

助手席の窓を開けて家の周りの様子を確認し、「やっぱり、駐車《ちゅうしゃ》スペースはないですね」と僕は言った。ここには事前に、「先遣班」と呼ばれる下見担当の職員が足を運んでいる。彼らの報告の通りだった。

樹さんは思いっきり舌打ちをして、「めんどくせえな。路駐《ろちゅう》でいいだろ」と憎たらしそうに言う。

「それはまずいですよ。予定通り、道具を下ろしてからコインパーキングに移動させましょう。駐車をお願いしていいですか。僕が先に作業してますから」

そう言うと、樹さんの表情がぱっと明るくなった。

「え、マジでいいのか」

「その方が効率的ですから。本格的に暑くなる前に始めましょう」

「よし、じゃあやるか！」

樹さんはぱんと手を叩《たた》くと、運転席を降りてライトバンの後部へと回った。作業に必要な道具は、リアハッチに積んである。

僕はシートベルトを外し、後部座席に置いてあった紙袋を運転席に移動させた。中から、パリッとした手触りの透明《とうめい》なパッケージを取り出す。中身は、使い捨ての全身用防《ぼう》護服《ごふく》だ。ちなみに僕は身長が一五八センチしかないのでSサイズを使っている。

不織布《ふしょくふ》で作られた白い防護服を袋から出し、破《やぶ》れがないことをざっと確かめてから、ズボンの部分に足を入れる。それから袖《そで》に腕《うで》を通し、ファスナーを鎖骨《さこつ》の辺りまで上げておいて、マジックテープで首元を止める。

フードを被《かぶ》る前に、先にマスクを装着《そうちゃく》する。高性能なフィルターが四枚も使われており、侵入《しんにゅう》してくる匂い分子の九九・九パーセントをシャットアウトすると謳《うた》われている代物《しろもの》だ。

前髪を収めるようにフードを被り、続いて厚手のゴム手袋を両手につけた。指先に滑《すべ》り止め加工が施《ほどこ》されており、ぬるぬるした液体《えきたい》がついても保持力は維持《いじ》される。ずしりとした手袋の重みが、作業に挑む心を引き締めてくれる。

最後に長靴《ながぐつ》に履《は》き替え、僕は助手席を降りた。

樹さんはてきぱきと道具を取り出して玄関先に並べている。柄《え》の長いモップが二本。三〇センチほどのブラシも二本。洗剤《せんざい》の入った緑色の容器は一リットルサイズの大型だ。それと、一〇リットルの水の入ったポリタンク二個と、青色のバケツ。この家はすでに水道が止まっているので、水も自前で準備する必要がある。

「よし、終わった！」

樹さんは僕に親指を立ててみせると、リアハッチのドアを閉めた。さっきまでの不機《ふき》嫌《げん》はどこへやら。可愛《かわい》い仔犬《こいぬ》を見た時くらい目つきが優しくなっている。

樹さんはポケットから出した鍵《かぎ》で、民家の玄関を開錠《かいじょう》した。事前に依頼《いらい》者から送ってもらったものだ。

「じゃあ、僕は作業に取り掛かります。ゆっくり来てもらって大丈夫ですよ」

「そっか。悪いな。じゃ、よろしく」

樹さんは僕の肩《かた》を軽く叩くと、軽快な足取りで車に乗り込んだ。

ライトバンが曲がり角の向こうに消えるのを見届け、僕は玄関に目を向けた。辺りを見回すと、経年劣化《けいねんれっか》で黄色く変色したインターホンの下に、〈三原《みはら》〉という表札《ひょうさつ》が掛かっていた。三原さんは独り暮らしだったそうだ。

手を合わせ、数秒ほど目を閉じてから、僕は玄関の引き戸に手を掛けた。

カラカラという音と共に、粘《ねば》り気《け》を伴《ともな》うような濃厚《のうこう》な匂いが溢《あふ》れ出してくる。これを外に漏《も》らすと、のちのち近隣《きんりん》住人から苦情が寄せられかねない。僕は素早く家の中に入り、引き戸をきちんと閉めた。

そこは、昔ながらの沓脱《くつぬぎ》だった。広さは一・五メートル四方で、廊下との段差は二〇センチ以上ありそうだ。

僕は持参したビニールシートを廊下に敷《し》き、いったんそこに上がった。

改《あらた》めて沓脱を見下ろす。敷き詰められた灰色のタイルの中央に、焦《こ》げ茶色の液体が広がっている。見た目は醤油《しょうゆ》のようなその液体は、人間の肉体を構成していた体液やタンパク質が変質したものだ。それは腐敗《ふはい》すると猛烈《もうれつ》な悪臭《あくしゅう》を放つようになる。

この家に住んでいた三原さんは、ここで亡《な》くなっていた。

直接の死因は、大動脈解離《だいどうみゃくかいり》だった。何かのはずみで血管の内側が破れ、そこに血液が流れ込んで動脈が割《さ》けてしまう病気で、発症すると胸や背中に激しい痛みを感じるという。痛みと戦いながら、三原さんは助けを呼ぼうと玄関にたどり着き、そこで力尽《つ》きてしまったのだろう。その時の心情を想像すると心が苦しくなる。

三原さんの子供や親戚《しんせき》は離れたところに住んでおり、また、近所の住民が訪ねてくることもほとんどなかったという。そのせいで、遺体《いたい》の発見が遅《おく》れたと聞いている。

目の前に残されているのは、三原さんが残した最後の生の痕跡《こんせき》だ。それをこの世から消し去るのが、僕たちに与えられたミッションだ。

僕や樹さんが勤める『有限会社　まごころクリーニングサービス』は、普通《ふつう》の清掃《せいそう》業者が敬遠《けいえん》する、「特殊《とくしゅ》清掃」と呼ばれる作業に力を入れている。ペンキで汚《よご》された塀《へい》や、下水道が逆流して汚れた部屋を掃除することもあるが、一番多いのは人が亡くなった場所の清掃だ。

事件や事故で残った血液や体液などの汚れを取り除き、可能な限り元の状態に近づける――言葉にすればそれだけのことだが、やってみると相当難しいことが分かる。それらの死の残滓《ざんし》は、多くの場合悪臭を伴う。そして、ヒトはその匂いに非常に敏感《びんかん》だ。本能的に危険な場所だと察知できるよう、悪臭成分への感度が高くなっているのだろう。そのため、見た目をきれいにするだけではなく、床や壁、天井に残った匂い成分も除去しなければならず、清掃には高い専門性が求められる。

現場の様子を確認し、僕はさっそく作業に取り掛かった。

沓脱スペースに排水口《はいすいこう》はなく、また家の前にも水を流せる側溝《そっこう》の類《たぐ》いはなかった。ということは、大量の水で汚れを流すような方法は使えないことになる。そこで、まずは汚れをざっと拭《ふ》き取ることにした。

手袋の上から薄手のポリエチレンの手袋を付け、焦げ茶色の液体をペーパータオルで拭《ぬぐ》う。まだ朝とはいえ、今日はよく晴れている。手を動かしていると防護服の中はたちまち汗《あせ》まみれになっていった。

そうして無心に作業を進めていると、玄関の戸が開いて樹さんが入ってきた。

「遅れて悪い」

「あ、いえ、大丈夫です」

樹さんは汚れたタイルを見下ろし、「いい感じで進んでるな」としかめっ面《つら》で言った。声が籠《こ》もって聞こえたのは、口だけで呼吸をしているからだろう。彼はまだ防護服を身につけていない。

「樹さん。ここは狭《せま》いので、最後まで僕がやりますよ。ゴミの回収作業をお願いしていいですか」

「確かに二人だとやりづらそうだけど……いいのか？　ここ、その……かなりキツい方だと思うんだけどな」

「手早くやればなんとかなります。とりあえずマスクをつけてきた方がいいですよ」

僕が促《うなが》すと、「分かった。すぐ戻る」と言って、樹さんはまた外に出ていった。彼の声は弾《はず》んで聞こえた。悪臭と正面から闘わずに済んだことが嬉《うれ》しいのだろう。

僕は小さく息をつき、腰を伸ばすために立ち上がった。

僕が一人での作業を申し出たことに、樹さんは負い目を感じただろう。こんなひどい環境《かんきょう》でよく頑張《がんば》れるな、なんて立派《りっぱ》なやつなんだ、と感心したかもしれない。

だが、僕は別に樹さんに恩を売るために自ら作業を買って出たわけではない。シンプルに、広さ的に一人でやった方が早く終わると思ったからだ。

というかそもそも、僕は死臭がまったく気にならない。普通の人には猛烈な悪臭であっても、僕にはありふれた食材の匂いに感じられるのである。だから、作業をしていても不快感はない。ちなみに今日の現場は、摘《つ》んだばかりの新鮮《しんせん》なイチゴの匂いがする。なお、悪臭ではないので、僕は死臭のことを「死香《しこう》」と呼んでいる。

この奇妙《きみょう》な体質は、特殊清掃の現場で働くうちに自然と身についた。詳しい原理は現在も研究中だが、脳の匂いを解釈《かいしゃく》する部位に変化が生じたせいらしい。

生物にとって死の匂いは、「この場所は危険だ」というサインだ。だから、その場に近寄らないように、嫌な匂いとして感知される。ところが、僕は死の匂いが漂う場所で長時間作業を続けた。そこで脳は「死の匂いが漂っていても安全である」と認識を改めようとした。その結果、悪臭が自動的に食材の香りに変換《へんかん》されるようになった――という説が有力だ。

原因はともあれ、この体質は悪臭の漂う環境で作業を行う上でアドバンテージになる。ただし、そのメリットを帳消《ちょうけ》しにするほどの大きなデメリットもある。それは、「死香を嗅《か》ぎすぎると、食材の方が猛烈な悪臭に変わってしまう」というものだ。こちらも理由ははっきりしないが、おそらくは脳の勘違《かんちが》いということで説明がつくと思われる。死の匂いではなく、食材の匂いの方を「危険だ！」と判定しているらしい。

白米、カツオダシ、バニラ、アップルパイ、ベーコン、チョコレート、セロリ、ニンジン、カレー、バナナ、パン……。

これらは、この副作用によって悪臭と化した食品たちだ。そのせいで、僕の食生活には非常に厳《きび》しい制限が掛かっている。

この状況を改善すべく、僕は分析《ぶんせき》科学の専門家とタッグを組み、死香のメカニズムとその対策の研究を続けている。

研究がスタートしてから、来月で丸一年。少しずつではあるが、着実に成果も出ている。無臭の食材に死香成分をプラスすることで、「もどき」を作ることが可能になったのだ。喩《たと》えるなら、オレンジ果汁《かじゅう》を一切《いっさい》使っていないオレンジジュースのようなものだ。

砂糖水《さとうみず》に酸味《さんみ》成分と香料と着色料を加えれば、オレンジの匂いがするオレンジ色の液体を作ることはできる。この香料が、僕の場合は死香になるわけだ。

今のところ、この手法によって疑似《ぎじ》チョコレートを作れている。今後さらに死香の解析《かいせき》が進めば、再現可能な食材は増えていくだろう。なので、僕はそこまで悲壮感《ひそうかん》を抱くことなく生活を送れている。

まあ、なんだかんだで恵《めぐ》まれていると言っていいのではないだろうか。

そんなことを考えながら、僕はイチゴの香りが漂う沓脱に再び降りた。

3

その日の午後四時半。トータルで三件の特殊清掃作業を終え、僕と樹さんは事務所に戻ってきた。

台東区谷中《たいとうくやなか》の、商店と住宅が混在《こんざい》する地区にまごころクリーニングサービスの事務所はある。三階建ての雑居《ざっきょ》ビルで、事務所は二階を借りている。この間まで一階には理容室が入っていたが、二週間ほど前に突然百円ショップになっていた。突然の変貌《へんぼう》ぶりに、建物を間違えたのかと焦《あせ》った同僚《どうりょう》も多かったらしい。僕もその一人だ。

最近ほとんど見掛けることのないガラスの回転扉を押して中に入る。一階の店舗《てんぽ》への行き当たる。

入口は別にあり、がらんとした四帖《じょう》ほどのスペースを抜けるとすぐに上階への階段に

「今日はマジサンキューな」階段を上がりながら、樹さんが振《ふ》り向いて白い歯を見せた。

「潤平のおかげでめちゃくちゃ楽だった」

「こちらこそ、楽をさせてもらいました」と僕は言った。最初の現場こそ僕が一人で作業を行ったが、残りの二箇所では樹さんがほとんど一人で片付けてしまった。

「まあ、お互い様って感じだな」と笑って、樹さんが足を止めた。「なあ、潤平。よかったら今日、ウチに飯《めし》を食いに来ないか。俺の彼女がお前に会いたがってるんだよ」

樹さんは今月から、交際中の彼女との同棲《どうせい》をスタートさせていた。聞くところによると、知的好奇心が強く、いろいろな情報を積極的に収集したがるタイプらしい。

「彼女さんは僕のことを知ってるんですか」

「いや、そのな……潤平の写真を見せたら、『こんな可愛い男の子がいるはずがない』って言い出してさ……画像を加工してるって疑《うたが》ってるみたいなんだ」と樹さんは申し訳なさそうに教えてくれた。

僕はため息を呑み込んだ。世間一般には「可愛い」は褒《ほ》め言葉として使われているが、僕にとっては侮辱《ぶじょく》でしかない。小柄《こがら》な上に幼い顔立ちをしているので、僕はしょっちゅう女性と間違われている。そのコンプレックスを刺激《しげき》する言葉にはどうしても敏感に

なってしまう。

もやっとしたのは確かだが、彼女さんは悪気《わるぎ》があって言っているわけではないだろう。

僕は気を取り直し、「いいですよ」と言った。「ただ、今日は用事があってダメなんです。また別の機会にお願いできますか」

「用事？　あ、もしかして大学か」

「そうです」と僕は頷《うなず》いた。僕は死香の研究に協力するため、東京《とうきょう》科学大学という大学に時々足を運んでいる。名目上は研究室の秘書ということになっており、勤務《きんむ》は水曜と土曜の週二回。必要に応じてそれ以外の日にも呼び出されることがある。今日は火曜日なので、イレギュラーな用件だ。

樹さんを含《ふく》め、会社の同僚には死香のことを伏せているが、大学でアルバイトをしていることは話してある。なお、僕はまごころクリーニングサービスの正社員ではないので、他のところで働くことに問題はない。

「じゃ、いつなら空《あ》いてる？」

「そうですね。今週なら、木曜か日曜はどうですか」

「日曜にしておくか。俺と違って彼女は月～金の普通の仕事に就《つ》いてるからな」

サクサクと予定を決め、僕たちは更衣室《こういしつ》に向かった。

更衣室にはシャワー室が併設《へいせつ》されている。縦長《たてなが》の部屋に、白いパネルで区切られたブースが三つ並ぶ構造だ。

大学に顔を出す前に、汗で汚れた体をきれいにしておこう。僕は自分のロッカーを開けると、脱いだ服をそこに入れ、腰にバスタオルを巻いた。

先に、樹さんがシャワー室に入っていく。僕はそれを見送り、鏡の前で足を止めた。全身が映る大型の鏡が壁に設置《せっち》されている。

鏡を見ながら、力こぶを作ったり、腹筋《ふっきん》に力を入れてみる。贔屓目《ひいきめ》かもしれないが、以前より筋肉がついているように感じる。

食べられないものが増えるにつれ、僕の体重はどんどん落ちていった。やはり、ご飯ものが軒並《のきな》みアウトになっているのが辛《つら》く、コンビニの惣菜《そうざい》パンや麺類《めんるい》を中心にした生活を送っていた。だが、先日関わった事件の影響《えいきょう》で、とうとう小麦《こむぎ》を含む食事がアウトになった。

そこで僕は一念発起《いちねんほっき》し、食生活の大改造に取り掛かった。現時点で食べられるものをリストアップし、栄養《えいよう》のバランスを考えた献立《こんだて》を組み立て、自炊《じすい》を始めたのだ。

いま僕がメインに使っているのは、鶏肉《とりにく》と卵《たまご》、豆腐《とうふ》やジャガイモだ。可能な限り緑《りょく》黄色《おうしょく》野菜も摂《と》るようにしている。

それに併せて、僕は腕立て伏せを始めた。一日五十回、寝る前の日課に設定している。肉体労働である特殊清掃のためという意味合いもあるが、女の子に間違われないようにしたい、というモチベーションの方が強い。腕に筋肉がつけば、いくら背が低くても女性だとは思われないだろう。

スポーツジムに入会して本格的に鍛えてみようか。そんなことを考えながら自分の体を眺《なが》めていると、バァン！　とドアが開く大きな音がした。

反射的に出入口の方に目を向ける。

長身の男性が更衣室に入ってくるのが見えた。

シックなデザインの黒いスーツに、つややかに光る革靴。オールバックの黒髪と、フレームレスの眼鏡《めがね》。知性を宿《やど》した切れ長の目に、シャープでまっすぐな鼻梁《びりょう》、そして自信に溢れた口元。いつ見ても、隙のない完璧《かんぺき》な容貌だと思う。

辺りを見回していた彼が、僕に目を留める。

「ああ、ここにいたか」

バスタオルの腰巻き一丁という原始人さながらの格好《かっこう》に気恥《きは》ずかしさを感じつつ、「どうも、お疲《つか》れ様です」と会釈《えしゃく》した。「どうして風間《かざま》先生がこちらに……？」

「愚問だな、桜庭《さくらば》くん。迎《むか》えに来たに決まっているだろう。そろそろ帰宅《きたく》時間帯に差し掛かる。仕事で疲れた体に鞭打《むちう》って混《こ》んだ電車に揺《ゆ》られるより、車で移動する方がはるかに楽だ」

風間さんは当然とばかりにそう言い放った。

〝それなら下で待っていればいいじゃないですか〟〝そもそも、事務所は部外者立ち入り禁止ですから〟〝っていうか、来るなら連絡《れんらく》ぐらいくださいよ〟

一瞬にして、僕の脳内に三つのツッコミが思い浮かぶ。

しかし、それらを口にすることは避け、「お気遣《きづか》いありがとうございます」と笑みを返すことを選んだ。風間さんは「我《わ》が道を往《ゆ》く」を体現している人物だ。いったん「こうだ」と決めたら、あらゆる障害《しょうがい》を無視してそれを実行する。僕の知る風間由人《よしひと》はそういう人だ。

風間さんは、東京科学大学の薬学部で准教授《じゅんきょうじゅ》をしている。専門分野は分析科学。そう。彼こそが、共に死香の謎《なぞ》に挑んでいる僕のパートナーだ。多少強引なところはあるが、極めて理知的で思慮《しりょ》深い人物だ。

「すみません、少しだけ待っていただいていいですか。シャワーを浴びてきますから」

「……また痩《や》せたな」

風間さんが僕の胸の辺りを凝視しながらそう呟いた。

「いえ、このひと月ほどは、体重は一定の値《あたい》をキープしてます。無駄な脂肪《しぼう》が減って筋肉が増えたんだと思います」

「筋肉が？　清掃の仕事が忙《いそが》しくなったのか」

「あ、まだお伝えしてませんでしたね。トレーニングを始めたんですよ。本格的に体を鍛えようと思って」

そう打ち明けた瞬間、突然風間さんに手首を摑まれた。そのまま、背中を鏡に押し付けられてしまう。

「あ、あの、先生……?」

戸惑《とまど》っていると、風間さんは鼻の先が触れそうなくらい顔を近づけてきた。

「せ、先生、少し離れてもらえませんか……まだシャワーを浴びてないんです」

風間さんは僕の訴《うった》えを無視して、「いいか」と鋭《するど》い声で言った。「生活習慣を大きく変えることは止めたまえ」

「え? どうしてですか」

「筋肉量を急激に増やすとホルモンバランスが変化し、情報伝達系に影響が出る可能性もある。何かの弾みで香りの感じ方が平常に戻るかもしれないのだ。可能な限り生活習慣を変えないことを心掛けなさい」

風間さんの指示を、僕は「……はい」とおとなしく受け入れた。彼の言い分は正しい。僕の体質には、まだまだ分からないことが多い。少なくとも風間さんに相談してからトレーニングを始めるべきだった。

風間さんは僕の手首をそっと放し、「分かってくれて何よりだ」と微笑《ほほえ》んだ。

「じゃあ、ちょっとだけ待っていてもらえますか。ささっとシャワーを浴びてきます」

「別に私は気にしないが」

「汗の匂いが死香に影響するといけませんから」と僕は言った。これから風間さんの研究室で、死香を扱う作業を行うことになっている。

「なるほど、一理あるな」と風間さん。科学者である彼を説得するには、理屈が必要だ。「マナーとして匂いが気になる」ではなく、「実験に差し障《さわ》る恐《おそ》れがある」と伝えたことで納得《なっとく》してもらえたようだ。

「では、支度《したく》が済んだら連絡をくれるか」

風間さんはそう言い残し、更衣室を出ていった。

と、そこでシャワー室のドアが開き、さっぱりした様子の樹さんが出てきた。

「ん？　どうした、潤平。こんなところで」

「あ、いえ。なんでもないです」とごまかし、入れ替わる形で僕はシャワー室に入った。


東京科学大学のキャンパスは、世田谷《せたがや》区の北端《ほくたん》にある。午後五時四十分。僕と風間さんを乗せた車が、薬学部の建物の前に停まった。外壁がレンガ調のタイルで覆《おお》われた、四階建ての建物だ。

僕は車を降り、「ありがとうございました」と運転手に声を掛けた。運転席には、黒のスーツに白い制帽《せいぼう》というスタイルの、ちょび髭《ひげ》の男性が座っている。風間さんは、運転手付きの黒のレクサスを移動に使っている。

運転手さんはしっかり観察していないと分からないくらい小さく頷き、そのまま車を発進させた。運転手の男性は極めて寡黙《かもく》だ。僕の前ではまだ一度も言葉を発したことがない。

「さて、行こうか。準備はできている」

風間さんが二段飛ばしで玄関に続く階段を上がっていく。実験を始めるのが楽しみで仕方ないといった様子だ。

遅れないように僕も早足で建物に入る。風間さんはすでに、ロビーの奥《おく》にあるエレベーターに乗り込んでいた。

僕がかごの中に入ると、風間さんはすらりと長い指で〈3〉のボタンをダダダと三連打した。

エレベーターが三階に到着すると、風間さんは大股《おおまた》で歩き出した。カツカツという速いビートの靴音を残し、あっという間に曲がり角の向こうに消えてしまう。さすがにあのスピードには追いつけない。僕は普通にリノリウムの廊下を歩き出した。

このフロアには、常に独特の匂いが漂っている。日によって微妙《びみょう》に違うが、今日はパクチーとたくあんを混《ま》ぜたような匂いを感じる。研究室で使っている化学薬品が揮発《きはつ》し、外にわずかに漏れ出ているためだ。おそらく、壁や天井に染《し》み付いてしまっている成分もあるだろう。

これを無臭レベルまで持っていってほしいと依頼が来たら、ウチの会社で対応できるだろうか。付着している成分を推定《すいてい》し、それに効果のある洗剤を使って拭き取るのがベストだが、さすがに範囲《はんい》が広すぎる。十人掛かりでも一日では終わらないだろう。特殊清掃の現場としては、ここは非常にタフな部類に入りそうだ。

考え事をしながら何度も角を曲がっていくと、〈分析科学研究室・教員室〉と印字されたプラスチックプレートが貼《は》られたドアが見えた。この部屋に、風間さんと僕の席がある。

クリーム色のドアを引き開ける。風間さんは中央の黒革のソファーのところにいた。ソファーの前にあるガラス製のテーブルに、試験管《しけんかん》を収めた金属製のラックがいくつも並んでいる。試験管の数は五十本以上あるだろう。その一本一本に、識別用の番号が書かれたシールが貼ってある。

「これは、風間先生が全部……？」

「ああ、そうだ。都内のみならず、埼玉《さいたま》や千葉《ちば》、神奈川《かながわ》に範囲を広げてサンプルを採取《さいしゅ》してきた」

風間さんは誇らしげにそう答えた。パッと見たところ、プラスチック製の試験管は空《から》のように思える。しかし、その中には「遺体があった場所の空気」が入れられている。

つまり、いま僕の前には数十種類もの異《こと》なる死香が並んでいることになる。

これらを嗅ぐために、僕はこうして風間さんの研究室にやってきた。その作業の目的は、ご飯に似た死香を探すことだ。

食品への嫌悪感《けんおかん》を消すためには、死香の成分を正確に理解する必要がある。そのため、ご飯の死香がなければ始まらない。ところが、ご飯が食べられなくなったのは、風間さんと出会う前のことだった。そのため、原因となった清掃現場の空気を入手することができなかったのだ。

そこで風間さんは、多数の「死のサンプル」を集めることを思いついた。

基本的に、死香は死者の数だけある。現場によって死香は異なるが、年齢《ねんれい》・性別・死因・遺体の腐敗状況などの条件が一致《いっち》すれば、死香が似た香りになることが分かっている。つまり、探し回ればご飯の死香が見つかる可能性もあるということだ。

ご飯克服《こくふく》までの道のりはまだまだ遠いが、動き出さないことには絶対ゴールにはたどり着けない。非効率なのは承知の上で、死香を集めては嗅いでいるというわけだ。

「じゃあ、始めていきますね」

「よろしく頼む」と、風間さんは向かいのソファーに座った。膝《ひざ》の上にはノートパソコンを載《の》せている。僕が嗅ぎ取った死香の種類を書き留め、分析に活用するためだ。

「一本目、行きます。番号は０１２４です」

僕は手前にあったラックから試験管を引き出し、キャップを開けてすばやく鼻を近づけた。空気が逃《に》げないようにすぐに蓋《ふた》をして、目を閉じて嗅覚《きゅうかく》に意識を集中させる。

「果物《くだもの》系ですね。甘さの中に、鼻の粘膜《ねんまく》に引っ掛かるような青臭さがあります。苦味《にがみ》……というより、えぐ味ですかね。なので、うーん、一番近いのはイチジクかなと思います。完熟《かんじゅく》前の、木からもぎ取った直後のものです」

僕は幼い頃の記憶を思い出し、そうコメントした。昔、実家の庭にイチジクが生えていたのだ。僕の感覚を文章に落とし込むため、微妙な違いにこだわって表現するように心掛けている。

作業自体は一本あたり一分ほどで終わるが、集中力が要求されるので結構疲れる。とはいえ、手を抜いて「やっつけ」で済ませるわけにはいかない。僕は集中を切らさないように、余計なことを言わずに死香を嗅ぐ作業を続けた。

淡々《たんたん》と匂いを報告し続けること三十分。この日の二十五本目の試験管の死香を嗅ぐと同時に、「これ、ご飯の匂いがします！」と僕は大きな声を上げた。

「ついに来たか」と風間さんが立ち上がる。

「あ、でも、主成分ではないです」と僕は言った。より強く香ってくるのは、ミルクティーの死香だった。その背後にご飯の死香が漂っている。つまり、このサンプルには二つの死香が混ざっている。

感じたままを説明すると、「二つの死香か」と呟き、風間さんは傍《かたわ》らに置いてあったファイルを手に取った。

「現場は武蔵野《むさしの》市のマンションだな。警察から提供された情報によれば、亡くなったのは一人暮らしをしていた六十三歳《さい》の男性で、死因は吐物《とぶつ》を喉《のど》に詰まらせたことによる窒《ちっ》息《そく》となっている。亡くなったのは十日前……七月十四日の深夜だ。遺体が発見されたのは、死亡《しぼう》推定時刻のおよそ半日後。無断欠勤した彼を心配し、様子を見に来た勤務先の店長が通報者になっている」

「その情報からは、他の死の関与があるかどうか分からないですね」

僕は、かなり薄い死香でも感知することができる。遺体に近づいた人が現場に立ち入った場合や、別の場所の遺体の近くにあったものが持ち込まれた場合でも感じ取れる。二つの死香が混ざっているからといって、連続殺人だと断定できるわけではない。

「桜庭くんの言う通り、原因は現時点では不明だ。だが、主成分ではないとはいえ、米の死香が混ざっているというのは非常に興味《きょうみ》深い。精査《せいさ》が必要だろう」

「そうですね」と強く頷き、僕はその試験管を丁寧にラックに戻した。「じゃあ、死香を嗅ぐ作業に戻りましょうか」

いったん気持ちをリセットし、僕は次の試験管に手を伸ばした。さっきの香りのイメージを消し去り、フラットな状態で匂いを嗅ぐ。

「――え？」

死香が鼻に入った瞬間、僕は思わず声を出していた。

最初に感じたのは、つんとした酸《す》っぱい風味だった。少し遅れて、瓜《うり》の香りがやってきた。ぱっと頭に浮かんだのはキュウリのピクルスだ。ただ、その香りの奥に別の死香が感じ取れる。隠れているのは、さっき感じたのと同じご飯の香りだった。

ひょっとすると、ご飯の匂いの印象が頭に――というか鼻に残っていたのかもしれない。僕は深呼吸を数回繰り返してから、改めてピクルスの死香を嗅ぎ直した。

だが、結果は同じだった。間違いなく、ご飯の死香が混ざっている。

「どうした？」

風間さんの表情が鋭さを増していた。僕の様子に異変を察知したのだ。

僕は試験管をラックに戻し、小さく息をついた。

「……こちらも、ご飯の死香が感じられます」

風間さんがすかさず資料を確認する。

「そちらのサンプルも、同じく武蔵野市の現場で採取したものだ。七十五歳の男性が自宅の階段で転倒し、脳挫傷《のうざしょう》で亡くなっている。事故が起きたのは六日前だな」

「地理的には近いですね。それに時期も」同じ市内に現場があり、しかも亡くなった日時は四日しか離れていない。「両方の現場に立ち入った人がいたのでは？」

「私の採取ミスという可能性もある。それらは同日に採取したものだ。白衣《はくい》に付着した米の死香がコンタミネーション《試料汚染》したケースも考えられる。ひとまず、残りのサンプルも確認してみてもらいたい」

「分かりました。やってみます」

手早く残りの試験管の死香を嗅いでいく。結果は、どれも単一の死香で、他の死香の混入は一切なかった。おかしなサンプルは二本だけということになる。どうやら、風間さん経由で入り込んだ死香ではなさそうだ。

「気になるものはありませんでした。ちなみに、ご飯の死香もなかったです」

「そうか。ならば、現場で採取した時点で混ざっていたと考えるのが自然だろう」

風間さんはソファーから立ち上がり、事務机に置いてあった自分のスマートフォンを手に取った。ボディがプラチナで作られている特注品だ。

「どちらに連絡を？」

「より詳細な情報が必要だ。警察と話をする。彼らが把握《はあく》していない連続殺人事件の可能性もあるからな」

風間さんはそう言って、問題の二本の試験管をじっと見つめた。

4

翌日《よくじつ》。水曜日は風間さんのところでのアルバイトの日だ。

いつもより少し早い午前九時半に教員室に顔を出すと、見慣れた先客の姿があった。両サイドだけ黒々しい毛髪《もうはつ》が残った丸い頭部に、左右に離れた温和な目と、きゅっと圧縮《あっしゅく》したような小さな鼻。写真に撮って輪郭《りんかく》をぼやかせばパグに見えそうな風貌《ふうぼう》の男性が、ソファーで風間さんと向き合って話をしている。

彼の名前は曽根《そね》さん。表情は柔和《にゅうわ》だが、彼は警視庁刑事部に所属《しょぞく》する現役の刑事だ。警察と風間さんは協力関係にある。死香を犯罪捜査に役立てようと、現場でのサンプリングをサポートする係を刑事部内に作らせるほど乗り気だ。曽根さんがその分析研究係の責任者を務《つと》めている。

「おはよう、桜庭くん」「おはようございます」

風間さん、曽根さんが順に挨拶《あいさつ》を口にする。「おはようございます」と返し、僕は風間さんの隣に腰を下ろした。

「いま状況をお伺《うかが》いしたのですが、いや、驚《おどろ》きました」と曽根さんは両目を見開いた。

「異なる二つの現場から、共通する死の痕跡が出るとは」

「同感です。僕も驚きました」と僕は頷いてみせた。今のところ、僕の特異体質のことは警察に伏せている。そのため、風間さんがサンプルを分析中に共通点に気づいた、という形で話をしている。

「我々《われわれ》としても予期せぬ事態ではあります。こちらが提出した質問について、回答をお願いします」

風間さんが水を向けると、曽根さんは「すべてノーです。少なくとも、こちらで把握している範囲では、という条件付きですが」と答えた。

警察への質問は全部で三つあった。

①二つの死について、殺人の疑いはあるか？

②関係者の中に、両方の現場に立ち入った者はいるか？

③亡くなった二人に共通の知人はいたか？

以上の問いに対し、警察は「ない（いない）」という見解を示したわけだ。

「少し補足させてください。②についてですが、医療関係者が別々だったことは確認しましたが、警察関係者についてはまだ調査中です。もう少しお時間をいただければと思います」

「あの、一ついいですか」と僕は小さく手を上げた。「問題の二件は、発生日時がずれていますよね。先の現場を清掃した人物が、もう一方も請け負《うお》ったということはなかったですか」

「それはないと思います」と曽根さんは即答した。「先に発生した吐物による窒息死では清掃業者が入っていますが、転落死の方はご遺族が後処理《あとしょり》を済ませています。出血などの汚れが少なかったからでしょう」

「桜庭くん。今の疑問は新しい視点だった。さすが、日常的に特殊清掃に携《たずさ》わっているだけのことはある」と風間さんは評価してくれた。

「どうも……。あとは何が考えられますかね」

「まだ候補《こうほ》は無数にある」と風間さん。「空《あ》き巣《す》、宅配業者、営業職、宗教などの勧誘《かんゆう》……そういった人間が玄関先に立ち入り、それで邸内《ていない》に死香が残った可能性も考えられる。無論、訪問者はどこかで何らかの死に関わっていたわけだが」

「なるほど、確かに、二つの現場は比較的《ひかく》近い距離にあります」

曽根さんが腕組みをして感心したように言う。

「さらに可能性を挙《あ》げるなら、亡くなった二人が街で偶然《ぐうぜん》死臭をまとった人物とすれ違い、服に匂い分子が付着したケースもありえます。現状では仮説を立てる段階にさえ至《いた》っていない――それが私の見解です」と風間さんは言い切った。「ここで議論していても埒《らち》が明きません。やはり、現場に足を運ぶしかないでしょう」

「分かりました。では、少しお時間をいただけますか。所轄《しょかつ》の担当者に連絡し、立ち入君の出番だ！」と言っているように僕には感じられた。

風間さんはそう言って僕の方に顔を向けた。好奇心の光が宿ったその瞳《ひとみ》が、「さあ、

「香り成分は時間経過と共に薄れていきます。迅速《じんそく》な対応をお願いします」

りの手はずを整えます」


その日の午後四時過ぎ。曽根さんから「許可が取れました」という連絡をもらい、僕と風間さんはさっそく武蔵野市へとやってきた。

問題の現場の一つは、ＪＲ吉祥寺《きちじょうじ》駅から北西に一・五キロメートルほどの住宅地にある、五階建ての分譲《ぶんじょう》マンションだった。

こちらで亡くなったのは、串本一雄《くしもとかずお》さんという男性だ。彼は三年前に妻と離婚し、それ以降はマンションで一人暮らしをしていたという。会社を定年退職した直後に妻から別れを切り出される、いわゆる熟年離婚だった。

串本さんは去年からコンビニエンスストアでアルバイトを始めていた。離婚による財産分与《ぶんよ》で老後の生活資金が心もとなくなったのかもしれない。

遺体を発見したのは勤務先の店長で、シフトの時間に現れなかったので心配になって様子を見に行ったという話だった。その店長曰《いわ》く、「串本さんはだいたいいつも酒臭かった」そうで、アルコールに頼った生活を送っていた可能性が高い。眠っている最中に

吐《は》いたのも飲酒のせいだろう。

串本さんの部屋は彼の息子《むすこ》に相続されることになるが、住むつもりはないとのことで、すでに売却に向けた検討が始まっているらしい。だから、早々に清掃業者に後処理を依頼したのだと思われる。

例の運転手付きのレクサスでマンションの前まで乗り付ける。エントランスには曽根さんの姿があった。

「どうも、お手数をお掛けします」

僕が小さく頭を下げると、「お気になさらず。これが私の仕事ですから」と曽根さんは微笑んだ。「息子さんから鍵を預かってきました。私は外で待つ方がよろしいでしょうか？」

「申し訳ないが、そうしていただけると助かります。人が増えれば増えるほど、臭気成分が複雑になりますので」と風間さん。「申し訳ない」と言いつつ、恐縮《きょうしゅく》している気配は一切感じられない。儀礼的にそのフレーズを口にしたものの、自分の判断は絶対に正しいという自信があるのだろう。

「分かりました。では、終わり次第ご連絡いただければと思います。次の現場にご案内しますので」

曽根さんは文句一つ言わず、会釈をして立ち去った。風間さんがサンプル採取にこだわりを持っていることを、曽根さんは充分に把握している。

「よし、では現場に向かうとしよう」

風間さんは愛用のアタッシェケースの持ち手を握《にぎ》り締め、大股でエレベーターの方へと歩き出した。現場は四〇七号室だ。

エレベーターで四階に上がり、湿《しめ》った空気の籠もった外廊下を進む。四〇七号室は手前から二番目だった。預かった鍵で開錠し、中に入る。

風間さんはアタッシェケースを開き、ポリエチレン製の半透明のシューズカバーや白手袋を取り出した。現場に痕跡を残さないための道具だ。

手袋を嵌《は》めながら、「風間先生は、すでに一度こちらに足を運ばれていますよね」と僕は尋ねた。

「ああ。三日前に立ち寄り、サンプルを採取した。採取場所は、遺体があった寝室《しんしつ》だ。そのサンプルと実際の現場の死香の差を確認してくれ」

「了解です」

僕は軽く手を合わせてから、シューズカバーを履いて廊下に上がった。

左から右へと首をゆっくり動かしつつ、深く鼻呼吸をする。

「……昨日嗅いだものよりも、わずかですがご飯の香りを強く感じます」

「ほう」きらりと風間さんの眼鏡のレンズが光る。「では、改めて複数箇所でのサンプル採取を行うとしよう！」

言うが早いか、風間さんはアタッシェケースから注射器を取り出した。長さ二〇センチ、直径五センチほどもある大型のもので、それで空気を採取する。

「ここでの主役は言うまでもなく君だ。好きなように行動したまえ」

風間さんはそう指示を出すと、自分の頭上の空気を集め始めた。注射器本体から突き出したプランジャーロッドを押したり引いたりする風間さんの口元には、妖《あや》しい笑みが浮かんでいた。明らかに愉悦《ゆえつ》を感じている。自然と微笑んでしまうほど、サンプル採取が楽しくて仕方ないのだろう。

初めてその姿を見た時は首をかしげたが、一年近くも付き合ううちにすっかり慣れてしまった。僕は風間さんをその場に残し、死香を頼りに歩き出した。

間取りは３ＬＤＫで、串本さんは六帖の洋室を寝室として使っていた。ミルクティーの死香をたどっていくと、ベッドの置かれた部屋に到着した。マットレスや布団は撤去《てっきょ》されているが、サイドボードやエアコン、カーテンなどはそのまま残されている。ここが現場の寝室で間違いなさそうだ。

ミルクティーの死香は、ベッドに近づくにつれて強さを増している。しかし、ご飯の死香が消えるということはない。ミルクティーに邪魔《じゃま》されて感じ取りにくくなっているだけで、空気中には間違いなく死香が漂っている。

ご飯の死香は、ベッドサイドがやや強いものの、部屋のあちこちに存在しているようだった。ぐるりと寝室の中を一周し、僕は廊下に出た。

目の前のドアを開けると、そこはトイレだった。ここは死香そのものが弱く、ご飯の香りは感じられない。

続いて、洗面所と風呂《ふろ》場を確認する。こちらはほぼミルクティーの死香オンリーで、ご飯の死香は皆無《かいむ》だった。さらに六帖の洋室二つを続けて確かめるも、ご飯の死香は感じられなかった。

廊下を進んでいくと、奥に広々とした部屋があった。キッチンとダイニングとリビングがひと続きになっており、全体を合わせると十五帖ほどの広さがある。ソファーやテーブル、冷蔵庫などは残されたままで、ベランダに出るガラス戸のカーテンはすべて閉まっていた。ここまで来ると、死香はかなり弱まっている。空気の流れで死香が混ざっただけのようだ。

一応ベランダも確認してみたが、死香はまったく感じられなかった。風の吹く屋外なので当然といえば当然だが、少なくとも、「ご飯の死香がこちらを経由して家の中に入ってきた」という可能性は否定できた。

これで一通り確認作業が済んだことになる。嗅ぎ取った内容をメモするため、僕は自分のスマートフォンを取り出した。

強い弱いを言葉で伝えても分かりづらいだろう。大雑把《おおざっぱ》ではあるが、風間さんへの説明のために、感覚を数値化してみることにする。

死香の強さを〈ミルクティー：ご飯〉の形で表すと、こんな風になった。

玄関＝100：7　廊下＝100：5　寝室＝500：10

数字を見ながら、「うーん」と僕は唸《うな》った。あくまで感覚的なものだが、玄関付近の方が相対的にご飯の死香の割合が高い気がする。

「――これは何の数値だ？」

突然耳元で声が聞こえ、僕は思わず「うひゃっ」とその場にしゃがみ込んだ。

その姿勢のまま首を反《そ》らせると、こちらを見下ろす風間さんと視線《しせん》が合った。サンプル採取に夢中になっていると思っていたのに、いつの間に……。暗殺者《あんさつしゃ》のような気配の消し方だ。

「死香を『嗅ぎ解《と》く』作業は終わったのかね」

「ええ、だいたいは」

僕は床に手をついて立ち上がり、自分の感じたことを説明した。

「ふむ」と風間さんが顎《あご》に手を当てる。「米の死香をまとった人物、もしくは物体は、玄関から入り、寝室に向かった。そして、リビングには入らずにまた玄関から出ていった。そういうルートが浮かび上がってくるな」

「そうですね。……外の廊下を調べてみましょうか」

部屋を出て、外廊下の匂いを嗅ぐ。死香は基本的には遺体が放つ臭気であり、化学構造を持つ物質が集まってできている。普通の匂いと同じく揮発性が高いため、屋外ではどうしても感知が難しくなる。

幸い、辺りにひと気《け》はない。微《かす》かに残った死香を嗅ぎ取るため、僕は廊下の床に顔を近づけた。

カニのように左右に動きながら確認した結果、手前と奥、二つの死香の流れがあることが分かった。手前側の方が、ご飯の死香が強く感じられる。〈ミルクティー：ご飯〉で表すなら、手前が20：1、奥が60：0といった感じになる。

風間さんは少し離れたところで僕の作業を見守っている。「ミルクティーの死香は、廊下の奥に続いているようです」と僕は報告した。

「この奥には非常階段がある。寝かせた状態でエレベーターに乗せることはできないし、他の住人も嫌がるということで、遺体はそちらから搬出《はんしゅつ》したと聞いた」

「なるほど。じゃあ、次はエレベーターを調べます」

風間さんと共にエレベーターに乗り込む。人の出入りが多いので、こちらも死香はほとんど拡散《かくさん》してしまっている。さっき乗った時に何も感じなかったのはそのせいだ。

今度は、四方の壁に鼻を近づけて念入りに調べる。すると、ドアから見て右奥側の壁に、ご飯の死香が付着していた。ミルクティーの死香が混ざっているが、そちらを5とすると、ご飯は1・5くらいはあるだろう。

一階でエレベーターを降り、僕は大きく息を吐き出した。

「ご飯の死香の混入経路はこちらで間違いなさそうです。ただ、日常的にエレベーターを使っている人物は除外できますね。住人の衣服にご飯の死香が付着していれば、もっと強く香るはずです」

「ふむ。死香の付着場所はどうかね？　人ではなく、モノという可能性は？」

「はっきりと匂うのは大人の胴体の高さなので、モノではなく人の衣服に付いていたのだと思います」

「そうか。では、仮にその人物を『ライスマン』と呼称するとしよう。ライスマンはこのマンションを頻繁《ひんぱん》に利用する人物ではなく、一時的に現場に立ち入っただけである。そう仮定できるだろう。さて、次の現場に向かうとしよう」

風間さんはスマートフォンを右手に、アタッシェケースを左手に持ちながら颯爽《さっそう》とマンションの玄関へと歩き出した。

続いて僕たちは、もう一つの現場へとやってきた。こちらはJR武蔵境《むさしさかい》駅から南に五分ほど歩いたところに建つ、三階建ての民家だ。先ほどのマンションからだと、南西に二キロほど離れている。

こちらの家は間口が狭くて縦に長い構造で、外壁は水色や青のタイルに覆われている。家主であり、亡くなった宍戸《しど》武文《たけふみ》さんは、かつては水道設備の修理業を営んでいたそうで、ここを事務所兼住宅として使っていたという。それで水をイメージする色合いにしたのだろう。

家の前では、曽根さんが待っていた。

「どうも、ご苦労さまです。先の現場はいかがでしたか」

「まだなんとも言えません。しかし、詳しく分析する価値《かち》はあると思われます」風間さんはそう答えて、宍戸さんの自宅を見上げた。「住人は在宅でしょうか」

「ああ、いえ。亡くなった宍戸さんは奥さんと二人暮らしだったのですが、今はどなたもいらっしゃいません。奥さんは、埼玉県にある長男の自宅にいるそうです。まだ気持ちの整理ができていないのでしょう」

それを聞き、僕はいたたまれない気持ちになった。階段からの転落事故が起きたのは夕方で、奥さんは買い物のために家を空けていたという。帰宅し、変わり果てた夫の姿を発見してしまったのだ。精神的なショックは相当大きいだろう。

「立ち入りの許可は得ています。納得行くまで作業をしていただいて大丈夫です」

曽根さんはそう言い残すと、さっきと同じように鍵を渡《わた》して立ち去った。

風間さんは玄関のガラス戸を解錠し、「では、ここからは自由行動だ！」と家の中に飛び込んでいった。

僕はいったんガラス戸を閉め、そこに顔を近づけた。昨日、風間さんのところで嗅いだのと同じ、ピクルスの死香を感じる。その奥には、ご飯の死香が隠れている。匂いの割合は、風間さんが採取したサンプルと変わらない。

故人の冥福《めいふく》を祈るために手を合わせ、家の中に足を踏み入れる。

戸を開けてすぐのところは、床が薄い水色のリノリウムの、十帖ほどのスペースになっていた。かつてはここが事務所として使われていたのだろう。今は物置になっているらしく、本棚《ほんだな》や古い冷蔵庫、畳《たた》んだ段ボール箱などが置かれている。

死香の濃度は玄関先より高いものの、ピクルスとご飯の割合に変化はない。

靴のまま奥に進み、ドアを開ける。すると、一気に死香が濃密《のうみつ》になった。薄水色のタイルが床に敷かれた二帖ほどの空間で、右手に下駄箱《げたばこ》があり、正面に木製の階段が延びている。

階段はかなり急で、踏み板は狭く、手すりはない。何かの拍子に足を踏み外したら、転落を防ぐのは難しそうだ。現に、宍戸さんはここで命を落としていた。

その場にしゃがみ、タイルの死香を確認する。圧倒的にピクルスの匂いが強いが、ご飯の死香も濃《こ》くなっている。ご飯の死香を持ち込んだライスマンは、この場所に一定時間滞在《たいざい》した可能性が高い。

二階の方からドタドタという足音が聞こえる。風間さんがハッスルしているようだ。死香に意識を集中させつつ、ゆっくりと階段を上っていく。

上がった先は踊り場になっており、居住スペースに繋《つな》がるドアがあった。折《お》り返《かえ》した先には三階に続く階段が延びている。

遺体のあった場所ほどではないが、ここでもピクルスとご飯の死香が感じられる。若干《じゃっかん》、ご飯の割合が上がっただろうか？　下と匂いのバランスが違う気がする。

続いて、木製のドアを開ける。そこは台所になっていた。食卓と椅子《いす》、食器棚が四帖半にきっちりと収まっている。

その場で何度か鼻呼吸をしてみるものの、ご飯の死香は消えていた。

部屋を出て、三階に続く階段を上がる。途中《とちゅう》で足を止めて匂いを嗅ぐが、死香は一階よりもずっと弱い。ご飯の死香は完全に消えている。上に行くほど死香が薄れていることから、ライスマンは一階に留まっていたと思われた。

階段を上り下りしていると、二階のドアが開いて風間さんが出てきた。そのまま三階に向かおうとするので、「あの、すみません」と声を掛けた。

風間さんは注射器を持ったまま僕のところに駆《か》け下りてきた。

「どうした？」

「ご飯の死香なんですが、二階より上には存在していないようです」

「ほう、そうなのか。武蔵野の現場と似ているな」と風間さん。「やはり、ライスマンはここを日常的に利用していたわけではなさそうだ」

「出入口から、遺体のあった場所までを何度か往復した、って印象ですね」

「どちらとも、事故が起きてから立ち入った人物である可能性が高いな。空き巣や営業職の人間は候補から除外してもいいだろう」

僕は腕を組んで、遺体のあった場所を見下ろした。

「そう考えると、警察関係者がライスマンの候補になりますかね」

「うむ。妥当《だとう》な推測《すいそく》だ。絞《しぼ》り込みを行った上で、該当《がいとう》する『容疑者たち』から死香を採取するとしよう」

風間さんはそう言ってにやりと笑う。集めるべきサンプルが増えることが嬉しくて仕方ないらしい。

本当に、彼の死香研究に向ける熱量はすごい。自分が定めた目標に向けて、常に前進を続けている。

そのエネルギーが感じられたからこそ、僕は長期の専属パートナー契約《けいやく》を結ぶことを拒絶《きょぜつ》しなかったのかもしれない。最近、僕はそんな風に思うのである。

5

それから二日後の金曜日、午後一時過ぎ。特殊清掃のアルバイトが休みなのを利用して、僕は一人で武蔵野警察署にやってきた。こちらの鑑識《かんしき》係の職員と面会するためだ。

玄関先で足を止め、道路のカーブに合わせるかのように「くの字」に屈曲《くっきょく》した建物を見上げる。

ライスマンは事故が起きてから、両方の現場に足を運んでいる——。

その仮定に基づいて警察関係者から情報を集めた結果、一人だけ該当する人物がいた。それは、武蔵野警察署の鑑識係の職員だった。

僕たちの仮説は正しいのかどうか。それを自分の鼻で確かめるべく、曽根さんを通じてアポイントメントを取り、こうしてここにやってきた。ちなみに風間さんは大学でご飯の死香の分析作業を進めている。具体的に言うと、集めた気体サンプルに含まれる成分を一つ一つ分離し、それらがどういった物質なのかを確かめる作業を行っている。

風間さんの父親は、『風間計器《けいき》』という分析機器メーカーの社長を務めており、その関係で最新鋭の分析装置を使うことができる。しかし、国内屈指の技術をもってしても、ご飯の死香の分析は難航しているようだ。他の死香と混ざっており、しかも濃度も低いというダブルの悪条件が響いているからだ。

なんとか、彼の分析の助けになるようなサンプルを手に入れたい。そんな想いと共に、僕は武蔵野警察署の玄関をくぐった。

受付で来意を伝えると、一階の奥にある会議室に向かうように言われた。

教えられた通りに廊下を進んでいくと、〈第二会議室〉と書かれたドアの前に、黒縁《くろぶち》の眼鏡を掛けた三十歳くらいの男性が待っていた。濃紺《のうこん》の作業服姿で、モアイのような面長《おもなが》の顔立ちをしている。

「初めまして。東京科学大学の桜庭です」

「どうも。鑑識係の落合《おちあい》です」と彼が名乗る。ものすごく低くて渋《しぶ》い声だ。

ドアの前で、僕たちは名刺《めいし》を交換《こうかん》した。風間さんに作ってもらった、秘書としての肩書きが印字されたものだ。

落合さんと共に会議室に入る。六帖ほどの広さで、中央のテーブルの周りに椅子が六脚《きゃく》並んでいる。窓のブラインドの隙間から漏れた光が、テーブルに白い線を描き出していた。

「警視庁の方から問い合わせがあり、正直驚きました。二つとも事件性のない案件でしたので」

席に着くとすぐ、落合さんはそう切り出した。重厚な声だが、表情は温和だ。

「すみません、急に変なことをお伺いしてしまって」

「いえいえ」と彼が首を振る。「現場の臭気成分を分析して、捜査に役立てる研究をされているんでしょう。そのお手伝いができるなら、こうして話すくらいのことは全然構いませんよ」

「そう言っていただけると助かります。……それで、落合さんは、お伝えした二つの現場に立ち入られましたか？」

「ええ、どちらとも二名で作業しましたが、両方を担当したのは私だけです」

「立ち入りの回数は何回でしょうか」

「二箇所ともそれぞれ一回だけです。おかしな点はなかったので、捜査はすぐに終わりました」

「そうですか……」と僕は彼の作業服に目を向けた。名刺を受け取る際に、さりげなく彼の体から放たれる匂いを嗅いだのだが、死香はまったく感じられなかった。

「何か？」と彼が不思議そうに訊く。

「いま着ていらっしゃる作業服は、二つの現場の鑑識作業で使ったものでしょうか？」

「はい、そうですが」

「もし可能だったら、持ち帰って調べたいのですが……」

「匂いをですか？」と、落合さんが袖に鼻を近づける。「予備がありますから、お貸しすることはできますが……たぶん、何も出ないと思いますよ」

「どうしてそう思われるんでしょうか」

「こまめにクリーニングに出していますから」と落合さんは少し得意げに言った。「作業服の洗濯は、職場ではやってくれないんです。自宅の洗濯機では汚れ落ち不充分な気がするので、プロに任せています。現場での作業があった日は、必ず持ち帰ってクリーニングに出します。ちなみに自腹なんですよ」

「ああ、そういうことでしたか……」

僕は小さくため息をついた。ケース・バイ・ケースではあるが、死香はなかなか落ちづらく、一度洗濯した程度で消えてしまうことはない。しかし、クリーニングとなると話は別だ。業務用の洗剤と洗濯機の洗浄力は強烈で、どんな匂いも徹底的《てっていてき》に取り去ってしまう。作業服についていたはずのご飯の死香は完全に消滅したようだ。

「えっと……まずかったですかね」

落合さんが申し訳なさそうに頭を掻《か》く。「全然そんなことはないです」と僕は慌てて手を振った。彼には何の落ち度もない。

とはいえ、何の収穫《しゅうかく》もなくすごすごと帰るわけにもいかない。もう少し、突っ込んで話を聞いてみなければ。

「すみません、二つの現場で作業を行った日付を教えていただけますか」と僕は尋ねた。落合さんの作業服にご飯の死香が付着していて、それが二つの現場に持ち込まれたと仮定してみる。すると、死香は別の場所で服に付いたことになる。もしそうだとしたら、何月何日が候補になるのか。それを確かめたかった。

「少々お待ちを」落合さんは胸ポケットからメモ帳を取り出した。「えーっと、マンションの方が七月十五日、一軒家の方が七月二十日ですね」

ということは、ご飯の死香の現場で鑑識作業をしたのは、七月十五日より前ということになる……？

そこまで考えたところで、僕は違和感を覚えた。自分なりに段階を踏んで思考を進めてきたつもりだが、何かこう、物足りなさを感じる。組み上げたブロックの間に隙間ができているようなイメージがある。

どこかに見落としがあったのだろうかと首をひねるものの、何も思いつかない。僕は違和感の正体を見極めるのを諦《あきら》めた。ここでうんうん唸っていても仕方ない。風間さんと二人で考えた方がうまくいくに違いない。

いま僕がすべきことは、死香にまつわる情報を集めることだ。僕は気持ちを切り替え、椅子から立ち上がった。

「こちらで保管されている、他の事件や事故の証拠品《しょうこひん》を見せていただけませんか」

「うーん。それは鑑識じゃなくて、証拠品係の管轄なんですが……」

「頼んでみてもらえませんか。証拠品に触れる必要はありません。保管室の空気を採取できればそれで充分です」と僕は言った。証拠品は一件ずつ袋に入れて保管されているが、漏れ出た死香を感じ取ることはできるはずだ。

唐突な頼み事であることは承知の上で、僕は落合さんの顔をじっと見つめた。しばらく困惑《こんわく》した様子で視線をさまよわせていたが、やがて落合さんは立ち上がった。

「分かりました。じゃあ、話すだけ話してみます」

後頭部を掻きながら落合さんが部屋を出ていく。

証拠品が保管されている部屋には、相当な種類の死香が存在しているはずだ。その中から、なんとしてもご飯の死香を嗅ぎ分けなければならない。

僕は大きく息を吐き出すと、集中力を高めるために目を閉じた。


約三時間後の午後五時。僕はよろめきながら武蔵野警察署を出た。

「すみません、あまりお役に立てなかったようで……」

玄関先で落合さんが申し訳なさそうに言う。「いえ、誰《だれ》のせいでもありませんから……」と笑顔を作り、彼に一礼してその場を離れた。

駅へと向かうべく、通り沿いの歩道を歩き出す。猫背《ねこぜ》はみっともないと分かっていても、どうしても視線が足元に向いてしまう。両肩に倦怠感《けんたいかん》が重くのしかかっていた。

あれから僕は、武蔵野警察署で保管されている事件の証拠品を嗅ぐ作業をひたすらに続けた。

証拠品保管庫にはスチールラックがずらりと並び、事件ごとに仕分けた証拠品を入れた段ボール箱が収められていた。空調設備は完備されていたが、予想通り、室内には様々な死香が漂っていた。それらは渾然一体《こんぜんいったい》となり、中華の薬膳《やくぜん》スープのように、複雑玄妙《げんみょう》な香りを作り出していた。

部屋の空気から個別の成分を割り出すのは厳しかったので、許可を得て、それぞれの段ボール箱に鼻を近づけて匂いを嗅いだ。最近のものはもちろん、一年前、二年前の証拠品も念のためにしっかりと死香を確認した。だが、どれだけ丹念《たんねん》に匂いをたどっても、ご飯の死香の痕跡すら摑むことはできなかった。

死香と本格的に向き合ってそろそろ一年になる。風間さんの研究に協力する中で、死香を感知する能力は鍛えられてきた。例えば、「遺体に近づいた人物が背負《せお》っていたリュックサックのポケットにささっていた油性ペン」に付着した死香を嗅ぎ取れるほど、感覚は鋭敏《えいびん》になっている。そのことを考えると、この証拠品の中にご飯の死香はない、と断言《だんげん》するしかなかった。

証拠品の保管庫を出たあとで、僕は改めて落合さんから話を聞いた。

警察の仕事とは関係のないところで死に関わったのでは？　と質問をぶつけたが、「それはないです」と落合さんは断言した。私服に付着していた可能性も疑い、彼のロッカーの匂いも確かめさせてもらったが、結果は空振《からぶ》りだった。これで手掛かりが途切れてしまったことになる。

「……どうなってるんだよ、もう……」

愚痴をこぼしたところで、耳にざわめきが届いた。顔を上げると、ＪＲ三鷹《みたか》駅の出入口のところに人だかりができている。

近づいて確認してみると、駅員が拡声器で説明しているのが聞こえた。どうやら、変電設備のトラブルで電車が停まってしまっているらしい。やれやれ、と僕は嘆息《たんそく》した。泣きっ面に蜂《はち》とはこのことだ。

スマートフォンで運行状況を確認すると、井《い》の頭《かしら》線は動いていると分かった。隣の吉祥寺駅まで歩いて、そこから電車を乗り継ぎ、東京科学大学に向かうことにした。

まだ状況が把握できていないらしく、次々に駅に人が集まっている。その流れに逆らうように人を避《よ》けながら歩いていく。

と、僕はある香りを感じて足を停めた。

——今のは……？

すれ違ったばかりの女性を振り返る。白のブラウスに黒のタイトスカートという格好のその女性は、駅の方を見つめて立ち止まっていた。電車が停まっていることに気づいたのだろう。

僕は息を呑み、そっと彼女に近づいた。間違いない。一メートル近く離れていても、確かに感じる。彼女の服から香っているのは、探し求めていたご飯の死香だった。

どうするか。服を持ち帰って調べたいが、率直に申し出ても怪訝《けげん》な顔をされ、変態扱いされてしまうだろう。

……ここは一つ、秘密兵器を使うとするか。

僕はポケットから名刺入れを取り出し、「すみません」と女性に声を掛けた。年齢は二十代半ばか。ふっくらした顔立ちをしている。

「どうされましたか？」と彼女がおっとりと訊く。

僕は「私はこういうものです」と名刺を差し出した。さっき落合さんに渡したのとは別のもので、僕の名前の横に、〈警視庁刑事部捜査一課　第一強行犯捜査・分析研究係特別顧問《こもん》補佐〉という役職が記載されている。こちらも風間さんからもらったもので、警察関係者であることをアピールする際に使わせてもらっている。

名刺を見た彼女の表情がこわばる。彼女は不安そうに僕を見つめて、「……しょ、職務質問ですか？」と小声で言った。

「いえ、ちょっと違います。実は、とある事件の現場で、あなたによく似た人が目撃《もくげき》されているんです。それで、念のためにお話を伺えればと思ったのですが」と僕は適当な理由を口にした。

「え、でも、家に帰る途中で……」

「電車は停まっていますし、運行再開までの時間潰《つぶ》しで結構ですから」

「は、はあ……逮捕《たいほ》はされないですよね？」

「それは一〇〇パーセントありません」と僕は力強く言った。

鑑識係の落合さんに電話を掛け、武蔵野警察署の一室を使わせてもらう段取りを取り付ける。僕が警察の人間だと印象づけ、本当のことを喋《しゃべ》ってもらうためだ。

「では、よろしくお願いします」

「はい……」

おどおどと視線をさまよわせる彼女を連れて僕は歩き出した。強引だという自覚はあったが、なりふり構ってはいられない。ご飯がまた食べられるようになるかどうかの瀬《せ》戸際《とぎわ》なのだ。

一時間後。武蔵野警察署の前で待っていると、そこに黒塗《くろぬ》りのレクサスが滑り込んできた。

後部座席から、白衣姿の風間さんが飛び出してくる。

「すいません、実験中に。念のために連絡した方がいいかと思いまして」

「いや、その判断は正しい。入念なサンプル採取が必要になるだろうからな」と風間さん。「それで、問題の女性は？」

「一通り話を聞いて、中で待ってもらっています。小松川加奈子《こまつがわかなこ》さんという方で、国立《くにたち》駅の近くにお住まいだそうです」

「そうか」とだけ言って、風間さんは警察署の中に入っていく。女性のプロフィールには一切興味がないらしい。風間さんは人の名前を覚えるのが苦手……というより、そもそも覚えるつもりがないようだ。

風間さんと共に、一階の会議室に向かう。

「電話でお伝えした通り、彼女はいかなる死とも関わっていないと証言《しょうげん》しています」

「死香はどこに付着している？」

「鼻を近づけて嗅ぎ分けたわけじゃないですが、おそらくブラウスです。腕や髪には付いていないようです」

「ふむ。なるほど」

会議室に到着し、風間さんが勢いよくドアを開ける。音に反応し、椅子に座っていた小松川さんがびくりと小さく跳《は》ね上がった。

風間さんはつかつかと歩み寄り、テーブルにドンと両手を突いた。

「東京科学大学の風間です。さっそくですが、あなたの衣服を調べさせていただきたい。殺人事件に関与している可能性があります」

「え、え、え……？」

小松川さんはいきなりの要求に戸惑い、僕の方に救いを求める視線を向けてきた。目には薄《う》っすらと涙《なみだ》が浮かんでいる。

「小松川さんが犯人だと言っているわけではないんです」彼女の動揺を鎮《しず》めるため、笑顔で明るく声を掛ける。「事件現場付近で目撃情報があったとお伝えしましたよね？　詳しくは捜査上の機密になるので言えませんが、その現場には特殊な匂い成分が充満していまして。近くにいた人の衣服にその成分が付着しているはずなんですよ」

「で、でも、何の匂いもしないですよ、ほら」

慌てた様子で、小松川さんがブラウスを鼻に近づける。無理やり引っ張ったので、胸のボタンが外れて下着が見えていた。

「嗅いで分かるほど強くはないのです。だから、持ち帰って分析する必要があります」と風間さんが険しい表情で言う。「服を提出していただきたい」

「そう言われましても……」

「分析の過程で生地を切り取る場合もありますので、提出の時点で金銭《きんせん》的補償をします。購入した額《がく》と同じ……いえ、その三倍で買い取ります。あなたにとっても悪い話ではないはずだ」

風間さんが言葉を重ねれば重ねるほど、小松川さんの表情がこわばっていく。さっきはテーブルのそばにいたのに、今は壁の近くまで椅子を引いてしまっていた。

いつになく風間さんは前のめりになっている。彼のポリシーは、「目的のためなら手段は選ばない」であり、それを実行するだけの権力と財力がある。

とはいえ、小松川さんは現時点では容疑者でもなんでもないわけで、あまり強く出すぎると衣服の提出を拒否《きょひ》されかねない。

「この場での提出は難しいと思いますし、一度ご自宅の方に伺わせてもらえませんか。普段着に着替えていただいて、それから衣服をお預かりできればと思います。一人暮らしでしょうか？　もし気になるようなら、女性の刑事も同行させますが」

「……いえ、両親と住んでいます」

「でしたら、僕の方からきちんとご両親に説明させてもらいます。誰にも迷惑《めいわく》が掛からないように細心の注意を払いますので、どうかご協力いただけませんか」

僕はそう言って深々と頭を下げた。

五秒ほどその姿勢を保っていると、「分かりました」と小松川さんが言うのが聞こえた。「それで事件の解決に繋がるなら……」

僕は顔を上げ、にっこりと笑った。

「ありがとうございます！」

すかさず僕は、自宅の住所を小松川さんから聞き出した。

車で送りますと提案《ていあん》したが、彼女が一人で帰りたがったので、タクシーを手配することになった。

警察署の前で小松川さんを見送ってから、駐車場に停まっているレクサスに乗り込む。

風間さんは後部座席で足を組み、険しい表情を浮かべていた。

「どうされたんですか」

「……自分の至らなさを反省していた。強引に迫《せま》りすぎたせいで、相手を萎縮《いしゅく》させてしまったようだ」と風間さん。「君が機転を利かせてくれたおかげで、交渉《こうしょう》がスムーズに進んだ」

「僕も嘘《うそ》をついて彼女を警察署に連れて来たわけですから、かなり強引な手口を使ってますけどね」

「しかし、彼女は君を信用していたようだ」

「見た目がこんなですから」と僕は笑った。「子供や女性に警戒《けいかい》されにくいんですよ。童顔《どうがん》のメリットが活かせました」

「なるほど……私も何か外見的な工夫をすべきだろうか」

「その必要はないと思います」と僕は即答した。「風間さんはそのままでいいんですよ。

遠慮《えんりょ》なく前だけ見ていてください。できる限り僕がサポートしますから」

「いいのかね？　君に気を遣わせることになるが」

「それが助手の務めだと思いますから」

　僕がそう答えると、風間さんは「心強いな」と優しく微笑んだ。

6

　午後七時半。僕と風間さんを乗せた車が、小松川さんの自宅前に到着した。瓦葺《かわらぶ》きの二階建てで、広くはないが庭があり、松の木が来客を出迎えるように玄関へのアプローチの上に枝を伸ばしている。

「じゃあ、行ってきます」

　風間さんに声を掛け、車を降りる。昼間の長い季節だが、日没時間を過ぎ、辺りは暗くなっていた。

　窓を開け、「よろしく頼む」と風間さんが神妙に言う。小松川さんに警戒されるのを避けるため、僕一人で家にお邪魔することになっている。

「こまめに連絡を取り合いましょう。気になることがあれば、突入《とつにゅう》してもらっても構いませんから」

「いや、この場は君に任せる」と風間さんは僕をまっすぐに見据《みす》えて言った。「ミッションが達成されることを祈っている」

レクサスが路地の向こうに消えるのを見届け、僕は玄関へ向かった。

風間さんから与えられたミッションは二つあった。一つは、ご飯の死香が付着した服を回収すること。もう一つは、家の中に死香があるかどうかを調べることだ。

インターホンのチャイムを鳴らすとすぐにドアが開き、小松川さんが出てきた。彼女はTシャツとジーンズという普段着に着替えていて、衣服から死香は感じられなかった。

「すみません、押し掛けてしまって」

「あ、いえ、大丈夫です。両親に話をしたら、『疚《やま》しい気持ちがないなら、堂々と警察に協力すべきだ』と言われまして……」

「そうですか。立派なご両親ですね」

「これ、ブラウスです。安物なので、返してもらわなくても大丈夫です」

彼女が紙袋を差し出す。

そこで「あら、どうも」と中年女性が姿を見せた。垂《た》れた眉《まゆ》や、くりっとした目が小松川さんとよく似ている。

「お母さん、中にいてって言ったのに」

「でも、『女の子みたいな男の刑事さん』ってあんたが言うから、気になってさあ」と言ってしまってから、小松川さんの母親が慌てて口に手を当てる。「あ、ごめんなさい。悪気はないんですよお」

小松川さんが家族に僕のことをどう話したかはだいたい想像がつく。正直なところ不愉快ではあったが、ここで怒ったら目的が果たせなくなる。僕は苛立ちを呑み込み、

「できればお部屋を見せていただけませんか」とにこやかに切り出した。

「部屋って、私のですか？」と小松川さんが自分の顔を指差す。

「はい。必要に応じて、他のお部屋も確認させていただくかもしれません」

「何のためにでしょうか。私、別に何も隠したりしてませんけど……」

「見えないものを探すためです。そうとは知らずに大切なものを保管しているという可能性もありますから」

予《あらかじ》め考えておいた理由を彼女に伝える。小松川さんは眉をひそめて黙り込んだ。まだ踏ん切りがつかないようだ。

「いいじゃない、別にそれくらい」と彼女の母親が言う。「引っ掻き回すわけじゃないんでしょう？」

「ええ。可能な限り丁重《ていちょう》に扱います」

「……分かりました。では、こちらへどうぞ」

小松川さんは渋々といった様子ではあったが、僕を自室へと案内してくれた。母親の

ひと押しが効いたようだ。

　廊下を進みながら匂いに意識を集中させたが、ご飯の死香はほとんど感じられなかった。この家の中に、匂いの原因があるわけではないようだ。

　彼女の部屋は、一階の奥の洋室だった。広さは六帖程度で、左手にベッドが、右手に造り付けのクローゼットがあった。

「そこの扉を開けていただけますか」と僕は言った。微かに、クローゼットの方からご飯の死香が感じられる。

　両開きの扉を開くと、スーツやブラウス、コートが吊《つ》り下げられていた。

「すみません、衣類の状態を確認します」

　僕は小型の懐中《かいちゅう》電灯を取り出し、クローゼットの中を照らした。懐中電灯はただのカムフラージュで、大した意味はない。衣服を仔細《しさい》に観察するふりをして、一枚一枚匂いを嗅ぐ。

　ご飯の死香は、保管されている二枚のブラウスから香っていた。彼女が今日着ていた分と合わせて、三枚に死香が付着していたことになる。

　僕は白手袋を嵌めてから、問題のブラウスを手に取った。

「これは、普段から使っているものでしょうか？」

「あ、はい。仕事に行く時に」

彼女の職場に死香の大本があるということだろうか。いずれにせよ、この二枚も持ち帰って調べる必要がありそうだ。

「申し訳ありません。追加でこちらの二枚のブラウスもお借りできますか」

「え？　その二枚ですか？」と小松川さんが怪訝そうに呟く。「三日前にクリーニングから戻ってきてから、どちらもまだ一度も着てないんです。汚れは付いていないと思います。何かの間違いじゃないですか……？」

「クリーニング？　そんなはずは……ちょっと待ってください」

彼女をその場に残し、廊下に出て風間さんに電話をかけた。

「どうした？」

「今、小松川さんの部屋で死香の付いたブラウスを見つけました。でも、クリーニングに出してからずっと仕舞っていたそうなんです」

「家の中に米の死香はないのかね」

「服から香っている分だけです」

そう報告すると、風間さんがふいに黙り込んだ。

微かな息遣いだけが聞こえる。電話口から伝わってくる張り詰めた気配……。自然と、彼が足を組み、顎に手を当てているポーズが思い浮かんでくる。これまでに得られた情報を組み合わせ、矛盾《むじゅん》なく現状を説明できる仮説を探そうとしているのだ。

風間さんが再び口を開くのを待ちながら、僕も自分なりに推理をしてみる。

クリーニング、クリーニングと頭の中で繰り返すうち、忘れていた自説の穴に気づいた。鑑識係の落合さんの作業服に付着した死香に関する推理だ。

『彼はご飯の死香を放つ遺体の近くで作業をしたあと、同じ作業服で二つの事故の現場検証を行った。だから、現場にご飯の死香が持ち込まれた』

僕はそう考察した。

だが、彼はこう証言している。現場での作業があった日は、必ず持ち帰ってクリーニングに出します――と。僕が米の死香を感じた二つの事故では、異なる日に現場検証が行われている。すなわち、前者の死香（ミルクティー）はクリーニングによって消えることになる。実際、後者の死香（ピクルス）に、ミルクティーの死香は混ざっていなかった。僕の仮説は明らかに矛盾しているのだ。

遅ればせながら、自説の間違いには気づくことができた。しかし、その気づきが正しい答えを閃《ひらめ》かせるわけではなかった。

何が正解なのだろうと悩《なや》んでいると、「確認したい」と、出し抜けに風間さんが沈黙《ちんもく》を破った。

僕は思考を中断し、「あ、はい」と背筋《せすじ》を伸ばした。

「三着のブラウスは、すべて同時にクリーニングに出したのか？」

すぐに部屋に戻り、小松川さんに確認する。答えはイエスだった。それを伝えるついでに、落合さんの作業着に関する情報も併せて報告する。

するると風間さんは、「なるほど、そういうことか」と満足そうに呟いた。

「こ、答えが分かったんですか？」

慌てて尋ねると、「もう一つ確認すべきことがある」と風間さんは冷静に言った。

「もし私の仮説が正しければ、その鑑識係も、いま君のそばにいる女性と同じクリーニング店を利用したはずだ」

7

翌日、午前八時ちょうど。僕は風間さんと共に国立駅の近くにあるクリーニング店にやってきた。

店の名前は、『ホワイトクリーニングくにたち』。白い外壁に白い看板《かんばん》。店頭には、赤い文字で〈ワイシャツ150円〉と書かれたのぼりが立っていた。

店の外観を眺めながら、僕は「……ここですね」と唾《つば》を飲んだ。

小松川さんはこの店で、ブラウスをクリーニングに出した。それだけではない。落合さんもまた、作業着のクリーニングをこの店で行ったことを確認済みだ。彼は、ホワイトクリーニングくにたちから徒歩《とほ》五分ほどのところのアパートに住んでいる。

「どうだね？　何か感じるかね？」

「ええ、今までより強いご飯の死香が漂っています」

「我々の導《みちび》き出した推理は正しかったようだ。では、行くとしよう」

風間さんが軽く僕の背に触れる。僕は先に立ち、店内に足を踏み入れた。

中は狭い。店員のいるカウンターがあり、その奥に薄い透明のカバーが掛けられた衣服がびっしりと吊り下げられている。手前の四帖ほどのスペースには、椅子が二つと観葉植物の鉢《はち》が一つ置いてあるだけだ。おそらくここは衣服を預かるだけで、クリーニングは別の場所で行っているのだろう。

「いらっしゃいませ」と、カウンターにいた丸顔の女性店員が声を掛けてくる。ピンクのエプロンがよく似合っている。年齢は四十歳くらいだろう。肌が白く、頰《ほお》が赤い。東北出身なのかもしれない。

そちらに足を踏み出すと、またご飯の死香が濃くなった。僕はカウンターに近づき、警視庁と印字した例の名刺を店員に差し出した。

「突然すみません。今、我々はとある事件の捜査を行っています。失礼ですが、最近身近で亡くなった方はいらっしゃいますか？」

「亡くなった……？　いえ、心当たりはありませんが……」

僕はカウンターに肘《ひじ》を突き、女性の方に体を乗り出した。匂いの強さは変わらない。死香は彼女から放たれているのではないようだ。

「あの、どういった事件なのでしょうか」と、女性店員が恐る恐る訊く。

そこで風間さんが僕の隣に並び立った。

「全容はまだ分かっていません。ただ、この店に手掛かりがあるはずです。捜査令状《れいじょう》はありませんが、店内を調べさせてもらいたいのです」

「それは、私の一存では……」

「では、責任者に連絡を取っていただけますか」と風間さん。強引さは変わっていないが、普段よりも表情や声が柔らかい。小松川さんの一件を踏まえての対応だろう。

困り顔で女性がカウンターの内側の電話を取る。

何度かのやり取りのあと、「私が立ち会っても構わないのであれば、調べていただいて大丈夫です」と彼女は受話器を置いた。

「それで結構です。——では、桜庭くん。よろしく頼む」

風間さんがカウンターの板を持ち上げる。そこをくぐり、カウンターの内側に入った。

まず、吊るされている服を調べる。店員さんに確認すると、いずれもクリーニングが完了し、持ち主が取りに来るのを待っているものだという。匂いを嗅いでみると、ご飯の死香が付着している衣服があった。ただし、服そのものではなく、外側の透明なカバーから匂っている。手に死香が付いている人物が触ったためだろう。

カウンターの左奥には開けっ放しの扉があった。そこからバックヤードに入る。

中には数台のハンガーラックがあり、そこにもクリーニングを終えたブラウスやスーツが掛けてある。床には、プラスチックの青いかごがいくつも並べてあった。これから洗うものをまとめて置いてあるのだという。それらを確認したが、ご飯の死香は強くない。匂いの大本は他にあるはずだ。

五メートル四方の室内を見回すと、一番奥にロッカーがあった。縦長の箱が六台並んでいる。

聞くと、従業員《じゅうぎょういん》用のロッカーだという。従業員は表側ではなく、こちらのバックヤード側から店に出入りするという話だった。

深呼吸をしてから、ロッカーに近づく。扉に顔を近づけてみると、一台から明瞭《めいりょう》なご飯の死香を感じた。ロッカーから漂うきつい芳香剤の匂いに紛《まぎ》れているが、死香の強さは今までで一番強い。

ロッカーのネームプレートには、〈飯島華子〉と書かれた紙が入っていた。

いよいよゴールが近づいているという感覚があった。この飯島という人物が、ご飯の死香の起点となっている可能性が高い。クリーニングの終わったものに彼女が触れたから、この店の利用客の衣服にご飯の死香が移ったに違いない。

「飯島さんは、今日はどちらに?」

「休みです。お父さんの介護があるので、自宅にいるはずですが……」

「ご自宅の場所を教えていただけますか。お会いして話を伺いたいと思います」

彼女から飯島さんの住所を聞き出し、僕はバックヤードを出た。

風間さんはカウンターの外で、じっと僕を待っていてくれた。

「いよいよ大詰めみたいです」

風間さんは「慎重《しんちょう》に行こう」と引き締まった表情で言った。「相手が犯罪者だった場合、思いがけない反撃を喰《く》らう恐れもある」

「そうですね」と頷き、僕は風間さんと共に店をあとにした。

8

飯島華子は、自宅の台所でお粥を炊いていた。炊飯器《すいはんき》で作ることもできるが、父親は鍋《なべ》で煮《に》たものの方が好きだった。

時刻は午前八時半を過ぎた。外ではセミが大合唱《だいがっしょう》を繰り広げている。この前まではニイニイゼミの声が目立っていたが、いつの間にかミンミンゼミの声の方が強くなっている。着実に季節は進んでいるのだ。もうすぐ八月に入る。今年もどうせ猛暑《もうしょ》になり、最高気温が三五℃を超《こ》える日が当たり前のように続くのだろう。

「また、電気代がかさんじゃうな……」と華子は呟いた。父親のいる和室の冷房は二十四時間付けっぱなしにしている。

すでに今朝はかなり気温が上がっていた。クーラーのない台所にいると頭がくらくらしてくる。もう出尽くしたのか、汗はすっかり引いていた。台所の入口に扇風機を置いているが、生ぬるい風が送られてくるだけ。まさに焼け石《やけいし》に水だ。

台所と居間の間はガラス戸で仕切られている。居間のエアコンを付けてガラス戸を開ければ、多少は冷えるかもしれない。ただ、華子が住んでいるのは築《ちく》五十年を迎えようかという古い家だ。気密性は低く、簡単《かんたん》に冷気が逃げてしまう。おまけにエアコンは十年以上使っている旧式のものだ。台所を充分に冷やそうとすれば、大量の電気を消費することになる。生活費を節約するために、華子は暑さを我慢《がまん》する方を選択した。

くつくつと泡立《あわだ》つ鍋をぼんやり眺めていると、食卓の携帯《けいたい》電話が鳴り出した。画面には、ホワイトクリーニングくにたちの同僚の名前が表示されている。今日は彼女が店に出ているはずだ。

「もしもし。どうしたの？　トラブル？」

「いえ、違うんです。今、警察の人が来て」と、同僚が小声で言う。「飯島さんのロッカーを調べてました。これからそちらに行くみたいです」

「……警察が？　向こうはなんて？」

「分からないです。『とある事件の捜査』としか教えてくれなくて」

「……そう。分かった。知らせてくれてありがとう。大したことはないと思うわ。私、悪いことはしてないから」

　動揺を押し殺し、華子はなるべく明るく言って通話を終わらせた。

　胸に手を当ててみると、心拍数《しんぱくすう》が急激に上昇しているのが分かった。警察は、どういう経緯《けいい》で自分に白羽《しらは》の矢を立てたのだろう。考えてみるが、心当たりはまるでなかった。疑われるような行動は一切取っていないという自信がある。近隣住人から文句を言われたこともなければ、怪《あや》しむような視線を向けられたこともない。

「たぶん、何かの間違いよ」

　そう声に出してみるものの、心拍数が収まる気配はない。それどころか、激しい頭痛が始まっていた。

　ここに一人でいてはいけない。華子は何かに引っ張られるように、台所を出て父親のいる和室へと向かった。

「お父さん、入るね」

　声を掛けてから、重いガラス戸を開ける。薄暗い、冷え切った和室の中央で父親は寝ていた。いつもと変わったところはない。

「ごめん、起こしたかな。ゆっくり寝てていいから」

布団に向かって優しく呼び掛けてから、華子は和室を出た。不思議と、父親の匂いを嗅ぐと心が落ち着く。動揺は鎮まり、きっと大丈夫だという自信が湧いてきていた。

大きく息をつき、台所に戻る。と、そこで華子は鍋が激しく吹きこぼれていることに気づいた。火を止めるのを忘れていた。

慌ててガスコンロに駆け寄り、手近にあった雑巾《ぞうきん》で五徳《ごとく》の周りにこぼれた粥を拭く。

幸い、焦げ付くところまではいっていないようだ。ほっと胸を撫《な》で下ろした瞬間、ぐらりと視界が傾《かたむ》いた。

え……？

何が起きているのか分からないまま、華子は床にへたり込んだ。

誰かにハンマーで殴《なぐ》られたように頭がガンガンと痛む。目の前は霞《かす》み、床がシーソーのように揺れ動いている。

そのぼやけた視界に、明るいオレンジ色がぱっと現れた。布の焦げる匂い――コンロのところで、粥を拭いた雑巾が燃《も》えていた。

そのオレンジ色が蛇《へび》のように動き、壁紙からカーテン、天井へと広がっていく。

このままでは自分も炎《ほのお》に焼かれてしまう。華子は消火を諦め、這《は》いつくばるように勝手口から外に逃げ出した。

四つん這いで物干《ものほ》し場の脇《わき》を通り、裏口の木戸を肩で押し開けて路地に出る。

そこでがくりと力が抜けた。華子は朝日で熱せられたアスファルトに膝を突き、住み慣れた我が家を振り返った。

台所から出た火は黒煙《こくえん》を伴って恐ろしいほどの速さで燃え広がっていた。和室には父親がいる。それが分かっていても、華子はもう一歩も動くことができなかった。

「お父さん……ごめん」

喉の奥から、自然と父親への懺悔《ざんげ》の言葉がこぼれ出る。

涙は出なかった。こんなに悲しいのに、なぜ泣けないのだろう。全身からあらゆる液体が奪われたような渇《かわ》きがある。

——ひょっとして、熱中症……？

そのことに気づくと同時に、華子はふうっと意識を失った。

9

八月一日。僕は一人で飯島華子さんの自宅にやってきた。

敷地の周囲には立ち入り禁止のロープが張られ、中に入れないようになっている。庭に植えられた大きな桜の木の奥に、二階建ての家屋が見える。屋根や柱は残っているが、窓ガラスは割れ、壁は黒く焦げて崩れ落ちていた。

焼けた家を眺めていると、三日前、ここに足を運んだ時のことが思い出される。

僕たちが到着した時には、すでに数台の消防車が路地に並んでおり、消火活動が始まっていた。

もうもうと上がる黒煙と、鼻を突く焦げた匂い。離れたところにいても、火の勢いが強いことは容易《ようい》に窺い知れた。飯島さんの自宅は古く、邸内のあちこちに燃えやすい素《そ》材《ざい》が使われていた。そのため、火の回りが早かったのだろう。

燃え盛る炎と消防隊との戦いは二時間近くに及んだ。懸命の放水により、隣家への延《えん》焼《しょう》は食い止められた。

出火当時、家の中にいた飯島さんは裏手から外に脱出していたため無事だった。しかし、一階の和室からは、彼女の父親の弘喜《ひろき》さんが遺体で発見された。

最初、警察は寝たきりだった彼が逃げ遅れたのだと考えていた。ところが、司法解剖《しほうかいぼう》の結果、思いがけない事実が判明した。彼は火事が起こるよりずっと前に亡くなっていたのだ。正確な日時は割り出せなかったものの、筋肉や骨の汚損《おそん》状況からは、少なくとも死後半年以上が経過していると推定された。

飯島華子さんから事情を聞いたところ、彼女は父親の死後も死亡届を出さずに、家の中に遺体を放置していたことを認めた。遺体を数枚のビニールシートにくるんだ上で布団をかぶせ、冷房を効かせた部屋に置いていたのだという。さらに、匂いを抑《おさ》えるために大量の脱臭剤を遺体の周囲に並べ、家のあちこちにも芳香剤を置いていたそうだ。

なぜ、そこまでして父親の死を隠蔽《いんぺい》しようとしたのか。

その理由は、年金の受給を続けるためだった。

父親の介護で貯蓄《ちょちく》が減った。老後の資金が不安で、少しでも減った分を取り戻したかった――飯島さんは警察の取り調べにそう話しているという。

家の残骸《ざんがい》が散らばる庭で、セミが鳴いている。まだ焦げ臭い匂いが残っているのに、そんなことは少しも気にならないようだ。

僕は手を合わせ、亡くなった飯島弘喜さんの冥福を祈った。

「――よくないな。こんな日差しの下にいたら熱中症になる」

後ろから聞こえた声に振り返る。すぐ後ろに風間さんが立っていた。

「あ、お疲れ様です。もう、サンプル採取は終わったんですか」

「ああ。車に乗ろう。試しに嗅いでみてほしい」

見ると、路地の入口のところにレクサスが停まっていた。

風間さんに促され、車に乗り込む。

「これだ。何本かに分けて採取したので、遠慮なく開封していい」

「分かりました。やってみます」

風間さんがアタッシェケースからプラスチックの試験管を取り出す。受け取り、蓋を開けて鼻を近づける。感じたのは、しっかり焙煎《ばいせん》されたコーヒーの香りだった。

「やっぱり、変わってますね……」と僕は嘆息した。いま嗅いだのは、飯島弘喜さんの遺体の死香だ。風間さんはそれを採取するため、彼の解剖が行われた三鷹市内の大学病院に足を運んでいた。

飯島華子さんの体に付着していたご飯の死香は、状況から考えて弘喜さんの遺体のものだ。遺体と共に生活をする中で染み付いたものだろう。

だが、火災現場から回収された遺体の死香は、ご飯ではなくコーヒーの匂いだった。死香の成分は、肉体を構成するタンパク質が変性したものだ。そのため、タンパク質の成分が大きく変われば、匂いも変化してしまう。

火災のあったあの日、僕は現場に到着した時点でこの結果を予想していた。空気中に含まれるご飯の死香がどんどん薄れ、コーヒー臭に変わっていったからだ。

今日、改めて現場に足を運び、僕は確信した。僕たちが求めていたご飯の死香は、火事によって完全に失われてしまったのだ。

「落胆《らくたん》する気持ちは分かる」と風間さんが言う。「だが、希薄《きはく》とはいえ、いくつか米の死香サンプルを得ることはできた。足掛かりにはなる」

「そうですね。前向きに考えましょうか」と僕は笑ってみせた。「ご飯の死香が存在することも分かりましたし、僕たちの立てた方針《ほうしん》は間違ってませんよね」

「ああ。できれば、もっと範囲を広げられないかと考えている」

「と、言いますと……」

「関東近郊のみならず、全国から死香のサンプルを集めることを計画している」と風間さんは神妙に言う。

「それは実現させたいですね。ご飯の死香が見つかる確率は何倍にもなります」

「そうだな。桜庭くんの言う通りだ……」

自分からアイディアを口にしたのに、風間さんの表情は優《すぐ》れない。何か気掛かりなことがあるらしい。

「先生。大丈夫です」と僕は明るく言った。「ちょっと嗅ぐだけなら大した作業量じゃありませんし、その程度で食材への嫌悪感が出ることはないですから。千本でも二千本でもドンと来い、って感じです」

「そう言ってもらえるのはありがたいのだが……問題は他にもある」と風間さんがため息をつく。「規模《きぼ》を全国に拡大するとなると、時間の都合上、サンプルの採取を他人に任せることになる。サンプル採取には手順がある。それを知らない人間にやらせると、濃度不足やコンタミネーションといったトラブルが起きる危険性がある。そう思うと、どうしても躊躇《ちゅうちょ》を覚えてしまうのだ」

風間さんは眉間《みけん》にしわを寄せながらそう説明してくれた。

確かに、科学研究という観点から見れば、サンプルの品質を高く保つことは重要なのだろう。それが難しいとなれば、尻込《しりご》みしてしまうのも分からないではない。しかし、それだけの理由でここまで深刻な表情になるだろうか。

――ひょっとして、サンプル採取の機会を逃《のが》すことが嫌なのでは……？

サンプル採取時の風間さんのはしゃいだ振る舞いを見ていると、そんな疑念が自然と頭に浮かんでくる。

本当に、この人は筋金《すじがね》入りだな……。僕は小さく笑い、「数を絞ったらどうでしょうか」と提案した。

「今回も僕が以前に出会ったのも、どちらも亡くなったのは老人で、発見時点で死後かなりの日数が経過していました。その条件を満たす遺体は、ご飯の死香を放っている可能性があります。当面はそちらにターゲットを絞って、ご自分でサンプル採取に行かれたらと思うのですが」

「おお、その手があったか！」風間さんが嬉しそうに手を打つ。「さっそく曽根刑事に連絡し、段取りを付けてもらうとしよう」

風間さんがスマートフォンを取り出し、すばやく耳に当てた。さっきとは打って変わって、全身からエネルギーがほとばしっていた。やはり風間さんには、こんな風に前向きでいてほしいと思う。

彼がいつでも自分らしく振る舞えるようにする。それはもしかしたら、僕に与えられた一番重要なミッションなのかもしれない――。

今後の方針を曽根さんと話す風間さんを見つめながら、僕はそんなことを思ったのだった。

第二話
水辺に揺蕩《たゆた》う死は、野性的な香り

1

「ボール・フォア！」

フルカウントから四球《しきゅう》を勝ち取ったチームメイトが、

「よしっ！」と拳《こぶし》を握《にぎ》って一塁《いちるい》へと駆《か》け出していく。

「うわー、マジで回ってきたよ……」

ネクストバッターズサークルで、守山紳一《もりやましんいち》はこっそりと呟《つぶや》いた。

今のフォアボールですべての塁が埋《う》まった。

九回裏、ツーアウト満塁。スコアは八対五で、守山のチームが三点のビハインド。ここで守山がもしホームランを打てば逆転サヨナラ勝ち、アウトになればそこで試合が終わってしまう。

守山は知人と草野球を楽しんでいる。チームは西東京《にしとうきょう》草野球リーグに参加しており、現在、最も下位である第六部に位置している。今シーズンは非常に調子が良く、あと一勝で五部に昇格《しょうかく》できるところまで来ていた。ただ、負けてしまうと勝率の関係で昇格のチャンスが潰《つい》える恐《おそ》れがある。

この試合は何としても勝たねばならない――。

八月の朝日に照《て》らされながら、バッターボックスに向かう。サークルを出て二歩進んだ時、守山はバットを握る手が震《ふる》えていることに気づいた。

三十五歳《さい》で草野球を始めて三年。これまでの通算打率は二割二分しかなく、ホームランを打ったことなど一度もない。チームでは常に九番を打っている。

そうだ、欲張《よくば》るな、と守山は自分に言い聞かせた。無理に大きな当たりを狙《ねら》う必要はない。次のバッターに繋《つな》ぐことだけを考えればいいのだ。

そうやって自分に言い聞かせていると、ぽんと肩《かた》を叩《たた》かれた。振《ふ》り返《かえ》ると、チームの四番であり、キャプテンを務《つと》める木戸《きど》が立っていた。

木戸は守山の会社の上司《じょうし》だ。一回りも年上の彼に誘われたのがきっかけで、守山は草野球の面白《おもしろ》さを知った。野球経験がなく、体を動かす習慣もなかった守山に、チームスポーツの楽しさを教えてくれたのも彼だった。

「ちょっと落ち着け」と木戸が守山の背に手を当てた。

「こんな大事な場面で打席に入るのは初めてなので……」と守山は小声で言った。

「昇格のことを気にしてるのか。そんなことは大した問題じゃないさ。六部だろうが一部だろうが、野球の楽しさは変わらない。そうだろ？」

木戸がベンチを指差す。チームメイトたちは守山に熱い視線《しせん》を向けていた。彼らは自分に期待してくれているのだ。そう思うと、体温が一気に上がった気がした。

「お前のことだ。たぶん、バットを短く持って、とにかくボールに喰《く》らいついて……みたいなことを考えてたんだろう。それじゃ面白くない。ホームランを狙って、思いっきり振り回してこいよ。ボールを遠くに飛ばすことだけを考えろ」

木戸はレフトを指差した。フェンスの類《たぐ》いはなく、身を寄せ合うように茂《しげ》る数本の木の奥《おく》に、朝日に光る多摩川《たまがわ》の水面が見えていた。

「川に飛び込むホームランを打って来い！」

木戸が、ぽーんと守山の尻《しり》を叩く。その勢いに押されるように、木戸は小走りに右のバッターボックスに入った。

手の震えは止まっていた。不思議と、いつもより金属バットが軽いような気がする。

ピッチャーが帽子《ぼうし》を脱《ぬ》いで汗《あせ》を拭《ぬぐ》い、投球モーションに入る。

力を振り絞《しぼ》って彼が白球を投げ込んできた。ストレートは外角に大きく外れてボールになった。マウンドにいるのは相手チームのエースピッチャーだ。これまでの打席では手も足も出ないように感じたが、今の一球は余裕《よゆう》をもって見送れた。球がいつになくよく見えている。

守山は大きく息を吐《は》き出し、バットを構えた。

ピッチャーが足を上げた。

リズムを合わせるように、軽くバットをキャッチャー側に引く。

相手の指先からボールが離れる。ストレートボールが描き出すであろう軌跡《きせき》が、まるで予知のようにはっきりと分かった。ど真ん中だ。

守山は何も考えず、渾身《こんしん》の力を込めてバットを振った。

乾《かわ》いた打球音がグラウンドに響《ひび》き渡《わた》る。手応えは、ピンポン玉を打ったみたいに軽かった。

守山は振り切ったバットを放し、レフトへと飛んでいくボールの行方《ゆくえ》を目で追った。白球は放物線を描き、木々の向こうにすっと消えた。文句のつけようのない、いや、完璧《かんぺき》を超《こ》えた奇跡《きせき》のホームランだった。

夢を見ているのかもしれない。守山は現実感のないまま、全速力でダイヤモンドを一周した。

ホームベースに戻ってくると、仲間たちから手荒《てあら》い祝福《しゅくふく》が待っていた。ヘルメットを叩かれ、ペットボトルの水を頭から振り掛けられる。テレビの野球中継でよく目にする場面に、ようやく試合を決めるヒーローになった実感が湧《わ》いてきた。

「やったな、守山！」

駆け寄ってきた木戸が肩に手を回してくる。顔をくしゃくしゃにしたその笑顔に、

「やってしまいました」と守山も笑みを返した。

「せっかくだ。今のホームランボールを探しに行かないか。いい記念になる」

挨拶のあと、木戸がチームメイトに声を掛ける。皆、二つ返事で頷《うなず》く。全員でボールを探しに行くことになった。

メンバーたちと言葉を交わしながら、レフト方向へと歩いていく。多摩川の方から吹いてくる風が、ほてった頬《ほお》に気持ちいい。

草むらをしばらく進んでいくと、川べりからカラスの鳴き声が聞こえてきた。数羽が集まり、砂利《じゃり》の上を跳《は》ね回っている。その群れの中に、白いものがちらちら見える。

「急いだ方がいい。記念ボールをカラスに持って行かれるぞ」

木戸に背中を叩かれ、守山は慌《あわ》てて駆け出した。

「おーい、やめてくれーっ」

声を上げながら近づいていくと、カラスたちは守山を一瞥《いちべつ》して一斉《いっせい》に飛び立った。

ほっと息をつき、空から地面へと視線を戻す。

「……え？」

カラスたちが集まっていた水面ぎりぎりの場所に、白い物体が落ちている。だが、それは明らかにボールよりもサイズが大きかった。

「……いやいや……マジで……？」

「おい、どうした。ボールは見つかったのか」

木戸が駆け寄ってくる。守山は上司を振り返ることなく、ゆっくりと「それ」を指差した。

「き、木戸さん。あれって……人間の足首じゃないですか……？」

2

「う、ううーん……っ」

表計算ソフトへの金額《きんがく》入力作業を中断し、僕は両手を上に伸《の》ばした。

時刻《じこく》は午後三時半。小さく息をつき、教員室を見回す。壁の上部に取り付けられた最新型のエアコンが、僕のいる場所を的確に認識し、涼《すず》しい風を送ってきている。冷風の温度はこまめに自動調節されており、過度に寒くなることはない。派手《はで》さはないが、電化製品の確かな進歩を感じる。

僕がアルバイトをしている東京科学《かがく》大学の薬学部は建物が古く、設備も旧世代のものを使っているところが多いと聞く。実際、廊下《ろうか》の空調は機能しているのかどうか疑《うたが》わしいレベルで、夏も冬も外気温の影響《えいきょう》をモロに受ける。

しかし、風間《かざま》さんが代表を務める分析《ぶんせき》科学研究室では、専門的な実験機器だけではなく空調機や冷蔵庫といった家電も定期的に買い換えられ、新しいものになっている。それはひとえに、風間さんが自腹を切ってそれらを購入しているからだ。「米国や中国の一流研究室と対等に戦うためには、研究環境《かんきょう》を充実させる必要がある」と風間さんは考えているようだ。つまりは、「貧《ひん》すれば鈍《どん》する」という思考なのだろう。

風間さんは外部の業者との打ち合わせで、一時間前から不在《ふざい》だ。僕は一人でコツコツと、上半期の予算消化状況をまとめる作業を続けている。

東京科学大学は例年、八月と九月の二カ月間が夏季休暇《きゅうか》となる。今日は八月二十九日だから、ようやく折《お》り返《かえ》し地点に差し掛かろうという時期だ。ただし、学部一〜三年生は休みを謳歌《おうか》しているが、四年生や大学院生は多くが実験のために大学に来ている。

秘書のアルバイトを始めてから知ったのだが、大学院生には決まった夏休みというものはないそうだ。お盆《ぼん》の頃《ころ》に一週間程度休んで帰省する程度で、それ以外は普段通りに研究活動を行っている。そのため、試薬の購入手続きや出張費の申請といった事務作業も変わらず発生するというわけだ。

「夏休み、かあ……」

僕は椅子《いす》の背に体を預けた。

思い出されるのは四年生の夏だ。友人たちがさっさと就職《しゅうしょく》を決め、卒論の目処《めど》をつけて遊び惚《ほう》けていた一方で、僕は必死に就職活動を続けていた。八月末と言えば、八割近い学生が内々定を得ている時期である。用意された椅子の多くは埋まってしまったわけで、僕は空《あ》いた椅子を求めて、ひたすら面接を受けまくった。僕はとにかく正社員になることしか考えておらず、自分が何になりたいのかとか、どんなキャリアを描きたいのかといった、将来《しょうらい》に向けた展望が明らかに欠落していた。

結局、就活《しゅうかつ》に失敗してフリーターになったわけだが、そういう無目的ながむしゃらさが企業から敬遠《けいえん》されたのかもしれない、と今になって思ったりするわけである。

そんなことを考えながら休憩《きゅうけい》していると、教員室のドアがノックされた。

「あ、はい」

立ち上がり、ドアを開く。廊下にいたのは、小柄《こがら》な僕よりさらに小さな女子学生だった。分析科学研究室に籍《せき》を置く、修士二年の丸岡萌奈美《まるおかもなみ》さんだ。

「こんにちは。これ、外部の業者に委託《いたく》していたサンプル合成の請求書《せいきゅうしょ》です」

「ああ、どうもありがとうございます」

差し出された書類を受け取る。と、そこで僕は彼女の視線に気づいた。ウサギのような黒目がちの瞳《ひとみ》で、僕を上目遣《うわめづか》いにじっと見つめている。

「えっと、他にも何か用件が？」

「……相変わらず、風間先生と頻繁《ひんぱん》に出掛けているみたいですね」

声を潜《ひそ》め、彼女が恨《うら》めしそうに言う。

「時間の許す限り、サンプル採取《さいしゅ》には同行するようにしていますから」

すると丸岡さんは「時間の許す限り？」と眉根《まゆね》を寄せた。「それは、一緒に行くかどうかを桜庭《さくらば》さんが決めているということですか」

「え？　うーん、主導権《しゅどうけん》がどうとかじゃなく、都合が合えばってことです。風間先生がどうしてもとおっしゃる場合は、他の用件をキャンセルすることもありますよ」

「要するに、連携《れんけい》が非常にうまくいっているってことですよね」

丸岡さんは腕《うで》組みをして僕を睨《にら》んでいる。徐々《じょじょ》に苛《いら》立《だ》ちを強めているようだが、僕には責《せ》められる理由が思いつかない。

「あの、結局、何が言いたいんですか？」と僕はストレートに尋《たず》ねた。

「三月に言いましたよね、私。『風間先生のことを諦《あきら》めない。絶対に桜庭さんには負けない』って！　忘れちゃったんですか！」

「……いや、もちろん覚えてますよ」と僕は嘆息《たんそく》した。

丸岡さんは風間さんに対し、教員と学生という立場を超えた憧《あこが》れを持っている。端的《たんてき》に言えば、片思いだ。彼女曰《いわ》く、「ぱっと見は冷たそうだけど、心の芯《しん》は熱く燃《も》えてるっていうか。そういうハードボイルドな生き様がいいんですよ！」とのこと。

そんな風間さんラブな彼女が、どうして僕をライバル視しているのか。その理由は単純だ。丸岡さんは、僕のことを風間さんの恋人だと思い込んでいるからだ。

そういう勘違《かんちが》いをしている学生は、研究室内に他にもいるらしい。噂《うわさ》が立った理由は分からないではない。ある日突然、准教授《じゅんきょうじゅ》が秘書のアルバイトを雇《やと》った。ところが、本人は事務員として働いた経験がない。そんなどこの馬の骨だか分からない人間を、重要なサンプル採取の現場にも同行させる――。改《あらた》めて列挙《れっきょ》してみると、不自然さてんこ盛《も》りだ。人間関係における最上級のコネ、すなわち恋愛《れんあい》関係にあるのでは、と疑われても仕方ない。

しかし、これはもちろん事実ではない。まったくの誤解《ごかい》だ。

このままではよくないと思い、「学生に悪い影響が出かねないので、誤解を解《と》いた方がいいのでは」と風間さんに進言したことはある。

風間さんの答えは「別に構わない」だった。「その程度の噂で進学希望者が減るなら、それは私自身の魅力《みりょく》の問題ということになる。取り組んでいる研究を面白いと思わせられなかった私の責任だ」

風間さんは堂々とそう語った。彼にそれだけの覚悟《かくご》があるなら、僕がとやかく言うことではない。そう思い、僕は積極的に噂を否定することはしていない。

噂が浸透《しんとう》しても、その疑惑《ぎわく》を僕にぶつけてくる学生は誰《だれ》もいなかった。ただ一人の例外が、いま目の前にいる丸岡さんだった。

ただ、三月にあれこれ言われて以降《いこう》、彼女は今までずっとおとなしかった。研究活動ときちんと向き合い、僕や風間さんとも普通《ふつう》に接していた。なぜこのタイミングで、というのが僕の正直な気持ちだった。

「私、博士《はくし》課程の試験に合格しました」

「そうなんですか。それはおめでとうございます」

「風間先生を振り向かせるにはどうすればいいか――。私が出した答えは、『優秀《ゆうしゅう》な成果を出せる研究者になる』でした。博士課程に進むのは当然の選択でした」

丸岡さんは僕から視線を外さずに早口で喋《しゃべ》り続ける。

「四月からこれまで、私は今までで一番熱心に実験をやりました。風間先生への気持ちを封印《ふういん》して、研究テーマのことだけ考え続けました。成果も出ています。年内には、業界トップクラスの学術雑誌に論文が載《の》ります」

そこで急に彼女が口を閉ざす。見ると、つぶらな瞳が潤《うる》んでいた。

「……なのに、先生の態度は変わっていません。もちろん、ちゃんと指導はしてくれます。でも、そこに特別な感情を感じることはできませんでした。先生は、桜庭さんには熱の籠もった視線を向けるのに……っ」

やがて堤防《ていぼう》が決壊《けっかい》するように、丸岡さんの両目から涙《なみだ》が溢《あふ》れ出した。まさかそこまで思い詰《つ》めていたとは。

なんとか泣き止《や》んでもらおうと言葉を探すものの、予期せぬ事態に頭が追い付かない。どうしようかとおろおろしていると、風間さんが戻ってきた。

「そろそろ出ようか。……おや？」

風間さんが丸岡さんに気づき、「私に用か」と背中から声を掛けた。

「……いえ、大丈夫です。失礼します」

丸岡さんは素早く振り返って一礼すると、うつむいたまま教員室を出ていった。

「珍《めずら》しいな、ここで学生と立ち話とは」

閉まるドアをちらりと見やり、風間さんが近づいてきた。彼の体からはいつも、柑橘《かんきつ》類《るい》と桃《もも》を絶妙にミックスしたような爽《さわ》やかで甘《あま》い香《かお》りがする。それが自然に鼻に届く距離で、風間さんは僕とコミュニケーションを取ろうとする。

彼は僕の耳元に口を近づけ、「……何かあったのかね？」と囁《ささや》いた。

「丸岡さんが博士課程に進むという話を聞きました。すごく熱心に研究に取り組んでいるようですね」

「ああ、そうだな。私の研究室……いや、薬学部全体を見渡《みわた》しても、彼女ほど熱意のある学生はいない。非常に優秀だよ」

「じゃあ、特別な学生さんって感じですか」

「それは違う」と風間さんは静かに首を振った。「私は学生を特別扱いすることはない。最終的に自立し、自ら研究を主導する立場になる――それが研究者として目指す道だと私は考える。そのためには、自分で考える力を養《やしな》うことが肝要《かんよう》だ。『教えすぎる』ことを避けるために、学生から常に一定距離を置くようにしている」

風間さんは冷静にそう説明し、「私にとって特別なのは、桜庭くん、君だけだ」と付け加えた。

「それはどうも……恐縮《きょうしゅく》です」

そう言ってもらえるのは嬉《うれ》しかったが、絶対に丸岡さんには聞かせられない台詞《せりふ》だな、と僕は思った。一〇〇％勘違いされる。

「謙遜《けんそん》は不要だ。私は君を誰よりも正しく評価しているだけだ」風間さんは微笑《ほほえ》むと、机の上のアタッシェケースを手に取った。「さあ、出発しようか」

今日はこれから、彼と共にサンプル採取に向かうことになっている。心の中のもやもやに引きずられて死香《しこう》への集中をおろそかにするわけにはいかない。風間さんが僕に求めているのは、「特別」なパフォーマンスなのだ。

僕は気持ちを切り替え、「よろしくお願いします」と神妙に応じた。

3

午後四時過ぎ。僕は風間さんと共に、多摩川の河川敷《かせんしき》のグラウンドへとやってきた。

堤防と川に挟《はさ》まれたエリアに、野球場が二面設《もう》けられている。ホームベースの後ろ側に簡素《かんそ》なネットフェンスがあるが、外野側に柵《さく》や仕切りはない。内野と外野の定位置までは土で、そこから奥はくるぶし丈《たけ》の雑草に覆《おお》われていた。

「遺体《いたい》の発見現場は川のすぐ近くだそうだ。虫に気をつけて向かうとしよう」

現場に立ち入る際は、僕も風間さんも白衣《はくい》を身につけることにしている。夕方近くとはいえ、まだ気温は三〇℃を上回る。服の上から白衣を羽織《はお》るとかなり蒸《む》し暑い。

川面《かわも》から吹く風は生ぬるく、苔《こけ》っぽい匂《にお》いが混《ま》ざっていた。三塁ベース付近まで来ても死香は感じられない。外野を越え、雑草を踏《ふ》みながら川べりを目指す。

だいたい、ホームベースから八〇メートルほど離れた辺りから草は少なくなり、足元が砂利に変わった。もう、川面はすぐそこに見えている。

川の手前五メートルくらいのところに、スーツ姿の男性が立っていた。曽根《そね》さんだ。彼は外側が銀色、内側が黒色の日傘《ひがさ》を差している。

「やあどうも。暑いですねえ」

曽根さんがにこやかに声を掛けてきた。

「いいですね、その日傘」

僕が褒《ほ》めると、「こんなところで熱中症に罹《かか》ったら、私まで仏《ほとけ》になりかねませんから」と曽根さんは笑った。

「お一人で行動されてますもんね」

「そうですね。ただ、私は単独《たんどく》行動だから日傘を使えますが、他の刑事はそうはいきません。日傘を差していると、市民の方から『たるんでいる！』と苦情が入るんですよ。だから、外を歩く時は男も女もノーガードです」

「無駄に声の大きい人間の集合と、前時代的な思想に囚《とら》われている人間の集合は、多くの部分が重なっているのでしょう」と風間さんが首を振る。「そういったくだらない押しつけが世の中から消えるには、まだ時間がかかりそうですな」

「ごもっともです」

　曽根さんは頷き、川の方に顔を向けた。川面に接する砂利の上に、黄色いテープで直径一メートルほどの半円が描かれている。

「男性の足首は、あそこで発見されました。今朝の午前七時頃のことです。鑑識《かんしき》活動は終わっていますので、自由に調べていただいて結構です。テープは私が便宜《べんぎ》的に置いたもので、あとで持ち帰ります」

「足首は川を流れてきたのでしょうか」

「その可能性は高いと思われます。円の中心に人の頭くらいの岩が見えますでしょう。流れてきたものがあれに引っ掛かったというのが現時点での見解です」

「足首の状態はいかがでしょうか」

「腐敗《ふはい》はさほど進んでいませんでした。水に浸《つ》かっていた期間はせいぜい一日程度でしょう」と曽根さん。足首が腐敗していないということは、肉や骨が朽《く》ちて自然に外れたものではなく、切断された上で流されたと考えてよさそうだ。

そこで風間さんの質問は一段落した。曽根さんは「車で待っていますので、終わったらご連絡《れんらく》ください」と言い残してその場から立ち去った。

曽根さんが充分に離れたところで、「さて」と風間さんが注射器を取り出した。「どうかね、この場所の死香は」

「さっきまではほとんど感じませんでしたが、さすがにここまで近づけば香りますね。ブラックペッパーの匂いです」

いま自分が感じているのは、間違いなく死香だという確信はある。ただし、足首の持ち主が亡《な》くなっていると断言《だんげん》できる自信はない。「切断された人体の一部」が絡《から》む事件はこれが初めてで、それが死香を放つかどうか、僕には判断ができないからだ。

ただ、よほど特殊《とくしゅ》なケースでないかぎり、普通にバラバラ殺人事件だと考えていいだろう。誰かが男性を殺し、遺体を切断して一部もしくは全部を多摩川に流したのだ。

「死香が存在するのであれば、それを検知できるはずだな」

風間さんが、いつも以上に真剣《しんけん》な表情でテープの円内の空気を集め始めた。地面に注射器の先端《せんたん》を近づけたり、岩の隙間《すきま》に先端を差し込んだりしながら、丹念《たんねん》に採取を行っている。

風間さんの死香分析技術は、この一年で着実に進歩している。最初は存在すら摑《つか》めなかった低濃度《ていのうど》成分をいくつも検出し、さらにはその化学構造式を特定するところまで来ている。

しかし、課題もある。その一つが、屋外での死香の採取だった。

死香のもととなる匂い物質は揮発《きはつ》しやすい。風によって空気が掻《か》き乱《みだ》される屋外では、時間経過と共にどんどん拡散《かくさん》していってしまう。それで、風間さんは注意深く気体を集めているのだ。

などと作業を見守っている場合ではなかった。屋外で死香を感じにくいのは僕も同じなのだ。風間さんの邪魔《じゃま》をしないように、死香を丁寧《ていねい》にたどることにする。

まず、テープの円の周りの匂いを確かめてみる。死香は、円の中心部に集中しており、外側には広がっていない。つまり、誰かがここに持ってきたのではなく、流れ着いたものと考えていいだろう。

もしこれがバラバラ殺人事件ならば、犯人は遺体をまとめて川に流した可能性が高い。川沿いを調べれば、他の部位が見つかる可能性はありそうだ。

もし捜索《そうさく》するなら、どの程度の範囲《はんい》になるのだろう。ネットで調べようとスマートフォンを手に取ったところで、「誰に連絡を取るのかね」と耳元で声がした。

振り返ると、真後ろに風間さんが立っていた。足元は一面の砂利だというのに、足音がまるで聞こえなかった。まるで幽霊《ゆうれい》だ。

「あ、いえ。ちょっと調べたいことが」

僕は自分が感じたことと、そこから導《みちび》かれる捜査の方針《ほうしん》について説明した。

風間さんは自分のこめかみを軽くつつき、「ふむ」と呟いた。

「多摩川の長さは、およそ一三八キロメートル。この地点は河口《かこう》から三五キロ程度だろう。単純計算だと、上流部分は一〇三キロにも及ぶことになる。ただし、足首が川の水に浸かっていた時間の短さから考えれば、比較《ひかく》的近い場所に遺棄《いき》されたものと推察できる。ここ数日は晴天《せいてん》続きで、風も弱かった。川の流速を仮に平均〇・五メートル毎秒とすると、時速一・八キロメートルになる。二十四時間で約四三キロだ。ひとまず、その辺りまで調べれば何らかの痕跡《こんせき》が発見できるかもしれない」

風間さんはすらすらと数字を挙《あ》げて解説してくれた。彼の頭の中には古今東西《ここんとうざい》のあらゆる統計データが格納されている。このくらいは朝飯《あさめし》前なのだろう。

「でも、人力では厳《きび》しいですよね」

「一人が一日当たり川の片側五〇〇メートルを担当するとして、百七十二人。捜索期間を長く取れば、必要な人数は減る。その程度なら警察の力で対応できるだろう。我々《われわれ》が気にするようなことではない。得られた死香を解析《かいせき》し、含有《がんゆう》成分と君の感覚との関連性を明確にする——それが今の私の目的だ。警察の捜査に協力しているが、解決の使命を帯《お》びているわけではない」

風間さんはきっぱりとそう言い切ると、気体を集める作業を再開した。

重要なのは死香であり、捜査の行く末はどうでもいい。風間さんのそのスタンスは、出会った当初から変わっていない。独善《どくぜん》的な考え方に聞こえるが、僕は研究に懸ける彼の熱意をよく知っているので、その方針に異《い》を唱《とな》えたりはしない。

ただ、僕は風間さんとは違う。赤の他人であっても、こうして事件に関わった以上は謎《なぞ》を解き明かし、被害者《ひがいしゃ》の方の無念を晴らしたい。なぜこんな悲惨《ひさん》な目に遭《あ》わなければならなかったのか、それを確かめたいと感じている。

特殊清掃《せいそう》の現場でも、僕は亡くなった方への敬意を忘れないようにしている。「死」には、それだけの重みがあると僕は思っている。

どちらが正しいということはない。僕には僕、風間さんには風間さんの考え方がある。ただそれだけだ。

4

二日後、金曜日の午前八時過ぎ。

特殊清掃のバイトの休日を利用し、僕は多摩川沿いの堤防へやってきた。例の足首が発見された場所のすぐ近くだ。

今日で八月は終わりだが、朝から気温が上がっていた。風が完全にやんでいて、空気がその場に固定されたまま熱せられている。残暑が厳しいというより、今がまさに夏のピークなのでは、と疑いたくなるほど暑い。

僕は帽子を被《かぶ》り直し、持参したスポーツドリンクを一口飲んでから自転車にまたがった。近くのレンタサイクルショップで借りてきたものだ。

暑い中ここへ足を運んだのは、死香を探すためだった。足首の持ち主が何者かに殺害され、バラバラにされて川に流されたとしたら、遺体を捨てた場所に死香が残っているはずだ。それを足掛かりに犯人に繋がる情報を得よう、というのが僕の作戦だ。

今、僕の隣に風間さんの姿はない。彼は昨日からブラックペッパーの死香の分析作業に注力している。まだ朝の早い時間だが、おそらく風間計器《けいき》の研究施設《しせつ》で実験を始めているはずだ。

足を使って死香を探すことを決めたのは僕自身だ。今の自分に何ができるかを考えて出した結論だった。

この案については、昨日の夜に風間さんに電話で相談した。「わざわざそこまでする必要はない」というのが風間さんの意見だった。「日中の気温はまだまだ高い。体調を崩《くず》すリスクもある。やめておきなさい」とも言われた。

風間さんに反対されることは分かっていた。それにもかかわらず、こっそり実行せずにきちんと相談したのは、風間さんとの約束があるからだ。あくまでフェアに打ち明けた上で、僕のやることを認めてほしかった。

「じっとしてはいられないんです」と僕は素直《すなお》な想いを彼にぶつけた。「体調管理には充分に気をつけます。やらせてください」

そう訴《うった》えると、風間さんは数秒の沈黙《ちんもく》のあと、「桜庭くんがどうしてもと言うなら、仕方あるまい。この一年で、君の性格もある程度は理解できた。やるなと言っても引き下がりはしないだろう」と言ってくれた。

その言葉は嬉しかった。風間さんは僕の性格を理解した上で、こちらのわがままを受け入れてくれたのだ。

風間さんのお墨付《すみつ》きを得ているので、後ろめたさはなかった。ついついペダルを漕《こ》ぐスピードが上がりがちになるが、死香を「嗅《か》ぎ逃さない」ように、抑《おさ》えめに走らなければならない。

自分がもし犯人だったらどうするだろう。熱風と共に流れる景色《けしき》を眺《なが》めながら、僕は犯人の心理について考え始めた。

遺体を処理《しょり》するため、切断して川に流すことを思いついたとしよう。仮に川の近くに住んでいたとしても、パーツに分けた遺体を何度も捨てに行くのは面倒だし、目撃《もくげき》されるリスクも高くなる。となると、やはり車で素早く効率的に運ぶことを考えるのではないだろうか。トランクに入れておいて、橋の上で車を停め、素早く川に投げ込む。実行するとしたら夜間で、しかもあまりひと気《け》のない場所だろう。

もしこの仮説が正しければ、橋の欄干《らんかん》に死香が残っている可能性はありそうだ。堤防沿いに自転車を走らせつつ、橋を一つずつチェックしていくことにした。

一本目、二本目、三本目と空振りが続く。しばらく進むと、多摩川は二手に分岐《ぶんき》する。というより、その地点で支流と合流していると言うべきか。支流の方から流した可能性も否定はできないが、まずは本流の方を調べることにした。

やがて、次の橋が見えてきた。スマートフォンの地図アプリで確認すると、睦橋《むつみばし》という名前の橋だと分かった。

片側二車線で、交通量はそれなりにある。橋の中央付近で自転車を停め、欄干を中心に匂いを確認する。橋の両側の歩道をそれぞれ往復して確かめたが、死香の類いは一切《いっさい》感じられなかった。どうやら、ここも外れのようだ。

再び自転車にまたがったところで、河原の近くに駐車場《ちゅうしゃじょう》があることに気づく。河川敷に公園が設けられているようだ。駐車場から川までの距離は五〇メートル程度か。あそこに車を停めれば、歩いて遺体を捨てに行くことは難しくない。橋の上から投げ込むより、下から流した方が人目につきづらいだろう。

ついでに河原の方も調べてみることにした。橋の手前の交差点から急カーブを下り、坂を下りきったところで、僕は川の方に目を向けた。

川の近くの駐車場に向かう。

「……ん？　あれって……」

河原を、小柄な女性が歩いている。丸岡さんだ。白の長袖《ながそで》Tシャツに黄色いショートパンツと黒のレギンス、それに灰色のつば広の帽子という格好《かっこう》だった。

僕は自転車を路肩に停め、植え込みをまたぎ越えて河原に降りた。

砂利を踏む音に気づき、丸岡さんが「えっ」と目を丸くする。

「おはようございます。こんなところで会うなんて奇遇《きぐう》ですね。この近くに住んでるんですか？」

近づきながら尋ねると、彼女はぷいと視線を逸《そ》らし、「違います」と冷たく言った。

「私の家は大学のすぐそばです。通学に時間を掛けるなんて馬鹿《ばか》馬鹿しいですから」

「あ、そうなんですか……。じゃあ、どうしてここに」

「風間先生から、バラバラ殺人事件の捜査に協力していることを伺《うかが》いました。詳細は教えてもらえなかったんですけど、ネットニュースに記事が出ていたので、だいたいのことは分かりました。多摩川のほとりで男性の足首が見つかったんですよね」

「ええ、まあ」

「だから、川沿いを捜索しようと思ったんです。大学は休みました」

「……えっと、言葉の意味がよく分からないんですが」

「どれだけ研究で頑張っても、風間先生は私を学生としか見てくれません。だから、違うところで成果を出そうと決めたんです。そうしたら、私のことを特別な人間だと思ってくれるかもしれません」と彼女は拳を握り締めた。

「それは……どうですかね。先生の目的は事件の解決じゃないですから」

「分かってますよ。ごく微量《びりょう》の遺留《いりゅう》成分を検出する技術を開発するために、犯罪現場の空気を分析しているんでしょう」丸岡さんが僕をキッと睨んだ。「もし未発見の遺体の一部が見つかれば、解析対象が増えることになります。きっと先生は喜びます」

「喜ぶのは喜ぶでしょうけど、うーん……」

「別に私、桜庭さんに許可をもらうつもりはないですから。自分の意思で自由にやります。じゃ、さようなら」

そう言って彼女は橋脚《きょうきゃく》の方へと歩き出した。まだ話は途中《とちゅう》だ。僕は慌てて彼女のあとを追った。

互いの距離が五メートルほどになったところで、丸岡さんが振り返る。

「なんですか。付いてこないでください」

「やっぱり、こんなことはやめた方がいいと思います。探すべきエリアは広大ですし、ただ疲《つか》れて終わりになる可能性が高いです。警察に任せましょうよ」

僕がそう説得すると、丸岡さんは急に立ち止まった。

「無駄になるって分かってるのに、どうして桜庭さんはここにいるんですか？　矛盾《むじゅん》しているじゃないですか」

「それは……」

丸岡さんの指摘《してき》は正しかった。確かに、言っていることとやっていることが一致《いっち》しない。何を言っても藪蛇《やぶへび》になりそうで、僕は完全に答えに窮《きゅう》してしまった。

いっそのこと逃げ出そうかと思ったが、一時しのぎにしかならないことは明白だった。大学に行けば嫌《いや》でも彼女と顔を合わせることになる。

どうすればいいのだろう。僕が黙っていると、丸岡さんが痺《しび》れを切らしたようにこちらに一歩を踏み出した。

その瞬間、僕はブラックペッパーの死香を感じた。

匂いは丸岡さんの方から漂《ただよ》ってくる。「ここに来る前にどこかに寄りましたか？」と僕は尋ねた。

「上流側にある別の橋の下を調べましたけど……」

「そこに案内してください」

「話を逸らさないでください。まだ、返事を聞いてません」

「時間がないんです。お願いします」

僕が言葉に力を込めると、丸岡さんは怪訝《けげん》な表情のまま頷いた。

僕と同様、彼女もレンタサイクルで移動していた。いったん川岸を離れて堤防に戻り、丸岡さんに先導《せんどう》してもらいながら自転車を走らせる。

一キロほど走ったところで、次の橋が見えてきた。

「あそこですけど……」

彼女がそう告げるより先に、僕の鼻はブラックペッパーの死香を感じ取っていた。

同時に、僕の脳が警戒《けいかい》信号を発し始める。まだ数十メートル離れているのに死香が漂ってくる。普段の現場では、そういったことは起こらない。死香の放出源である遺体はすでに移送されているからだ。

つまり、あの橋の下には……。

僕は覚悟を決め、自転車のペダルを踏む足に力を込めた。

「あ、ちょっと!」

僕は丸岡さんを追い越すと、乗り捨てるように自転車から飛び降りた。

匂いは橋のたもとの、川面に面した茂みから放たれている。

雑草を掻き分けて、斜面《しゃめん》を下っていく。

ああ、この感覚だ、と僕は思った。

今年の三月、僕は分析科学研究室の旅行に同行し、宿泊地で事件の捜査に関わった。

そして、死香をたどることで、行方不明になっていた男性の遺体を発見した。

長く特殊清掃のアルバイトを続けていたが、痕跡ではない、「本物」の遺体に接近したのはそれが初めてだった。

遺体から放出される死香は強烈《きょうれつ》だった。あまりの濃度に嗅覚《きゅうかく》は麻痺《まひ》し、僕はその匂いを光の粒《つぶ》として目で見ることさえできた。それは不思議な体験だったが、夢の中を歩いているような、温《ぬく》もりを帯びた心地よさがあった。

「桜庭さーん！」

背後から丸岡さんの声が聞こえる。僕はそれを無視して、長く伸びた雑草が密集する一画へと近づいていった。

一歩を踏み出すたびに、ブラックペッパーの匂いが濃《こ》くなる。誰かが僕の顔の前でコショウの実を挽《ひ》いているかのようだ。

太陽が照りつけているのは分かる。それなのに、まるで暑さを感じない。視界も少しずつぼやけ始めていた。鼻から脳に送られる嗅覚情報が増えすぎて、五感に影響が出ているのだろう。

そして僕は再び見た。

青々と茂った雑草の合間から、噴水《ふんすい》のように白い光が噴《ふ》き上がっている光景を。

ああ、なんて心地いいんだ……。

光が僕の体を包み込んでいく。その優しい温もりに身を委《ゆだ》ねるように、僕は幸せな気分で目を閉じた。


甘く、爽やかな香りを感じた。

はっとまぶたを開くと、目の前に風間さんの顔があった。

頭の下に、引き締まった筋肉を感じる。風間さんの顔の後ろに車の天井《てんじょう》が見えていた。

そこでようやく、自分が風間さんに膝枕《ひざまくら》されていることに思い至《いた》った。

「意識が戻ったか」と彼が吐息《といき》をつく。

「ここは……」

「動かない方がいい」と、風間さんが僕の胸をそっと押しとどめる。「いつも移動に使っている車の中だ。君は河川敷で倒れたのだ」

「ああ、そういうことでしたか……」と僕はため息を漏《も》らした。

三月の時も、僕は意識を失って倒れた。電力の使い過ぎでブレーカーが落ちる時のように、強すぎる死香に耐《た》えきれず、脳がシャットダウンを選択したのだ。

「今、何時ですか？」

「まもなく正午になる。君は三時間近く眠っていた」

「すみません、ご迷惑《めいわく》をお掛けして……。でも、収穫《しゅうかく》はありました。僕が倒れた近くの川岸に、草が密集している場所があります。そこにたぶん……」

その先を口にしようとしたら、風間さんに人差し指で唇《くちびる》を押さえられた。

「君に何が起きたのかは、連絡を受けた時に察しがついた。曽根刑事に連絡し、さっそく付近を捜索させたよ。川べりの草の中から、男性の頭部が発見された。川上から流れてきて、そこに引っ掛かったのだろう」

「そうですか……。でも、どうして風間先生がここに？」

「丸岡くんから連絡があったのだ。君と共に行動していたのだろう」

「たまたま、途中で一緒になりまして……。丸岡さんは、捜査への協力を望んでいるみたいです」

「協力？　彼女はそんなことを考えているのか」

「ええ。……研究以外のことで、先生の役に立ちたいと思ったのかもしれません」

彼女の片思いのことは伏《ふ》せて、僕はそう言った。

風間さんが顎《あご》に手を当て、「そうだったのか……」と囁いた。「ありがとう。貴重な情報だ。後日、丸岡くんと面談を行うことにしよう。彼女の考えを把握《はあく》したい」

「よろしくお願いします」

丸岡さんは進むべき道を見失いかけている。それを正すのは指導教員である風間さんの役目だろう。あとのことは任せることにした。

「あと一時間ほどで、現場検証《けんしょう》が終わるようだ」と、風間さんが窓の外に目を向けた。

「それまで、のんびり休んでいればいい」

「じゃあ、お言葉に甘えて横にならせてもらいます。風間先生はどうされますか」

「ここにいる」当然とばかりに風間さんは即答した。「枕があった方が楽だろう」

「ずっとこの状態ってことですか⁉ いや、そんな、申し訳ないですよ。重いでしょう」

「重さは気にならないな」

「で、でも、僕がここにいたらノートパソコンを開くこともできないじゃないですか」

「雑誌や論文のコピーを読むことはできる。それに飽《あ》きたら、君の寝顔を眺めているとしよう。さあ、眠りたまえ」

風間さんが、僕をじっと見つめている。なんだか気恥《きは》ずかしくて、僕は目を閉じた。

僕の胸に風間さんが右手を置く。触《ふ》れたところから、温かさが染み込んでくる。

河川敷の風景がまぶたの裏に浮《う》かび、ぼやけて消えていく。

だんだん、頭の芯がぼーっと痺れてきた。

おやすみなさい、と僕は呟いた。

それが心の声なのか、実際に口から出たのか分からないまま、僕は眠りに落ちていった。

5

翌週、九月五日、水曜日。大学でのアルバイトのため、僕は午前九時過ぎに東京科学大学にやってきた。

八月は晴天続きで、毎日が灼熱地獄《しゃくねつじごく》のような有様《ありさま》だったが、九月に入ってから急に曇《くも》りの日が増えた。天気の設定ミスに気づいた神様が慌てて帳尻《ちょうじり》合わせを試みているかのようだ。

ただ、日差しはなくても暑さはあまり変わらない。最寄り駅である京王《けいおう》線の八幡山《はちまんやま》駅を出て、こまめに汗を拭きながら大学への道を歩いていく。

まだ夏季休暇中なので学生の姿はまばらだ。その少ない人影《ひとかげ》の中に、特徴的な光る頭部を持つ人物がいた。曽根さんだ。

僕は小走りに彼に追い付き、「おはようございます」と声を掛けた。

「ああどうも、おはようございます。体調の方は大丈夫ですか」

「はい。あれからは問題なく過ごせています」と僕は答えた。「河原で意識を失ったのは、軽い熱中症の症状だった」と曽根さんには説明してある。

「暑い中、河川敷を調べ回るのは大変だったでしょう」

「そうですね。日差しを遮《さえぎ》るものがありませんから……」

「おかげさまで、捜査は大きく進展しました」と曽根さんは嬉しそうに言った。今日はこれから、風間さんの部屋でその話をすることになっている。

「それは何よりです」

「それにしても、どうやって発見されたんですか？　草の中に潜り込むような形で漂《ひょう》着《ちゃく》していたので、上からも横からも見えなかったはずですが……」

「……カ、カラスですよ」と苦し紛《まぎ》れに僕は答えた。「カラスがたくさん集まっていたので、もしかしたらと思ったんです」

「ああ、なるほど。足首を見つけた方も、似たようなことを言っていましたね」と曽根さんが頷く。どうやら僕の嘘《うそ》を信じてくれたようだ。多少胸が痛むが、本当のことを話すわけにはいかないのでしようがない。

そんな話をしているうちに、風間さんの部屋に到着していた。

「おや、二人で来たのですか」と風間さんがちょっと眉毛を持ち上げてみせる。

「たまたま途中で一緒になりまして。お忙《いそが》しいでしょう、さっそく打ち合わせと参りましょうか」と曽根さん。彼の定位置は入口に近い側のソファーだ。僕は風間さんと共に、奥側のソファーに並んで座った。

「まずは捜査への協力、ありがとうございます。頭部が発見されたことで、多くの情報が得られました。実は、顔立ちが捜索願の出ていた男性に似ていたんです。ＤＮＡ鑑定を行った結果、被害者の特定に至りました」

亡くなったのは、高城俊康《たかしろとしやす》さん。年齢《ねんれい》は五十一歳で、年商百億円を超える化粧品《けしょうひん》通販会社の社長をしているという。

「捜索願を出したのは、高城氏の妻の水希《みずき》さんです。高城氏は八月二十七日を最後に会社を無断欠勤しており、社員から連絡を受けて警察に届け出たそうです。足首が発見されたのが二十九日ですから、殺害後すぐに遺体は切断され、川に捨てられたものと推測《すいそく》されます」

「あの、奥さんは社員経由で行方不明になったことを知ったんですか？」

気になったことを質問すると、「二人は別居中でした」と曽根さんは神妙に言った。

「日常的に連絡を取り合うことはなかったようです」

「……そうなんですか」

「水希さんの年齢は三十三歳です。『水』に希望の『希』で『みずき』なんですが……。ピンと来るものはありませんか」

曽根さんが僕と風間さんを交互に見る。そう言われても何も思いつかない。

隣を窺《うかが》うと、風間さんはこめかみに指先を当てていた。

「私のデータベースには該当《がいとう》する人物名はありません。メタ的に今の質問を解釈《かいしゃく》するならば、『名前を聞けばその女性を連想する』という意図が読み取れます。すなわち、その女性は有名人なのでしょう。ただし、研究者などアカデミックな方面で名の知れた人物ではなさそうです。私には心当たりはありませんし、桜庭くんはその分野に詳しくないでしょう。『桜庭くんが知っているのでは』と曽根刑事が想定しているということは、世間一般に知られた人物である可能性が高い。歌手もしくは芸能人のどちらかではないかと推察しますが、いかがでしょうか」

風間さんが滔々《とうとう》と自分の推理を語る。

曽根さんは「おっしゃる通りです」と苦笑し、「五年ほど前までグラビアアイドルとして活躍《かつやく》していた女性です。当時の芸名は吉名《よしな》水希で、これは彼女の結婚前の本名です」と明かしてくれた。

言われてみれば、そんなアイドルがいたような気はする。グラビアだけではなくテレビのクイズ番組によく出演していた。彼女は『醬油《しょうゆ》の主原料はなんでしょう？』のような常識問題に対し、『石油《せきゆ》！』といったとんでもない回答をしていた。いわゆるおバカタレントというやつだ。

「ぼんやりと覚えています」と僕は言った。「最近見ないなと思っていたら、結婚して芸能界を引退していたんですね。しかも、結構年齢差がありますね」

「端的に言えば、玉《たま》の輿《こし》ということになりますか。知性の方はともかく、容姿もプロポーションも抜群ですからね。夫は若くてきれいな奥さんを娶《めと》り、妻は贅沢《ぜいたく》な暮らしを手に入れる……まあ、表面的にはウィン - ウィンの関係に見えますね」

「別居状態は長く続いていたんですか？」

「関係者の話によると、少なくともこの一年は離れて暮らしていたようです。夫婦仲は冷《さ》め切っていたという情報もありますが、裏を取るところまでは行っていません」

なるほど、と相槌《あいづち》を打ち、僕は隣に座る風間さんに目を向けた。彼は足を組み、黙ってガラステーブルを見ている。表情は平板で、今のやり取りに関心を持っていないことが窺い知れた。

風間さんはたとえそれが殺人事件であっても、犯人やその動機、犯行に至る背景に興味《きょうみ》を示すことはない。彼の頭の中にあるのは、死香の研究をいかに進めるかということだけだ。

「曽根さん、すみません」と僕は正面に目を戻した。「高城水希さんと会って直接お話を伺いたいんですが……それは可能でしょうか」

「私からもお願いしたい」と即座に風間さんが反応する。「もし彼女が夫の殺害に関わっていれば、遺体と同じ匂い成分が検出されるはずです」

「そうですね。先生にご協力いただけるのであれば、段取りを整えましょう。少しお時間をいただきたいと思います。他に、会いたい人物、もしくはサンプル採取を行いたい場所はありますか？」

「被害者男性の自宅《じたく》、それから、別居中の妻の自宅。まずはその二箇所でしょう。両者の交友関係の情報が出てくれば、それに応じて採取対象を増やすことになります」

さっきまでとは打って変わって、風間さんは生き生きと喋っている。期待した通りのリアクションに、僕はこっそりと微笑んだ。


その日の午後四時過ぎ。教員室で事務作業をしていると、曽根さんから連絡があった。被害者である高城俊康さんの自宅への立ち入り許可が出たという。さすがは曽根さん、仕事が早い。

そして当然のように、風間さんの対応も早かった。連絡があってから二分後に「よし、行こう」と出発の準備を済ませていた。しかも、薬学部の外に出ると、玄関《げんかん》の前にいつもの運転手付きのレクサスが停まっているではないか。用意周到と言うほかない。

ということで僕と風間さんは、港《みなと》区にある高層マンション『スカイレジデンス芝《しば》』へとやってきた。東京タワーから二〇〇メートルほどのところに建つ三十二階建ての高層マンションで、資産家や芸能人が多く入居しているらしい。

マンションの接道から建物まで、二〇メートル以上離れている。その空間は五メートルほどの樹高《じゅこう》の常緑樹が植えられた人工林になっており、黒と白のタイル張りの小道が玄関まで延びていた。

ヒグラシの鳴く木陰《こかげ》の中を進み、マンションの中に入る。広々としたエントランスは床や壁が黒で統一されていて、重厚な雰囲気《ふんいき》があった。正面には二人のコンシェルジュが二十四時間常駐《じょうちゅう》しているカウンターがある。

風間さんがそちらで来訪手続きをする間、僕はエントランス内を軽く歩き回り、死香を確認した。ほんのわずかにブラックペッパーの死香が感じられる。玄関からエレベーターホールの方へと続いているようだ。

事前に曽根さんから連絡が行っていたので、受付はスムーズに終わった。渡された来客用のカードキーを持ち、エレベーターに乗り込む。エレベーター内の読み取り装置にカードをかざすとドアが閉まり、こちらが操作をしなくても自動的にかごが上昇を始めた。あらかじめカードに登録された階にしか行けない仕組みになっているのだ。

やがてエレベーターが最上階に到着する。

廊下には分厚いカーペットが敷かれ、壁に油彩画が飾《かざ》られている。照明《しょうめい》はオレンジがかっていて、ほのかに芳香剤《ほうこうざい》の花の香りが漂っていた。

「どうだね？」

「……エントランスより、若干《じゃっかん》ですが死香が強くなりました」

「そうか。では、匂いの導く方へと向かうとしよう。よろしく頼む」

頷き、僕はゆっくりと歩き出した。

うっすらとした死香をたどりながら、静かな廊下を進んでいく。そしてたどり着いたのが、三二〇三号室だった。

「ここですね」

「さすがだ」と風間さんが満足げに言う。「被害者の男性はこの部屋に住んでいた。今日は妻が応対するそうだ」

ドアの横のインターホンを風間さんがためらいなく鳴らす。

すぐに反応があり、分厚いドアが開いた。中から現れたのは、黒いワンピースに身を包んだ女性だった。大きな瞳と、左目の脇《わき》の小さなほくろ、ぷっくりとした厚い下唇。テレビの世界から消えて数年経《た》つが、その容姿は昔とほとんど変わっていなかった。

「……高城の妻です」と水希さんが辺りを憚《はばか》るように小声で言う。バラエティー番組ではいつも甲高《かんだか》い声を上げていたが、地声はむしろハスキーだった。テレビの中では与えられた役割を全《まっと》うしようとキャラクターを作り込んでいたらしい。

「東京科学大学の風間です。ご主人の事件で、警察の捜査に協力しています」と、風間さんが銀色の名刺《めいし》を差し出す。純銀製で一枚七千円もする特注品だ。

「警察の方からは、室内を見学されると伺いましたけど……」

「ただ見るだけではなく、サンプルの採取を行います。といっても数箇所で空気を集めるだけです。室内を汚《よご》したり家具に触れたりすることはないのでご安心を」

「それくらいなら別に構いませんけど……何のためにそんなことを？」

「大気中に含《ふく》まれる匂い成分を分析し、犯人に繋がる手掛かりを得るためです」

風間さんの説明は嘘ではないが正しくはない。分析の目的は、死香と食材の関係性を明らかにすることだ。犯人特定は、あくまで分析の副産物でしかない。

「分かりました。じゃあ、自由に調べていただいて大丈夫です。今日は立ち会いのために来ただけで、私の私物はもうここにはありませんから」

水希さんは淡々《たんたん》とそう説明し、「私は外出します。終わったらコンシェルジュに伝えてくだされればそれで結構です」と言い残し、さっさと立ち去ってしまった。

「……どうかね？」

彼女がいなくなったところで、風間さんが僕に耳打ちする。

僕は「体から香る死香は弱いです」と答えた。「ちなみに、彼女は遺体に近づいていますか？」

「身元確認は行わなかったと聞いている。水に浸かった遺体は無残《むざん》な見た目になる。警察の方で配慮したのだろう。ただ、遺体が安置されている警察署には足を運んでいる。そこで死香が付着した可能性はあるな」

「匂いレベル的にはそういう感じですね。少なくとも、殺害には関わっていません」と僕は断言した。

死香には、死の瞬間に放たれた匂いほど強く感じられるという特性がある。腐敗が進んだ方が匂い物質の量は多くなるので、これは不思議と言えば不思議な現象だ。まだ理由の解明には至っていないが、仮説はある。

「生命活動の停止」という最大の危機にさらされた肉体は、周囲に危険を知らせるシグナルの役割を果たす、特殊な物質を放つ。そしてその物質は、極めて微量にもかかわらず、死香として強く感知される——今のところ、風間さんはそう考えている。

いずれにせよ、水希さんは実行犯ではない。そして、殺害現場はこの三二〇三号室ではない。その二つだけは確実に言える。

その後、僕は風間さんと共に室内をくまなく調べて回った。しかし、死香は強まるどころか奥に向かうほど薄まっていて、象《ぞう》が座れそうな巨大ソファーが置かれた豪奢《ごうしゃ》なリビングにも、二台のキングサイズのベッドが鎮座《ちんざ》する寝室《しんしつ》にも、四帖《じょう》ほどの広さがあるガラス張りのバスルームにも、ブラックペッパーの死香は存在していなかった。

6

それからちょうど一週間が経過した、九月十二日。捜査の進捗《しんちょく》状況を報告するために、曽根さんが再び大学にやってきた。

僕が教員室で出迎えると、「おや」と曽根さんは首をかしげた。「風間先生は……」

「プロジェクトの準備が忙しいみたいで……話を聞いておいてくれ、と頼まれました」

「ああ、例のドローン計画ですか」

頭部が発見されて以降、多摩川の周辺で高城さんの遺体の捜索が行われているが、新たに見つかったのは右手首と左足のふくらはぎだけだ。もっと効率的にやれないかということで、風間さんはドローンを使った探索を警察に提案《ていあん》した。

「一定距離ごとに気体を自動採取するドローンを複数台飛ばし、採取した匂いを頼りに遺体を探す」という方法で、すでに一度、三月に実地での試験が行われている。前回は二十機のドローンを用いたが、今回は五十機以上に増やすらしい。風間さんはその準備のため、ここ数日、毎日風間計器の方で作業をしている。

「すみません、せっかくお越しいただいたのに」

「いえいえ、桜庭さんは立派《りっぱ》に助手役を務められていますから。力不足ということはまったくありませんよ」と曽根さんはにこやかに言った。

彼にソファーを勧《すす》め、事前に冷やしておいたルイボスティーを出す。アフリカの一地方にのみ自生する植物の葉から煮出《にだ》して作る飲料で、独特の風味がある。日本茶や麦茶より入手しづらいが、体にいいらしい。樹《いつき》さん（というか彼の交際相手の女性）がハマっており、彼に勧められて最近よく飲んでいる。

「こりゃどうも、ご丁寧に」

グラスの中の赤い液体《えきたい》を口にし、「不思議な風味ですな」と曽根さんはコメントした。ちょっと口に合わなかったようだ。

さて、とグラスをテーブルに戻し、曽根さんは身を乗り出した。

「あれから捜査が進みまして、いろいろ面白いことが分かってきました。といっても、私は捜査本部の一員じゃなく、彼らが集めた情報を持ってきただけですが」

「お願いします」

僕は曽根さんの話を書き留めるためにメモ帳を取り出した。

「まず、高城夫妻の関係についてです。二人は一年にわたって別居生活を送っていたわけですが、最近になって離婚についての話し合いが行われていたようです。双方が弁護《べんご》士《し》を立てて協議していたそうなんです。離婚を望んでいたのは水希さんで、俊康さんはそれを拒否《きょひ》していたらしいですな。水希さんはご存じの通りお美しい方ですし、まだ若いですからね。人生をリセットしてやり直したいと願っていたのかもしれません」

「つまり、彼女にとってご主人は邪魔な存在だったわけですね」

「そう考えて差し支《つか》えないかと。俊康さんが亡くなれば、晴れて自由を手に入れられる上に、莫大《ばくだい》な遺産が懐《ふところ》に転がり込みます。殺人の動機としては成立しそうです」

「なるほど。彼女が犯行に関わった可能性についてはどうですか？」

「俊康さんの死亡推定時刻《しぼうすいてい》は、八月二十七日の夜から二十八日の早朝の時間帯だと考えられます。遺体の状態から割り出したものではなく、状況からの推測です。彼は二十七日に馴染《なじ》みのキャバクラで酒を飲み、タクシーで自宅マンションに戻って以降の足取りが途絶えています。マンションのコンシェルジュによれば、その日は部屋に戻った記録がないという話です。おそらく、タクシーを降りてマンションの玄関に向かう途中で襲《おそ》われたのではないかと思われます」

俊康さんが暮らしていたスカイレジデンス芝は、道路とエントランスの間に林があった。そこを歩いている時に襲われたのだろう。ただ、あの付近にはっきりとした死香はない。殺害現場は他にあるはずだ。

「ちなみに、水希さんは車の免許は？」と僕は質問した。

「持っていません。そもそも、二十七日の夜に関しては、彼女にはアリバイがあります。二泊三日で、知人女性と韓国《かんこく》に旅行中でした。その女性は親交のあるネイリストで、しっかり裏も取れています」

となると、やはり水希さんには犯行は不可能ということになる。死香とも矛盾はしていない。

「俊康さんは化粧品通販会社を経営していたんですよね。誰か、俊康さんに恨みを抱いていそうな人はいますか？」

うーん、と曽根さんがつやつやした額を撫《な》でる。

「今のところ、警察の情報網《もう》には引っ掛かっていませんね。彼は創業者《そうぎょうしゃ》で、会社の運営の中心的な役割を果たしていました。カリスマ性があり、部下からの信頼《しんらい》も厚かったようです。彼がいなくなれば会社が傾《かたむ》くのは目に見えていましたから、社内の人間を疑うのは無理があるかなと思いますね」

「そうですか……」

「交友関係も同様です。彼を慕《した》っている人間は非常に多く、いがみ合っているような相手は一人もいませんでした。彼は人気者だったんですよ」

話を聞く限りでは、妻である水希さんのことを除けば、俊康さんは充実した生活を送っていたようだ。

「動機があるのは奥さんだけ、って感じですね。でも、彼女には犯行は無理……だとすると、実行犯が別にいる可能性を考えたくなりますね」

「警察の見解もまさしくそれと同じです」と曽根さんが頷く。「彼女には浮気相手がおり、その男と共謀して夫を殺害したのでは、という仮説を立て、水希さんの交友関係を洗っているところです」

「なるほど……」

彼女が殺人犯と繋がっていて、事件後に自宅で会っていた――もしそうならば、死香を感じ取れる可能性はあるだろう。

ここはひとつ、調べてみる必要がありそうだ。


同日、午後三時過ぎ。僕は単身、赤坂《あかさか》にある高層マンション『タワーレジデンスＡＫＡＳＡＫＡ』へとやってきた。スカイレジデンス芝同様、二十階を超える高層で、天に向かって堂々とそびえ立っている。上階を見上げると首が痛くなりそうだ。

それにしても、こちらも建物名に「レジデンス」が付いている。英語では「住居」程度の意味だが、セレブが好むフレーズなのだろう。確かに、音としてなんとなく高級感がある。

今日は水希さんに会いに来たわけではない。警察を通じて運営会社に連絡を取り、人の出入りの多い一階部分を調べさせてもらうことになっている。とりあえず、それで目星をつけることはできるはずだ。

さっそく、僕は正面入口から中に入った。

自動ドアが開いた瞬間、ブラックペッパーの死香を感じた。先日、水希さんから漂っていた匂いより明らかに強い。

どこから香っているのだろう。はやる気持ちを抑え、コンシェルジュに名刺を見せて来意を伝えてから、改めて死香の出どころを探ることにした。

正面玄関から見て右手にエレベーターホールが、左手に入居者用の郵便受け《ゆうびん》コーナーがある。

まず、エレベーターホールの方を調べてみる。衝立《ついたて》代わりの壁の向こうに回り込むと、三基のエレベーターが並んでいた。ざっと匂いを嗅いでみたが、辺りに漂う死香は薄い。こちらではないようだ。

エントランスホールに戻り、今度は郵便受けの方に足を向ける。ドアの類いはないが、こちらも互い違いに壁が設けられており、外から見えないようになっている。

壁を回り込んだ先は横長の部屋になっていた。上部に明かり取り用の嵌《は》め殺しの窓があり、その下にずらりと郵便受けが並んでいる。投函も取り出しも建物の内側で行うタイプのものだ。

「……ここだ」と僕は呟いた。エントランスより匂いが強い。

あとは出処《でどころ》だ。木目《もくめ》調の、高級感のある郵便受けを一つ一つ確かめていく。端から端まで匂いを嗅いでいった結果、一八一〇号室の郵便受けから死香が漂っていることが分かった。ネームプレートは空欄になっている。

警察から教えてもらった、高城水希さんの住所を確認する。港区赤坂二丁目19-33、タワーレジデンスＡＫＡＳＡＫＡ一八一〇号室……。やはり、予想通りだった。ブラックペッパーの死香は、水希さんの部屋の郵便受けから香っているのだ。

さて、問題はここからだ。郵便受けには鍵《かぎ》が掛かっており、中身を確認することはできない。警察の看板《かんばん》を使える立場ではあるが、捜査令状《れいじょう》があるわけではない。水希さん本人の承諾《しょうだく》がなければ、中を調べることはできそうにない。

しばらく考えて、僕は風間さんに連絡を取ることを決めた。こうして死香が見つかった以上、とりあえずは彼に報告するのが筋だ。少なくとも、サンプル採取はできる。

風間さんに電話をかけ、居場所を伝える。待つこと十分少々。風間さんがエントランスホールに飛び込んできた。

「は、早いですね」

「風間計器にいたからな」と風間さん。風間計器の研究所は中央《ちゅうおう》区の新富《しんとみ》にある。近いには近いが、それでも三～四キロは離れているはず。相当車を飛ばしてきたのだろう。

「問題の郵便受けに案内してもらおう」

「はい。こちらです」

二人で郵便受けコーナーに向かう。風間さんはいつもの注射器を取り出すと、ノズルの先端を横長の投函口《とうかんぐち》に差し込み、シュポシュポと内部の空気を採取し始めた。

ひとしきり気体を集めたところで、風間さんは持参したトランクから箱状の黒い機械を取り出した。形状や液晶《えきしょう》画面《がめん》の位置などは、カラオケボックスに置いてあるリモコンによく似ているが、中央部から一センチほどの太さのケーブルが伸びている。

「これは……？」

「携帯式《けいたい》のファイバースコープだ。ケーブルの先端にカメラとLEDライトが付いており、本体の画面に映像が映る仕組みになっている。これで中の様子を確認してみようではないか」

早口で説明し、風間さんはケーブルの先を郵便受けの中に差し入れた。

横から画面を覗《のぞ》き込む。画像は非常に鮮明《せんめい》で、一通の封筒《ふうとう》が映っている。他には何も入っていないようだ。

「これが匂いの元みたいですね」

「消印《けしいん》が押されている。通常の郵便として配達されたものらしい」風間さんは器用にケーブルの先端を引っ掛け、封筒をひっくり返した。「住所と宛名のみで、表にも裏にも差出人の名前はないな」

「怪《あや》しいですね。高城水希さんに申し出て、証拠品《しょうこひん》として持ち帰りますか？」

「そうだな。曽根刑事に伝えておこう。ただ、相手に拒否される可能性はある。現時点では任意だろう。今のうちに、得られるだけの情報は得ておこう」

封筒の表と裏を撮影《さつえい》し、僕たちはタワーレジデンスＳＡＫＡＫＡをあとにした。

風間さんの車に乗り込み、画像を確認する。宛先は〈高城水希様〉となっている。それ以外にこれといった情報はない。どこにでも売っている茶封筒に、ごく一般的な図柄の切手が貼《は》られているだけだ。

「着目すべきは消印だな」と風間さんが言う。「日付は昨日だ。郵便受けコーナーには監視《かんし》カメラがあった。マンションに配達された時間は、映像を確認すれば分かるだろうが、おそらくは今日だろう。封筒に死香が付着しているということは、それが投函されたポストにも死香が移った可能性があるということだ」

「そのポストが突き止められれば、死香の持ち主にぐっと近づけますね」

肝心《かんじん》の消印には、〈神田《かんだ》〉の文字が見える。スマートフォンで調べてみると、そのままズバリ、神田郵便局で捺《お》されたものだと分かった。

楽勝とはとても言えないが、ここまで情報が絞り込まれれば、あとは人力でなんとかなる。「これから、さっそくそのエリアに足を運んで、周辺のポストをしらみつぶしに当たっていきます」と僕は提案した。

「その方法を選ぶことに異論はない。ただ、どうしてもそれをやらねばならないのか、という根本的な疑問はある」

風間さんはそう言って、至近距離から僕の目を覗き込んできた。

「すでに、ブラックペッパーの死香については充分なサンプルが集まった。分析も進んでいる。我々の主目的を達成するために必要な段階はクリアできているのだ。それでもなお、君は独自に捜査を進めるというのか」

「……完全に僕のわがままになりますけど、やりたいです」と、僕は視線を外さずに答えた。「警察の方に任せるのが筋だとは思います。でも、死香をたどることで初めて見えてくるものがあるかもしれないんです。それは僕にしかできないことです。その可能性がある以上、まだ手を引くことはできません」

「それが、君のポリシーというわけか」

「そんなに立派なものではないです。ただ、亡くなった方のためにベストを尽《つ》くしたいと、そう思っているだけです」

風間さんはふっと息をつき、「桜庭くんを説き伏せるのは、やはりかなりの難事のようだな」と苦笑した。「似たような話を何度かしているのだが」

「すみません、柔軟《じゅうなん》性に乏《とぼ》しくて」

「いいさ。それが君の性分《しょうぶん》というなら、無理にねじ曲げるべきではないのだろう。ストレスを与えると、死香を探知する力に悪影響が及ぶ危険性もある。心の赴《おもむ》くままに行動したまえ。ただし、体調管理には充分に気を遣うんだ」

「ええ。もちろん熱中症にならないように、しっかり水分補給します」

「それだけでは足りない。この車を休憩の拠点として使いたまえ」

「いやそんな、申し訳ないですよ。疲れたら喫茶店《きっさてん》にでも入って休みますから」

「人目があってはリラックスできないだろう。遠慮《えんりょ》は不要だ」風間さんは僕を座席に押し付け、自分は車を降りた。「私はドローン計画の準備作業に戻る。では、幸運を祈る。随時、報告のメールを入れなさい」

風間さんはそう指示すると、通り掛かったタクシーにさっさと乗り込んでしまった。

「……ったく、強引だなあ、相変わらず」

僕はため息をつき、「すみません、降りていいですか」と運転手さんに声を掛けた。制帽《せいぼう》を被った運転手さんは前を向いたまま、黙って首を横に振る。「それはできません」ということらしい。

「でも、ご迷惑じゃないですか」

僕が言うと、彼はまた首を振った。「大丈夫です」と言いたいようだ。決して無駄口を叩くことのない（というか、声そのものを聞いたことがまだない）が、彼は風間さんの専属ドライバーとして、いつでもどこでも駆け付けてくる。おそらく、そういう契約《けいやく》を結んでいるのだろう。

なら、僕がここで無理やり車を降りたら、逆に彼の仕事を台無しにすることになってしまう。風間さんの指示に従《したが》うことが彼の役目なのだ。

「……分かりました。じゃあ、お願いします」

僕は観念してシートベルトを締めた。運転手さんはほんのわずかに頷き、ゆっくりと車を発進させた。

7

平岸哲人《ひらぎしてつと》は振動音を聞いてはっと目を開けた。

ソファーから体を起こし、ローテーブルの上の、新調したばかりのスマートフォンを手に取った。

指紋《しもん》認証センサーに指をなすりつけてをロックを解除し、画面上部のアイコンを確認する。だが、そこには何の通知も表示されていなかった。単なる錯覚《さっかく》だったらしい。

「……くそっ」

スマートフォンをテーブルに投げ出し、平岸は頭を掻きながらキッチンに向かった。冷蔵庫を開け、アルコール度数九パーセントの、レモン味の缶チューハイを取り出す。平岸は缶チューハイのタブをこじ開けると、半分ほどを一気に喉《のど》に流し込んだ。

ローテーブルの上には、同じ五〇〇ミリリットルの缶が何本も並んでいる。最近はもっぱらこればかりだ。安い割にアルコール度数が高く、簡単《かんたん》に酔《よ》える。

つけっぱなしだったテレビでは、ニュース番組の駅弁特集が流れている。コンビニエンスストアで買った惣菜《そうざい》をつまみに飲んでいるうちに眠ってしまったらしい。

時計《とけい》を見ると、午後十時半を過ぎていた。高城水希宛ての手紙を出したのは、昨日の昼だ。都内なら、一日あれば確実に届く。この時間なら、配達も終わっているだろう。

水希は郵便受けを覗かなかったのだろうか。それとも、受け取っていながらあえて無視しているのだろうか。SNSなら簡単に既読《きどく》かどうか分かるのに、手紙という不便な手段を使わざるを得ないことがもどかしくて仕方なかった。

封筒の中には、新規契約したスマートフォンの電話番号を書いた。わざと名前は書かなかったが、読めば「連絡をくれ」という意図は伝わるはずだ。

「あの女……俺を捨てる気じゃないだろうな」

平岸はぽつりと呟き、リビングの天井を見上げた。

考えてみれば、水希と出会ってからまだ一年ちょっとしか経っていない。平岸が勤めていた六本木《ろっぽんぎ》のホストクラブに、彼女が一人でふらりと現れたのが始まりだった。

彼女が元芸能人だということはすぐに分かった。ただ、有名人が店に来ることはさほど珍しくない。特別扱いすることなく、平岸は水希に対して普段通りに接客した。相手を褒め、楽しませ、夢を見させてやった。

水希はストレスのはけ口を求めていた。初対面の平岸に夫の愚痴《ぐち》をこぼし、「さっさと別れて、もっといい男に乗り換えたい」と言い放ったのだ。水希がどこかの社長と結婚して芸能界を引退したことは知っていた。この女を手に入れれば、離婚の慰謝料《いしゃりょう》を自分の好きに使えるのでは——平岸はそんな野心を抱いた。

平岸のことが気に入ったらしく、水希はたびたび店に足を運ぶようになった。女の心をコントロールすることには自信があった。思惑通り、出会ってから二カ月後には特別な関係を結ぶことに成功した。平岸は店を辞《や》め、水希から渡された金で生活するようになった。

——ぶっちゃけ、あの人のことは、殺したいくらい嫌い。

二カ月前、水希は車の中でぽつりと言った。彼女は、結婚と同時に芸能界を引退するように命じられたことを根に持っていた。

「私はまだあっちの世界にいたかったし、もっと上に行けたはずなの」

水希は助手席で、涙目になりながらそんな想いを口にした。

だったら殺してしまおう。平岸がそう決意するまで、それほど時間はかからなかった。離婚の慰謝料より、遺産の方が手に入る金は多い。そして、離婚協議などという面倒くさいプロセスをすっ飛ばせる。

一度やると決めたことは速やかに実行する。平岸は高校の頃から、ずっとそうして生きてきた。だから、水希には何も言わず、独断で高城俊康を殺した。高城の自宅マンション前で待ち伏せ、脅《おど》して車に乗せると、即座に首を絞めて殺した。遺体はいったん自宅に持ち帰り、風呂場《ふろば》で切断した上で多摩川に流した。

水希に報告したのは、すべて片付いたあとだった。喜ぶに違いないと思っていたが、水希は取り乱し、「信じられない」を連呼《れんこ》した。

「殺したいくらい憎んでたんだろ」

「それはそうだけど……本当に死んでほしかったわけじゃない」

彼女はそう言い、「警察の捜査が終わるまで、連絡を取らないようにする」と一方的に宣言して電話を切った。

その日以降、水希との連絡が取れなくなった。

水希は交際が始まってからずっと、平岸が契約したスマートフォンを使って連絡を取り合っていた。自分の端末を使うと通信記録が残り、不倫《ふりん》の証拠になる。離婚の裁判で不利にならないよう、水希は注意深く行動していた。

俺がプレゼントしたスマホを捨てたのだ——そのことに思い至ってようやく、平岸は水希の連絡先を知らないことに気づいた。自宅マンションの場所は分かるが、中に入ったことはなく、カードキーも渡されていない。また、付き合う前は店でしか会わなかったので、彼女自身の携帯電話番号も分からなかった。

とはいえ、平岸は最初のうちは楽観的に構えていた。ほとぼりが冷めれば水希の方から連絡があると信じていた。

だが、時間が経つに連れ、不安は加速度的に増大していた。テレビや新聞、インターネットではバラバラ殺人事件が報道され、早い段階で遺体の身元が判明していた。

警察が自分に迫《せま》っているという実感はなかったが、街で制服警官を見るたびに息苦しさを覚えるようになり、外出を控《ひか》えるようになった。同時に酒量が増え、生活リズムが不規則になった。

この不安をなんとか消し去りたい。平岸はその一心で水希に手紙を送った。だが、未だに新品のスマートフォンに着信はない。

その時、平岸は犬の鳴き声を聞いた。見ると、テレビでドッグカフェの特集をやっている。平岸はテレビの電源を切り、リモコンをソファーに叩きつけた。

昔から動物は嫌いだが、その中でも特に犬は反吐《へど》が出るぐらい憎たらしい。子供の頃、近所で飼《か》っていた犬に何度も吠《ほ》えられ、平岸はそのたびに大泣きしていた。その当時のトラウマが今も脳にこびりついているのだろう。

嫌なものを見たせいで、胃の底がむかついて仕方ない。平岸は空《から》になった缶を床に転がし、次の一本を求めてソファーから立ち上がった。

8

「ふーっ……」

助手席でため息をついたところで、「どうしたよ」と樹さんに声を掛けられた。「ずいぶん疲れてるみたいじゃねえか。今日の作業、そんなにしんどかったか？」

「いえ」と僕は首を振った。今日は朝から、都内の中学校で清掃作業を行った。といっても、いつもの特殊清掃ではない。校舎にスプレーで描かれた落書きを消す作業だ。夏の屋外ということを除けば、楽な方に入るだろう。落書きの範囲は広かったが、午前中で作業は終わった。これからいったん事務所に戻り、午後からは作業報告書を書くことになっている。

「じゃあ、夏バテか。ウナギでも食いに行くか」と、運転しながら樹さんが提案する。

「そういうわけでもないんです。シンプルに疲労《ひろう》が抜けてないだけです。この何日か、大学でのアルバイトで、街を歩き回ったので……」

高城水希さんに届けられた、死香付きの手紙の消印に着目したのは、先週の水曜日だ。風間さんが調べたところによれば、〈神田〉の消印が捺される可能性のあるポストは、およそ百七十箇所あるのだという。

その数を考えれば、僕は運がよかったということになるのだろう。

僕はすでに手紙が投函されたと思《おぼ》しきポストを見つけている。発見したのは捜索開始の翌日《よくじつ》、木曜日の夜だ。確か、前日から合わせて三十五番目だったと思う。錦華《きんか》通りと呼ばれる、センターラインのない狭《せま》い通り沿いのポストだった。神保町《じんぼうちょう》の駅からだと、徒歩《とほ》三分くらいか。周辺には飲食店やコインパーキングがあるものの監視カメラはなく、どちらかと言えば地味で目立たない場所に設置《せっち》されていた。

ブラックペッパーの死香は、投函口にばっちり付着していた。予想以上に早く目的のポストを発見でき、僕は思わずガッツポーズをした。

あとは、このポストの死香から手紙の差出人を見つけ出すだけだ。

ただ、やるべきことはシンプルだが、難易度《なんいど》は段違いだった。ポストの投函口のような、実際にその人物が触れた場所の死香を感知することはできる。だが、歩く時にアスファルトに付いた死香を感じ取ることはかなり難しい。今までにもトライしたことはあるが、二〇メートルも進めば匂いは消えてしまう。人通りや車、風雨などの影響で死香が簡単に拡散してしまうためだ。

それでも、せっかく見つけた手掛かりを無駄にはしたくなかった。差出人が近くに住んでいることを期待し、僕はアパートやマンションの玄関を中心に死香の捜索を行った。しかし、結果は残念《ざんねん》なものだった。三日ほど歩き回ったが、死香を感じ取ることはできなかった。

そこで僕は、別の方針を立てた。風間さんは、水希さんに届けられた手紙の匂いサンプルを採取していた。それには死香だけではなく、体臭やシャンプーの香りなど、差出人自身の匂いも含まれている。その匂いをたどることで差出人に迫るという作戦だ。

といっても、僕にはそんな芸当はできない。ここはその道のプロに任せるべきだ。ということで、さっそく曽根さんにお願いして、警察犬による捜索を行ってもらった。それが二日前のことだった。

人間には無理でも犬の鼻なら——と期待したのだが、残念ながらこれといった成果を挙げることはできなかった。手紙に付着した臭気では弱すぎて判別が難しいのだろう。さすがの警察犬でもお手上げということらしかった。

水希さんに届いた封筒を入手できていれば、おそらく結果は違っただろう。だが、任意での提出を打診《だしん》したが、水希さんはそれを拒否した。「もう捨てたので出したくても出せない」と言って断ったと聞いている。

実にもどかしいが、どうしようもない。僕自身は死香を頼りに前へ進むことができるが、正規の捜査はそうはいかないからだ。明確な物証《ぶっしょう》や、複数の証言を集めることで一つずつ着実に真実に迫る必要があり、「死臭が感じられる」怪しい手紙があるからといって、それを勝手に持ち帰ることは許されない。段取りが重要なのだ。科学的に正しいと認められる方法で分析を行い、遺体に付着していたのと同じ匂い成分が検出されたというデータを出した上で、裁判所へ捜査令状の発令を申請《しんせい》する——そういった手順を踏まない限り、手紙を持ち帰ることはできないのである。

「大学でのバイトは、事務仕事だけじゃないのか」

「そうですね。いま風間さんはバラバラ殺人事件の捜査に協力していまして。詳しくは言えないんですけど、僕はフィールドワーク的なこともお手伝いしています」

「ふーん。それで疲れてるってわけか。で、そのしんどい作業をいつまで続けるんだ？」

樹さんが何気なく放った質問に、「実は、そこが悩《なや》みどころなんですよ」と僕はまた嘆息した。

証拠品である手紙の入手はできなかったが、水希さんが俊康さんの死に関わりのある何者かと接点を持っている疑いは濃厚《のうこう》になった。そこで捜査本部では、彼女をマークし、怪しい人間をリストアップする作業に取り掛かっている。また、彼女のスマートフォンの通信記録を調べるべく、携帯電話会社に開示請求を出しているそうだ。

警察はこの事件について充分に手を尽くしている。やり方についても、正しい方向に進んでいるように思う。多少時間はかかるだろうが、着実に証拠を積み上げていけば、いずれ真相にたどり着くはずだ。

亡くなった人のために頑張りたい、というのは偽《いつわ》らざる僕の気持ちなのだが、周囲の人たち……特に風間さんに心配を掛け続けるのは本意ではない。

死香から得られる情報を引き出しきった手応えはある。そろそろ、事件への協力は終わりにしてもいいかもしれない。昨日の夜くらいから、僕はそのことを考え始めた。あれこれ考えていたせいで睡眠《すいみん》時間が削《けず》られたのも、この倦怠感《けんたいかん》の原因の一つだろう。

「まあ、俺にはよく分かんねえけど、とにかく難題を抱えてるわけだよな。今は辛《つら》いだろうけどよ、それはチャンスだと思うんだよな」

「チャンス？　何のですか？」

「成長っていうか、人生の階段を上るっていうか……変化の入口だよな、要するに。力が足りないから乗り越えるのに苦労する。だけど、一度乗り越えられれば、次はもう少し楽に先に進める。うまく説明できねえけど、まあそんな感じだよ。分かるか？」

「はい。大丈夫です。伝わってます」と僕は大きく頷いた。「すごく胸に沁《し》みました」

「それはよかった。今のは、高校の担任の受け売りなんだ。それを言われた時は『つまんねえ話だな』と思ったけど、あとになってようやく意味が分かった気がしてさ。今はもう、俺の心の拠《よ》り所みたいになってるよ」

少し照れ臭そうに樹さんが言う。高校時代、樹さんはかなりヤンチャをしていたらしい。その担任の先生は、樹さんを更生させようと努力していたようだ。

と、そこで僕は振動を感じた。ポケットからスマートフォンを取り出すと、画面には風間さんの名前が出ていた。

「すみません、風間先生からです。出てもいいですか」

「おう。遠慮はいらねえぜ」

樹さんが、車内にあったティッシュペーパーを丸めて耳に詰め込む。話を聞かずに済むように、という気遣《きづか》いのようだ。

目礼《もくれい》で感謝を伝え、僕は〈通話〉のアイコンをタップした。

「桜庭くん。今から合流したい。迎えに行くので、場所を指示してくれ」

風間さんは挨拶《あいさつ》も雑談もすっ飛ばして、いきなり用件を切り出してきた。その声には興奮《こうふん》の気配があった。何か新事実が出てきたのだろうか。

幸い、午前中の作業は片付いている。書類を書くのは明日以降でも構わないので、午後を休みにするのに大きな支障《ししょう》はない。

僕はまごころクリーニングサービスの事務所に向かっていることを伝え、「すぐに合流できると思います」と伝えた。「先生は今、大学の方ですか？」

「いや、風間計器にいる。君をピックアップしてから、動物愛護相談センターに向かう」

耳慣れない言葉に、「なぜその場所に？」と僕は首をかしげた。

「説明は車中で直接伝える。では」

風間さんはそう言うと、一方的に電話を切ってしまった。

およそ一時間半後。僕は風間さんと共に、日野《ひの》市にある動物愛護相談センターの多摩支所にやってきた。敷地は多摩川のそばにあり、道路沿いには青々とした葉を茂らせた街路樹が等間隔に植えられていた。

敷地内に入り、真っ白な外壁の、平屋建ての建物の前で車を降りる。

風間さんが連絡を済ませていたので、受付はスムーズだった。病院のような消毒臭のする廊下を進んでいくと、冷たい銀色をしたケージが並ぶ部屋に案内された。

大小様々なサイズのケージには、トイプードルやチワワ、ゴールデンレトリバーなどが入れられている。僕たちに気づいて激しく吠えている犬もいれば、床に伏せて上目遣いにこちらを見ている犬もいた。

ここに収容されているのは、近隣《きんりん》で保護された犬だ。野良犬もいるが、発見された時に首輪をしていた犬もいたという。何らかの事情で飼えなくなり、飼い主に捨てられたのだろう。

風間さんは奥へとゆっくり進み、あるケージの前で足を止めた。

「この犬だ」

風間さんの視線の先には、ケージの中にうずくまる一匹のオスの柴犬《しばいぬ》がいた。隅《すみ》の方から、警戒心に満ちた目で僕たちの様子をじっと窺っている。

僕がポストから差出人を探そうとしている間、風間さんはドローンを使った遺体捜索作業を進めていた。多摩川沿いにドローンを展開し、集めたサンプルを分析した結果、羽村《はむら》市の河川敷でブラックペッパーの死香が検出されたのだという。付近を捜索した結果、浅瀬から切断された手首が発見され、高城俊康さんの遺体の一部だと特定された。

その捜索中に、思いがけない発見があった。川べりの石に血痕が付着していたのだ。血痕からは高城さんのＤＮＡが検出され、そこが遺体を遺棄した場所である可能性が高まった。遺体を入れていた袋から出す時に、河原に血が落ちたのだろう。

付近の監視カメラや住人の目撃情報から、犯人に迫れるのでは——捜査本部はそのことに色めきたったそうだが、風間さんはその血痕に柴犬のＤＮＡが含まれていることに着目した。

なぜ、被害者と犬の血が混ざっていたのか？　風間さんはその疑問に対し、一つの仮説を立てた。犯人が遺体を捨てる際に、柴犬が近づいてきた。邪魔者を追い払うために犯人はその犬を攻撃した。そして現場に血が残されたのだ——そういう推理だ。

その仮説に基づき、風間さんは怪我《けが》をしている柴犬の捜索を行うように警察に依頼《いらい》した。その結果、この動物愛護相談センターで保護されている犬と遺伝子が一致したというわけだ。

「先生。犬を見つけるのは大変だったんじゃないですか」

「そうでもない。ＤＮＡ情報から、犬種が柴犬であることは分かっていた。しかも、出血を伴《ともな》うような怪我を負っている犬に限定できる。動物病院や野良犬を保護している団体から提出されたＤＮＡサンプルを分析するのは、それほどの手間ではなかった」

風間さんは犬を気遣うように小声でそう教えてくれた。

「すみません、何のお手伝いもできなくて」と僕は頭を下げた。

ドローン作戦の進捗も、高城さんの血痕が見つかったことも、犬のＤＮＡが検出されたことも、僕はまったく把握していなかった。ついさっき、車の中で風間さんから話を聞いて初めて知ったことばかりだ。

「謝《あやま》る必要はない。君は死香、私は分析。それぞれが力を発揮できる場所で、やるべきことをやればそれでいい。君はベストを尽くした」

「……そう言っていただけると、報《むく》われます」僕は風間さんに微笑み、また檻《おり》の方に目を向けた。「あの、一つ質問があるのですが」

「言ってみたまえ」

「どうして、犬のＤＮＡにこだわったんですか？　死香とは関係ないと思うんですが」

それは、車中でこれまでの成り行きを知った時から気になっていた疑問だった。

風間さんは腕を組み、「君は死香を頼りに、差出人を特定しようとしていた。そのサポートに使えると思ったのだ」と囁き声で答えた。

「……と言いますと？」

「君は死香をたどることができず、また、警察犬にも差出人を見つけることはできなかった。私の集めたサンプルの匂い成分が少なかったためだ。だが、この犬は現状を打破《だは》する力を秘めているかもしれない。相手に直接危害を加えられた際に、その匂いを覚えた可能性は充分に期待できるだろう」

「確かに期待はできますけど……」

風間さんの行動は、いくつもの推測に基づいている。仮説がどこかで破綻《はたん》するリスクだってあった。それでも、こうして新たな道を切り拓《ひら》いてくれた。

自分の研究のためじゃない。捜査本部に協力するためでも、犯人を捕まえるという正義感から出た行動でもない。

風間さんは僕のために——事件の解決にこだわっている面倒くさい助手のために、尽《じん》力《りょく》してくれたのだ。

その想いに応えなければならない。それが僕の責務だ。

僕は柴犬を見つめながら、「あとは任せてください」と声に力を込めた。

9

装飾のない黒一色のキャップと黒縁《くろぶち》の眼鏡《めがね》を掛け、高城水希は自宅マンションを出た。

時刻は午前十一時を過ぎた。埃《ほこり》のような色の曇天《どんてん》の下、外国人が横並びになって歩道を歩いている。何語を喋っているのか分からないが、無駄に声が大きく、そばにいると頭が痛くなりそうだった。

　彼らの後ろを進みながら、水希は周囲に視線を送った。歩行者の姿はあるが、こちらに注意を払っている人間は見当たらない。

　ここのところ、外出の際に何者かの視線を感じることがあった。それはおそらく、気のせいではない。それなりに長く芸能界にいたおかげで、人の目には敏感《びんかん》なつもりだ。今の自分を、分別のないファンが追い掛けているとは思えない。警察が自分を見張っているのだろう、と水希は警戒していた。

　とりあえず今は監視の目はなさそうだが、いつ警察が自分の外出に気づくとも知れない。さっさと用事を済ませて自宅に戻るつもりだった。

　目的地は公衆電話だ。事前にインターネットで調べて、どこを使うかは決めてあった。水希は自宅から五分ほど歩き、ビジネスホテル前の電話ボックスに入った。

　念のために尾行がないことを確かめ、手のひらに目を落とす。そこに、出掛けにメモをしてきた電話番号が書いてある。物的証拠を持ち歩かないための工夫だ。水性ボールペンで書いたので、万が一の時はこすればすぐ消える。

　受話器を持ち上げて、百円玉を投入し、手のひらを見ながら番号をダイヤルする。

　呼び出し音が聞こえたのはわずかな時間だった。

　すぐに電話が繋がり、「もしもし」とくぐもった声が聞こえた。久々に耳にした平岸の声に、胸がきゅっと締め付けられた。

「私よ。今、外からかけてる」

「……遅《おそ》かったじゃないか」と平岸が不満げに言う。

「ごめんなさい。警察にマークされてるの。だから、すぐには連絡が取れなかった」水希は周りへの警戒を続けながら、受話器を耳に押し当てた。「そっちは大丈夫？」

「ああ。全然平気だ。警察は俺の存在に気づいていない。お前が注意深く行動していたおかげだろうな」

「それならいいんだけど……」

水希は、平岸との関係が露見《ろけん》しないように気を配っていた。離婚の時に浮気を指摘され、慰謝料を減額されるのを避けるための行動だったが、それが意外なところで役に立ったようだ。

「これからどうするつもりだ？」

「まだ捜査は続いてる。悪いけど、まだ会わない方がいいと思うの」

「お前、俺を捨てるつもりじゃないだろうな」

平岸が不安げに言う。彼のそんな情けない声を聞いたのはそれが初めてだった。

愛《いと》おしさを噛《か》み締めつつ、「そんなはずないでしょ」と水希は言った。「私はあなたが犯人だって知ってる。もし裏切るつもりなら、とっくの昔に警察に通報してるはずでしよ？」

「……ああ、それもそうだな」

「大丈夫。きっと何もかもうまくいくから」

水希が自分に言い聞かせるように囁いた時、電話の向こうから犬の吠える音が聞こえてきた。

「……なんだ？　どうして犬の声が……」

かすれた声に続き、平岸の足音が響く。スマートフォンを持ったまま玄関に向かっているらしい。

「いったん切るから」

水希がそう伝えた瞬間、ひときわ激しい吠え声が水希の耳に届いた。その声に込められた強い怒気《どき》を感じ取り、水希は思わず受話器をフックに戻していた。

ひどく、嫌な予感がする。水希は逃げるように電話ボックスを飛び出した。

家路を急ぐ水希を嘲笑《あざわら》うように、突然激しい雨が降り始める。

その轟音《ごうおん》に混じって、犬の声が聞こえる気がした。水希は耳を塞《ふさ》ぎ、肌が痛くなるほどの大粒の雨にさらされながら駆け出した。

10

大学でのアルバイトの日の朝。最寄り駅を出たところで、「桜庭さん、おはようございます」と背後から声が聞こえた。

僕が振り返るより早く、仔《こ》リスのようなすばしっこさで丸岡さんが隣にやってきた。

「ああ、おはようございます」

「あの、風間先生に伺いました。例のバラバラ殺人事件、解決したって」

「はい。無事に」

「先生、桜庭さんのことをすごく褒めてました。『容疑者の男を特定できたのは、彼の貢献《こうけん》があってこそだ』って、熱弁をふるってましたよ」

「それは……褒めすぎですね」と僕は苦笑した。

動物愛護相談センターを訪ねたその日、僕は施設の方に頼んで、容疑者の匂いを知る柴犬と共に一夜を明かした。ケージに入れたまま別室に移動させ、僕と彼の二人きりにしてもらった。彼に役目を果たしてもらうためには、まずは人間に慣れてもらう必要があると思ったからだ。

最初、彼は僕をひどく警戒していた。容疑者に危害を加えられた記憶《きおく》が強く残っていたのだろう。どうすればいいのか分からなかったが、僕は彼に声を掛け続けた。話す内容は、死香のことだ。相手が犬とはいえ、普段人に言えないことを存分に語れるというのは、なかなか楽しい経験だった。

翌朝。僕と共に外出することに抵抗《ていこう》はしなかったが、彼は相変わらず緊張《きんちょう》感を漂わせていた。

これは厳しそうだと覚悟していたが、神田で見つけた、死香のついたポストに到着するなり、彼の方がリードを引っ張って歩き出した。確信を感じさせる足取りに、彼が犯人の匂いを——死香のみならず、総合的な匂いを——嗅ぎ取ったことが分かった。

神田の街を歩き出してから一時間半後。彼に導かれてやってきたのは、早稲田《わせだ》大学にほど近い一軒のマンションだった。そこが探していた場所であることは、死香で僕にも分かった。玄関付近から、はっきりしたブラックペッパーの香りが漂っていた。

僕が死香をたどるより先に、柴犬は建物の中に飛び込んでいった。そして、一〇六号室のドアの前で激しく吠え始めたのだ。ドアには、〈平岸〉と歪《ゆが》んだ字で書かれたネームプレートが貼り付けられていた。

ひとまず犬をなだめてその場を離れると、僕は曽根さんに連絡し、平岸を調べるように伝えた。

その後、平岸の車のトランクから、殺された高城さんの血液が検出され、彼は逮捕《たいほ》された。平岸は高城水希さんと不倫しており、離婚に反対する夫が邪魔になり、独断で犯行に至ったという話だ。

「僕はただ、犬と一緒に街を歩いただけです。犯人を見つけたのは、僕じゃなくてその柴犬なんですよ」

「貢献はそれだけじゃないでしょう」と丸岡さん。「河川敷で遺体の一部を見つけたじゃないですか」

「あ、あれは……」

そこで僕は思い出した。あの日は僕が倒れたことでうやむやになったが、自分の意思で河川敷を捜索していた理由を答えられていない。

死香のことは話せない。どうしよう、と焦《あせ》り始めたところで、「大丈夫です。分かってます」と丸岡さんが小声で言った。「聞こえたんですよね、亡くなった方の声が」

「……え？　声？」

「昨日、風間先生との面談がありました。そこで、思い切って桜庭さんのことを聞いたんです。どうして草の中に潜り込んでいた遺体を見つけられたんでしょうか、って。そうしたら、先生が秘密《ひみつ》を打ち明けてくださったんです。桜庭さんには、死者の声を聞く超能力があるんでしょう。それで、風間先生と一緒に事件現場に行って、その能力のメカニズムを調べようとしているんですよね」

「い、いや……」

　僕は軽いめまいを覚えた。どうやら風間さんは死香のことを隠すために、とんでもない設定を僕にプレゼントしてくれたらしい。よりにもよって超能力者とは。あえてオカルト方面に振り切ったのだろうが、ぶっ飛びすぎていて対応に困る。

「超能力のことは、重要な国家機密なんですよね」と丸岡さんは周囲を気にしながら囁く。「だから、何も言わなくていいんです」

　丸岡さんの表情は真剣そのものだ。研究に長く携《たずさ》わっているのに、科学の欠片《かけら》もない説明をすんなり受け入れている。それだけ風間さんに心酔《しんすい》している証拠だろう。もし風間さんに、「高速で交互に足を出し続ければ、空中を歩ける」と言われたら、それを実現してしまいそうだ。

　黙り込んだ僕を尻目に、丸岡さんは興奮した様子で続ける。

「私、桜庭さんに謝らなきゃと思っていたんです。風間先生がどうして桜庭さんにこだわるのか、ちゃんと理解できました。勝手に邪推《じゃすい》して迷惑を掛けて、本当にすみませんでした！」

　思いがけない展開になってしまったが、ここで僕が馬鹿正直に「それは嘘ですよ」と言ったら、ひどく話がこじれることになる。僕はトンデモ能力者という設定を受け入れる覚悟を固めた。

「ああ、いえ、隠し事をしていたのは僕の方ですから。誤解が生じても仕方ないと思います」

「私、決めました」丸岡さんが力強く言う。「私も自分だけの武器を手に入れてみせます。風間先生に振り向いてもらえるような、特別な武器を」

「武器を……」

「今から霊能力を鍛《きた》えるとか、そんなのじゃないです。私の強みは、やっぱりサイエンスです。だから、研究の分野でインパクトのある結果を残せるように、努力の方向性を見直して頑張っていこうと思います」

早く実験を始めたいので、と言って、丸岡さんが大学の方へと駆けていった。

その小さな背中が、不思議と風間さんの後ろ姿に重なった。

思い込みで暴走《ぼうそう》したり、妙な行動力を発揮したりしつつ、自分の目的をしっかりと定め、それに向かって進んで行ける――。たぶん、研究室の中で最も大胆《だいたん》な生き方をしているのは丸岡さんだ。

「風間さん二世、か……」

彼女もいずれ、自分だけのパートナーを見つけ、研究にのめり込んでいくかもしれない。その姿が容易《ようい》に思い浮かび、僕は一人、小さく笑ったのだった。

第三話　病床の死を包む、金木犀《きんもくせい》の香り

1

菅谷浩太郎《すがやこうたろう》は、近所の花屋で買った花束《はなたば》を持ち、車を降《お》りた。

外の気温は車中よりずいぶん低い。初めてこの病院に足を運んだのは、九月の初めのことだ。もう、それからひと月が経《た》ったことになる。

あっという間だった——と言うべきなのだろう。この一カ月の記憶《きおく》は極めて希薄《きはく》だ。変化に乏《とぼ》しい日々が淡々《たんたん》と繰《く》り返《かえ》されただけだ。

今日は日曜日で外来が休診《きゅうしん》なので、正面玄関《げんかん》は施錠《せじょう》されている。玄関前を素通《すどお》りし、建物を回り込んだところにある通用口から中に入る。

ひと気《け》のない、無機質な廊下《ろうか》を進んでいく。病室は三階にある。浩太郎はいつも、階段で三階まで上がることにしていた。大学時代にラグビーで体を鍛《きた》え抜いたが、七十歳《さい》を過ぎてからさすがに足腰が弱ってきた。老化の波に少しでも抗《あらが》うために、エレベーターやエスカレーターをなるべく使わないように心掛けている。

花束を揺《ゆ》らさないように階段を上がっていると、降りてくる足音が聞こえた。

「ああ、父さん」

踊《おど》り場《ば》で足を止めたのは、浩太郎の次男の智則《とものり》だった。

「来てたのか」

「先週は顔を出せなかったから」智則が浩太郎の持っている花束を指差した。「それ、どこで買ったの？」

「ここに来る途中《とちゅう》にな。最近、近所に花屋ができたんだ」

「そっか。金木犀《きんもくせい》を入れてもらったんだね。いい匂《にお》いだ」

「病室に置く花としては不適切《ふてきせつ》なんだが、刺激《しげき》が多い方がいいだろうと思ったんだ」

「脳にプラスの効果があるかも、ってことか」そこで智則が上階を振《ふ》り返《かえ》る。「……今のところ、前と状況は変わってないみたいだね」

「そうだな。良くも悪くもなっていない。安定しているよ」

「安定というか、停滞《ていたい》というか」智則がため息をついた。「こんなことを言うと不快《ふかい》に思うだろうけど、あの病室にいると暗い気分になるね」

「それが普通《ふつう》じゃないか」と浩太郎は言った。

いま、この病院には浩太郎の長男、史博《ふみひろ》が入院している。肉体は健康だが、脳に深いダメージを負《お》っており、自分で体を動かすことは一切《いっさい》できない。また、呼吸が安定せず、常に人工呼吸器を装着《そうちゃく》している。外からの呼び掛けへの反応も見られないことから、今後も意識の回復は期待できないと担当医師は言っていた。

「じゃあ、僕はもう行くよ。ああ、そうだ。これ」智則は財布《さいふ》から五千円札を取り出した。「花代にして。お釣《つ》りはいらないから」

「多すぎるな。というより、そもそも金はいらんよ。貯金も年金もある。金にはそれほど困ってない」

「次以降の花代ってことにしよう。先払いしておくから、また買ってきてやってよ」

「ああ、そうか。それなら、ありがたく受け取らせてもらう」

「うん。それじゃ、また」

智則が軽く手を上げ、一階へ向かおうとする。

その背中に、「無理して見舞う必要はないんだぞ」と浩太郎は声を掛けた。「あいつの面倒は俺が見るから」

「……別に、父さんを手伝うつもりで病院に来てるんじゃないんだ。本当に顔を見るだけで、父さんみたいにこまめに話し掛ける気もないし」と智則は首を振った。「これはただの自己満足だよ。今まで、何もしなかった罪滅《つみほろ》ぼしなんだ」

「……何もしなかった、なんて気に病《や》む必要はない。お前にはお前の人生がある。それに、親子の関係は一親等で、兄弟は二親等だろう。俺の方がよりあいつの近くにいるべきだって、法律でも決まってるんだよ」

明るくそう伝えると、智則は眉《まゆ》をひそめた。

「犯人探しの方はどうするのさ」

「……それは警察に任せている。専門家に頑張ってもらうさ」

「そうか。父さんがそれでいいなら、何も言わないけど」智則はそう呟《つぶや》き、階段の手摺《てす》りを握《にぎ》った。「忠告《ちゅうこく》を無視して悪いけど、また様子を見に来るよ。足を運ぶ人間が多い方が、刺激にもなると思うからさ」

「そうだな。頼むよ」

「父さんもあまり無理はしないで。……自分じゃ気づいてないみたいだけど、いつも険《けわ》しい顔をしているよ」

智則はその言葉を残し、少し早足で階段を降りていった。

2

十月二十三日、火曜日。特殊清掃《とくしゅせいそう》のアルバイトも大学での仕事もオフのこの日、僕は午前十一時過ぎに家を出た。最近通い始めたスポーツジムに行くためだ。

歩いて通うのに便利なように、自宅《じたく》とまごころクリーニングサービスの中間にあるジムを選んだ。ジムの名前は、『ジョイフルスポーツジム』という。ビルの三階を借りて運営しており、前々からその存在は知っていた。通り掛かると窓ガラス越しに中で運動している人の姿が見えるのだ。

会費が安い割に設備が充実しており、さらにはトレーナーが付いて熱心にアドバイスをくれるという噂《うわさ》も聞いていた。そういうところなら、途中でくじけずに頑張れるのではないか。そう思い会員になった。体調に関わることなので、風間《かざま》さんの許可も取ってある。

とりあえず、回数無制限だが一日の利用時間が六十分に制限されるプランを選んだ。月の料金は五千円だ。トレーニングに慣れてきたら、月八千八百円の利用時間無制限プランに切り替えるつもりでいる。

スポーツジムに通うのはもちろん、中に入ったこともなかった。ボディビルダーみたいな人が集まり、汗の匂いをプンプン放っているのかと想像していたが、実際は全然違った。会員の男女比はほぼ半々で、年齢《ねんれい》も十代前半から六十代後半と幅広《はばひろ》かった。また、空気清浄機《せいじょうき》が稼働《かどう》していて、汗臭さはまったく感じない。

彼らがジムに来る理由は様々だ。部活動のための基礎《きそ》作りに来ている学生もいれば、事故で骨折《こっせつ》したあとのリハビリの一環《いっかん》として来ている老人もいる。そういう多様性《たようせい》が許容されていることが、初心者の僕には非常にありがたかった。引け目を感じずに、自分のペースでトレーニングに励《はげ》むことができる。

ジムに足を運ぶのは、今日が四回目だった。目に見えるほどの肉体的変化はまだ現れていないが、バーベルを使うベンチプレスやダンベルを使うサイドベントといったトレーニングをこなせる回数は着実に増えている。

この調子で行けば、そのうち腕《うで》や足の筋肉が盛《も》り上がってくるだろう。その日を想像しながらウキウキと歩いているうちに、よみせ通りと呼ばれる通りに入っていた。

と、そこで僕は異臭《いしゅう》を感じて足を止めた。

「そっか、時間帯が……」

ここを通るのがジムまでの最短ルートなのだが、昼と夕方は歩くのに難儀《なんぎ》する。その頃《ころ》になると、あちらこちらの飲食店から食べ物の匂いが漂《ただよ》ってくるからだ。

焼きたてのパンの香《かお》り。炭火《すみび》であぶったベーコンの香り。じっくり煮込《にこ》んだカレーの香り……通行人の食欲をそそるであろうそれらの匂いはすべて、僕にとっては「完全アウト」な悪臭《あくしゅう》だ。いずれにも、死香《しこう》の副作用によって食べられなくなった食材が使われている。

こういう場所を歩く時は、とにかく鼻から息を吸わないことを心掛けている。鼻と喉《のど》は繋《つな》がっているので完全に防げるわけではないが、足がすくむのを止める程度の効果はある。僕は前屈《まえかが》みになりながら、歩く速度を上げて危険なゾーンを突破《とっぱ》した。

「ふう」と大きく息をついたところで、前方から歩いてくる人影《ひとかげ》に目が留まった。

髪は短く、剣山《けんざん》のようにつんつんと尖《とが》っている。周囲の歩行者の中には長袖《ながそで》のジャケットを羽織《はお》っている人もいるが、その男性は白のTシャツ一枚に七分丈《たけ》のジーンズという格好《かっこう》だ。彼のむき出しの腕は小麦色《こむぎ》で、見事に盛り上がっている。まるでツイストドーナツのようだ。立派《りっぱ》なのは腕だけではない。服の上からでも、筋肉の鎧《よろい》の厚みが分かるほど、体全体がむっちりしている。

「細呂木《ほそろぎ》さん」

僕が声を掛けると、「やあ、どうも」と彼はその太い腕を上げた。僕は彼に駆《か》け寄り、

「お世話になっています」と会釈《えしゃく》した。このえげつない肉体の持ち主は、僕の指導《しどう》をしてくれているジョイフルスポーツジムのトレーナーだ。

「これからジムに行くところかい？」

「そうなんですよ」と僕は頷《うなず》いた。僕より十歳年上の彼は、ジムの中でも外でも敬語を使わず、気さくに話してくれる。

「朝食はとったのかな」

「いいえ、食べてません。起きるのが遅《おそ》かったし、あまりお腹《なか》が空《す》いていないので、ジムから戻ったあとに食べようかと」

「うーん……」と彼が太い腕を組んで唸《うな》る。

「まずいですか？」

「空腹状態でのトレーニングは勧《すす》められないね。エネルギー不足の状態で運動すると、体は脂肪《しぼう》や筋肉を分解して栄養《えいよう》を確保しようとする。桜庭《さくらば》くんは体脂肪率《たいしぼうりつ》が低いから、

筋肉量が減ってしまうリスクがあるんだ。理想は食事をしてから二時間後の運動だね。消化が落ち着いていれば栄養は体に行き渡《わた》っているし、胃腸《いちょう》への負担も小さい」

「そうなんですか……。じゃあ、今日はやめておいた方がいいですか」

「軽く何かお腹に入れておくと良いよ。よかったら、これから食事に行かないかい？　僕が通っているステーキハウスなんだけど、サンドイッチやサラダも充実しているんだ。なんなら、フルーツジュースを飲むだけでもいいと思う」

細呂木さんの提案《ていあん》に、「えっと……」と僕は言葉に詰《つ》まった。

おそらく、ステーキハウスは匂い的に今の僕にはきつい場所だ。肉自体は問題ないのだが、胡椒《こしょう》がダメなのだ。

先日関わった事件で、僕はブラックペッパーの死香を嗅《か》ぎまくった。その影響《えいきょう》で胡椒の匂いに嫌悪感《けんおかん》を覚えるようになってしまった。僕を苦しめる、いつもの副作用だ。肉や魚の臭み消しに胡椒が使われることは多い。ステーキハウスに足を踏《ふ》み入れただけで吐《は》きそうになる可能性は非常に大だ。

せっかくのお誘いだが、断るしかない。相手に不快感《ふかいかん》を与えないようにするにはどういう風に言えばいいだろう。適切な言葉を探して黙り込んでいると、「急に誘って悪かったかな」と細呂木さんが申し訳なさそうに言った。

「え、いいえ、そんな、滅相《めっそう》もない」

「……実は、桜庭くんと話をしなければと思っていたんだ。かしこまった場よりも、食事でもしながら気楽にできたらいいかなと思って、それで誘ったんだけどね」

細呂木さんはやけに深刻《しんこく》な表情をしていた。ひょっとして、僕のトレーニングのやり方に大きな問題があるのだろうか。それとも、どうやっても体に筋肉がつかない体質だとか……？

唾《つば》を飲み込み、「何についてのお話なんでしょうか」と僕は尋《たず》ねた。

「要望……と言えばいいのかな」と細呂木さんが低い声で言う。「おとといの夜、うちのジムに連絡《れんらく》があってね。『桜庭くんのトレーニング内容について、なるべく負荷《ふか》の低いものにしてくれ』と、そういう内容の電話だった」

まったく予想もしていなかった返答に、僕は首をかしげた。

「電話って、一体誰《だれ》からなんです？　他のトレーナーさんですか」

「その人から、桜庭くんは何も聞かされていないのかい？」

「ええ……何の心当たりもありませんけど」

「いたずら電話ではないと思うんだけどな」と、細呂木さんは困惑《こんわく》顔で頭を掻《か》く。「桜庭くんの職場の上司《じょうし》だと言っていたよ」

3

一時間後。僕は東京科学大学《とうきょうかがく》にやってきた。

頭の中を整理しきれないまま、分析《ぶんせき》化学研究室の教員室に入る。

部屋には風間さんと、ショートカットの女性の姿があった。角度によっては男性にも見えるという、僕と真逆《まぎゃく》のきりりとした顔立ち。警視庁捜査一課の新見《にいみ》刑事だ。

「桜庭さん。ご無沙汰《ぶさた》しています」

「どうも」と僕は二人の座るソファーに近づいた。

彼女が来ていることは知っていた。ここに来る途中、風間さんから連絡があったからだ。新見さんは風間さんの研究内容に興味《きょうみ》を持っており、これまでに何度か捜査協力の依頼《いらい》を受けたことがある。人の死が絡《から》む事件が発生したらしいが、その話を聞くより先に片付けなければならない問題がある。

「すみません、新見さん。少しの間、席を外していただけませんか」

「ええ、分かりました」

一瞬だけ眉間《みけん》にしわを寄せたが、彼女は詳細を訊《き》かずに部屋を出ていった。

風間さんはいつもの場所に座り、悠然《ゆうぜん》と資料に目を通している。僕は彼の向かいに腰を下ろし、「どういうつもりなんですか」と切り出した。

「何の話だね？　話したいことがあるならば、議題について先に述べたまえ」

「僕が通い始めたスポーツジムに、苦情の電話を入れた件についてです」

クリップで綴《と》じた資料をテーブルに置き、「ああ、そのことか」と風間さんはこともなげに言った。

「そもそもの話なんですが、どうして僕が入会したジムをご存じなんですか」と僕は尋ねた。スポーツジムに通うことは報告したが、それ以上の情報は伝えていない。

「君のスマートフォンのGPS情報は常にモニタリングしており、普段よく立ち寄る場所をリスト化している。この十日ほどの間に、リストにない場所を三度訪ねていることが確認できた。GPSには高度情報も含《ふく》まれる。君が滞在したフロアを調べたところ、スポーツジムがあることが分かったのだ」

カラクリが分かり、そういうことかと僕は納得《なっとく》した。風間さんからの要求に応じて、僕は彼にスマートフォンのGPS情報を提供している。突発的にサンプル採取《さいしゅ》の必要が生じた際にすぐ合流できるように、という名目だが、風間さんは位置情報を僕の監視《かんし》に使っているらしい。

「そのことはとりあえずは置いておきます。僕が伺《うかが》いたいのは、『なぜトレーニング内容に口出しをしたのか』ということです」

「何度も同じことを君に伝えているが、もう一度言おう。君の特異体質については、まだまだ圧倒的に分からないことが多い。インフルエンザに感染《かんせん》する、体重が短期間で五キロ増える、記憶を失《な》くすくらいの深酒をする――そういった、普段と違う出来事が死香感知に取り返しのつかない影響を与える危険性があるのだ。ゆえに、可能な限り現状維持《いじ》を心掛ける必要がある。だから、過度なトレーニングを行わないように、ジムのトレーナーに連絡を取ったまでだ」

「どうしてジムに言うんですか。僕に直接伝えれば済む話じゃないですか」

「私は君に遠慮《えんりょ》をしたのだがね」と風間さんが僕をまっすぐに見て言う。「ジムに通うのを強制的にやめさせるのは、君の尊厳《そんげん》を傷つけることになりかねない」

「僕としては、陰《かげ》でこそこそ細工《さいく》される方がカチンと来ます」

風間さんの視線《しせん》を受け止め、僕はきっぱりと言い返した。

「分かった。では、次に似たようなことがあれば、君と直接話し合うことにしよう」

「……ええ、ぜひそうしてください」

僕が顔を背けると、「納得していないようだな」と風間さんが呟いた。「まだ言い足りないことがあるんじゃないか」

ちらりと風間さんの表情を窺《うかが》う。彼は殺人事件の謎《なぞ》と向き合う時のような、真剣《しんけん》な目をしていた。僕がなぜ腹を立てているのか分からないらしい。

「特殊清掃を続けるにも、風間先生の助手としてサンプル採取に同行するにも、体力は必要になります。そのために、体を鍛えたいんです。今が、成長のチャンスなんだと思います」

「それは立派な考え方だ。ただ、我々《われわれ》の間には契約《けいやく》が存在する。私は君の健康を守り、食事の問題を解決する努力をする。君は体調管理に留意《りゅうい》し、私の研究に協力する。釣り合いは取れていると私は考えるが」

「契約のことはもちろん分かっています。心配していただいていることにも感謝《かんしゃ》しています。でも、こういうのは嫌《いや》なんです。お釈迦《しゃか》さまの手の上で遊び回っている孫悟空《そんごくう》みたいな関係は。もう少し自由にやらせてもらえませんか？　風間先生だって、僕の行動をずっと見張るのは疲《つか》れるでしょう」

「いや、疲れることはない。君とパートナーになって、一年以上が経った。私にとって、君を守ることはすでに日常の一部となっている」

風間さんは何の迷いもなく言い切った。澄《す》み切った瞳《ひとみ》には、自分は正しいのだという確信が宿《やど》っていた。

――そうか、そういうことか……。

僕は自分の苛立《いらだ》ちの正体に思い至《いた》り、ため息をついた。

「……風間先生は偉大《いだい》すぎるんです」

僕は目を伏《ふ》せ、感じたことをそのまま口に出した。

「先生が有能で、いつでも自信に満ち溢《あふ》れているから、僕は自分の至らなさをいつも痛感させられます。もっと成長しなきゃって、そういう風に焦《あせ》ってしまうんです」

僕が本音を語り終えると同時に、風間さんが勢いよく立ち上がった。

彼はテーブルを飛び越え、僕の隣に座り直した。風間さんの右手は僕の肩に、左手は膝《ひざ》に置かれている。

「そんな風に自分を卑下《ひげ》しないでほしい」

風間さんが僕の耳元で優しく囁《ささや》く。彼の体から漂う、爽《さわ》やかで甘《あま》い香りが僕の嗅覚《きゅうかく》を刺激する。天国に咲く花はこんな匂いなのだろう、と僕は思った。

「君は稀有《けう》な才能の持ち主だ。だから、私は君を守ることに全力を尽《つ》くさずにはいられなくなる。かけがえのない君がいつまでも今のままでいられるように、あらゆる手段を講じなければ不安でたまらないのだ。いいかね、桜庭くん。私が偉大なのではない。君が私を強くしてくれているのだ。——分かったかね？」

心地よい低音が、僕の鼓膜《こまく》を撫《な》でるように振動させる。その声を間近で聞いていると、頭の芯《しん》が痺《しび》れてぼんやりとしてきた。まるで催眠術《さいみんじゅつ》だ。風間さんの言葉がすんなりと心に染《し》み込み、彼の言うことを信じたくて仕方がなくなってくる。

ずるい、と僕は思った。僕にはどうやったってこんな真似《まね》はできない。やっぱり風間さんには勝てない、と僕は思った。

ただ、そこに悔しさはなかった。これだけ力の差があるのだから、お釈迦さまに弄《もてあそ》ばれる孫悟空でもいいじゃないか、と納得してしまったのだ。

「……分かりました。今回の件については、もう文句は言いません。ジムでは汗を流す程度の、軽いトレーニングしかやりません」

「そうか。理解してもらえてよかった」

「その代わり、今度からは二人で話し合いましょう。それが対等な契約のあり方だと思いますから」

「了解した。では、この件はこれで終わりだ。事件の話を聞くとしよう」

風間さんは座ったままスマートフォンを取り出し、電話をかけた。一分ほどで、外に出ていた新見さんが戻ってきた。彼女に連絡を取ったのだろう。

ソファーに腰を下ろし、「あれ？」と彼女が不思議そうに呟く。

「桜庭さん、大丈夫ですか。さっきより顔が赤くなっていますが」

「いえ、なんでもないです」と僕は頰《ほお》をこすった。

「本当ですか？　なんだか、心なしかお二人の距離が近いような気も……」

言われてみれば、僕と風間さんは太ももが触《ふ》れ合う位置に座っていた。僕は五センチほどお尻《しり》を移動させ、「本当に、なんでもありませんから」と重ねて言った。

しかし、新見さんは僕たちに疑《うたが》いの眼を向けている。「絶対何かあったでしょ」とその目が言っていた。風間さんが僕を叱責《しっせき》したとでも思い込んでいるのかもしれない。

変に邪推《じゃすい》されたくはなかった。僕はソファーから身を乗り出し、「事件のことを伺わせてください」と声に力を込めた。

「手短に、要点をまとめて説明していただきたい」と風間さんも同調する。「一刻も早くサンプル採取に向かいたいのです」

「分かりました。事件が起きたのは昨日の午前十一時頃で、場所は板橋《いたばし》区の赤塚《あかつか》にある『四《よ》ツ葉《ば》総合病院』でした。亡《な》くなったのは、菅谷史博さん、四十三歳。彼は九月上旬に夜道で暴漢《ぼうかん》に襲《おそ》われ、頭部を殴《なぐ》られて脳に深刻なダメージを受けました。意識はなく、自発《じはつ》呼吸も不安定になっていたそうで、人工呼吸器を常に装着していました。気管に直接管《くだ》を挿入《そうにゅう》する形式ですね。この、まさに命綱《いのちづな》というべき呼吸器が、何者かによって停止されていたんです。菅谷さんの死因は窒息《ちっそく》死で、他に外傷はありませんでした」

新見さんが、現場の写真をテーブルに置く。鑑識《かんしき》の職員が撮影《さつえい》したものだそうだ。

壁際の棚《たな》に置かれた花瓶《かびん》の、小さなオレンジの花が、空《から》のベッドの虚《むな》しさを強調している。これは金木犀か。問題の人工呼吸器は写真の中央にあった。本体は一メートルほどで、移動しやすいようにキャスターが付いている。上部に液晶《えきしょう》モニターがあり、装置のあちこちから数本の管が延びていた。

「念のためにお伺いしますが、故意ではなく事故の可能性はありませんか？」

　基本的な質問を投げ掛けてみる。新見さんは即座に、「それはありえない、というのが病院の見解です」と回答した。

「というのも、人工呼吸器には患者《かんじゃ》の状態をモニターし、異常があればアラームで知らせる機能があるんです。看護師が常駐《じょうちゅう》しているスタッフルームでもアラーム音が鳴りますから、聞き逃《のが》すことはありません。唯一の例外が、装置の主電源を落とした場合です。停電などに対応できるようにバッテリーも内蔵《ないぞう》されていますが、主電源を切ると機能は完全に停止します。この主電源は装置の裏側にあり、間違って押されないようにプラスチックの蓋《ふた》で保護されています。偶然《ぐうぜん》にスイッチが切れることはありません」

　呼吸の停止を知らせるアラームを聞き、看護師が病室に駆け付けた時には、史博さんはすでに亡くなっていたという。病室には人影はなかったそうだ。犯人は史博さんの死《し》亡《ぼう》を確認してから主電源を入れ直し、急いで病室を抜け出したのだ。あわよくば事故と判断されることを期待しての偽装《ぎそう》工作だろう。

「事件当時、病室への立ち入りは可能だったんでしょうか」

「ええ。出入口の引き戸は施錠されていませんでした。場所も一般病棟《びょうとう》ですから、入ろうと思えば誰でも入れます」

「だとすると、容疑者《ようぎしゃ》の範囲《はんい》は広くなりそうですね」と僕はメモを取りながら言った。

「ちなみに、菅谷さんは何者かに襲われて重傷を負ったそうですが、そちらの事件の犯人は……?」

「未解決です」と新見さんが悔しそうに答えた。「目撃情報に乏しく、解決の糸口は見つかっていません」

「二つの事件が同一犯によるもの、という可能性もあるわけですね」

犯人は菅谷さんに強い殺意を持っていた。最初の襲撃で意識不明状態に追いやっただけでは飽《あ》き足りず、病院に入り込んでまで止《とど》めを刺《さ》した——そういう説も充分にあり得そうだ。

そこで、黙って話を聞いていた風間さんが「桜庭くん」と口を開いた。

「分かっていると思うが、現段階ではフラットな立場を保ちたまえ。予断は視野……いや、『嗅野《きゅうや》』を狭《せば》めかねない」

「ええ、大丈夫です」と僕は冷静に答えた。風間さんはいかなる事件に対しても、思い込みを抱くということがない。常に客観的なスタンスを維持することが、真相を見抜くために必要なのだと確信しているのだろう。

「それなら問題はない」

軽く頷き、風間さんはソファーから立ち上がった。

「ここで議論をするよりも、まずは現場だ。サンプル採取に向かうとしよう」

4

　ということで、僕と風間さんはいつものレクサスで四ツ葉総合病院にやってきた。

　同乗していた新見さんは助手席から出てくるなり、「ものすごく乗り心地がいいですね！」と興奮《こうふん》の面持《おもも》ちで僕に声を掛けてきた。

「ですよね。乗るたびにそう思います」と僕は同意した。加速も減速も極めて滑《なめ》らかで、走行中の振動や左右の揺れもほとんどない。エンジン音は静かで、車内の空気はいつも清澄《せいちょう》だ。高級車ならではの快適さ、プラス運転手さんの技術の高さ。その二つが相まって、非常に心地のよい走行を実現しているのだろう。

「では、行きましょう」

　風間さんは愛用《あいよう》のアタッシェケースを手に持ち、大股《おおまた》で病院の玄関へと歩いていく。

「あ、風間先生。玄関は閉まっていますので、通用口の方からお願いします」と新見さんが建物の裏手を指差した。「現場検証《けんしょう》のため、外来は休診にしてあるんです」

「では、先導《せんどう》をお願いしたい」

「承知しました」と、新見さんが小走りに先頭に立つ。

　僕は最後尾を歩きながら病棟を見上げた。五階建てで、薄いベージュ色に塗《ぬ》られた外壁には黒ずみが目立つ。築《ちく》年数はそれなりに経っているようだ。三階から五階までが、入院患者用のフロアだそうだ。窓にフィルムか何かが貼《は》られているらしく、こちら側からは反射していて中の様子が窺えない。

通用口は灰色の鉄のドアだった。そこに制服姿の警官が一人立っている。彼に会釈をして、風間さんに続いて建物の中に足を踏み入れた。

病院に来るのは今年の五月以来だ。前回訪ねたのは精神科のあるところばかりだったため、「死」を感じることはほとんどなかった。

だが、ここは違う。廊下に壁、床にドア……視界に映るすべてのものに、様々な種類の死香が付着している。それらは混《ま》ざり合い、さながら上質なコンソメスープのような香りを作り出していた。食欲を刺激する、複雑でかぐわしい匂いだ。

蓄積《ちくせき》された死香を前にすると、厳《おごそ》かな気持ちにならずにはいられなかった。僕は顔を伏せながらエレベーターに乗り込み、風間さんたちと共に三階に上がった。

問題の病室は、廊下の一番奥《おく》にあった。突き当たりには階段がある。

病室の前に警官の姿はなかったが、出入口の引き戸は施錠されていた。新見さんに解錠してもらい、中へ足を踏み入れる。

そこは、中央にベッドの置かれた六帖《じょう》ほどの個室だった。荷物を入れる棚やしっかりした背もたれの椅子《いす》があるだけで、人工呼吸の装置は見当たらない。重要な証拠品《しょうこひん》ということで、警察が持ち帰って調べているのだろう。

「風間先生、いかがでしょうか」

新見さんの問い掛けに、「目で見て分かることは何もありません。病室内の空気を集め、それを分析することで初めて情報が得られます」と風間さんは答えた。眉間の微《かす》かなしわで、彼が苛立っていることが分かった。さっさとサンプル採取を始めたくて仕方ないのだろう。

場を整えるのは助手の役目だ。風間さんが「出ていきたまえ」と命じる前に、「新見さん。すみませんが、外で待っていてもらえますか」と僕は退室を促《うなが》した。

「了解です。院内で聞き込みに当たっておりますので、用事がありましたら携帯《けいたい》電話の方に連絡をお願いします」

新見さんはベテランホテルマンのような、背筋《せすじ》の伸《の》びた美しい礼を披露《ひろう》し、病室をあとにした。

「さて、ようやく『作業』に入れるな。君は君のやりたいようにやりたまえ！」

風間さんは威勢よく指示を出すと、アタッシェケースから出した注射器を使って、室内のあちこちの空気を集め始めた。

風間さんの言う通り、ここからは個人戦だ。ベッドサイドに移動し、手を合わせて黙《もく》禱《とう》してから、灰色のマットレスから立ち上ってくる死香を吸い込む。

今回の死香は、ピーナッツバターの香りだった。その匂い自体は三階に着いた時から感じていたが、やはり病室は匂いが圧倒的に「濃《こ》い」。新見さんから状況を聞かされていなくても、ここでつい最近誰かが亡くなったのだと確信できる濃度《のうど》だった。

菅谷史博さんを殺した犯人は、彼の死を確認してから人工呼吸装置の主電源を再度オンにしている。遺体《いたい》のすぐ近くにいたのだから、死香は犯人の体に付着したはずだ。

犯人はどういう経路で逃げたのか。それを確認するため、僕はいったん病室を出た。

死香の流れは左右に分かれている。階段方面に向かう香りと、エレベーター方面に向かう香りだ。

ひとまず、階段を調べてみる。四階まで上がってから、二階に降りる。死香の強弱は明確だった。ピーナッツバターの匂いは、階上ではなく明らかに階下に続いていた。

階段で一階に降りて、小児科や内科の診察室のドアの前を通って進んでいく。ピーナッツバターの死香はしっかりと感じられる。濃密な死香をまとった人間が――それは犯人かもしれない――ここを通ったのは間違いない。

途中、何度か曲がり角があったが、死香はひたすらまっすぐに続いている。それをたどっていった結果、正面玄関を入ってすぐのところにあるロビーに到着した。

白いベンチがずらりと並んでいるが、今日は外来診療《しんりょう》が臨時《りんじ》で休みになっているので、辺りはひっそりとしていた。

ひと気のないロビーを歩き回り、死香を嗅ぐ。特定のベンチに死香が付着していることはない。犯人は長居せずにすぐにここから立ち去ったようだ。

「さて……」と僕は腰に手を当てて辺りを見回した。

ロビーを起点に、複数の死香の流れが存在している。一階のあちこちに死香が撒《ま》き散らされているようだ。

正面玄関から見て右手の廊下へ、はっきりした死香の流れが感じられた。まずはこちらからだ。

匂いをたどって進んでいくと、関係者以外立ち入り禁止のドアに突き当たった。鍵《かぎ》は掛かっていない。この先に何があるのだろう。確認のためにドアを押し開けようとしたところで、「ちょっと！」と後ろから鋭《するど》い声が聞こえた。

振り返ると、髪を後頭部の高い位置で丸くまとめた女性がいた。ダークネイビーの上着と白のズボンという、病院スタッフのユニフォームを着ている。左胸には、〈内海《うつみ》〉と書かれた名札が見える。年齢は三十代半ばか。彼女は眉をひそめ、狼《おおかみ》のような吊《つ》り目《め》がちの目で僕を睨《にら》んでいた。

「注意書きが見えないんですか？　立ち入り禁止って書いてあるでしょう。っていうか、あなたは誰ですか？」

「あ、僕は警察に協力している者でして」

名刺《めいし》を出そうとしたところで、僕は内海さんから漂ってくる、強いピーナッツバター臭に気づいた。

「……なんですか？」と、僕の視線に反応して彼女が表情を険しくする。

「つかぬことをお伺いしますが、亡くなった菅谷史博さんと接点はありましたか？」

「ええ。入院してからずっと、彼を担当していました」

「じゃあ、事故の時も病室に？」

「アラームに気づいて最初に駆け付けたのが私です。そのことは、警察関係者なら知ってるはずですけど」

「捜査本部外の人間ですので、情報を完全には把握《はあく》できていないんです。すみません」

と僕は頭を下げた。とりあえず、彼女に死香が付着している理由は確認できた。

僕は問題のドアを指差し、「この先には何があるんでしょうか」と尋ねた。

すると内海さんは面倒臭そうにドアを押し開けた。廊下の先に両開きの扉が見える。

「緊急搬送《きんきゅうはんそう》なんかに使う通路で、扉の向こうは外に繋がってます」

「ひょっとして、遺体の搬出も……」

「そうですね。ここから外に出します」

彼女の説明で状況が理解できた。濃密な死香は、菅谷史博さんの遺体を運び出す際に残されたものだろう。彼の遺体は今、司法解剖《しほうかいぼう》のため都内の大学病院に移されている。

「ありがとうございます。じゃあ、僕はこれで」

その場を離れかけたところで、「ちょっと待ってください」と彼女に呼び止められた。

「病院の人間がやったって疑っているんですか」

「え？　いや、別にそういうことはありませんが」

「呼吸装置の電源が切られることを想定していなかったのは、確かにこちらの落ち度です。でも、スタッフの中に人殺しなんていません。いるはずがないじゃないですか。事故を起こせば病院の評判が落ちますよね？　どう考えても、私たちにはデメリットしかありません」

「はあ……そうですね」

「なのに、警察は病院を休診にしろって命令してきたんです。急に休みにしたから、電話で問い合わせがたくさん来ているんですよ。それにいちいち対応する私たちの身にもなってください！」

内海さんは強い口調で僕にクレームをつけると、ふん、と鼻から息を噴《ふ》き出して立ち去った。

やれやれ、思いがけないところで足止めを喰《く》らってしまった。僕は深呼吸で気持ちを切り替えて通用口の方へと向かった。そちらも死香が強い。

コンソメの中に香る、ピーナッツバターの匂い。すでに一度歩いているので、匂いの付き方は分かる。死香の流れとしては、「中から外」だ。外に近づくに連れて匂いは弱まっている。

そのまま通用口から外に出て、匂いをたどってゆっくり進んでいく。正面玄関前を通り過ぎ、道路沿いの歩道を進み、最終的に駐車場《ちゅうしゃじょう》に到着した。ここで死香はすっぱりと途切れている。

考察は先送りにして、通用口から院内に戻る。

エレベーターに乗り、二階から五階までの全フロアで死香を嗅ぐ。その結果、死香はすべての階に存在するものの、三階が最も濃いことが分かった。

僕は三階でエレベーターを降りた。

廊下を往復《おうふく》し、匂いの強弱を嗅ぎ取ろうとしたが、どうにもうまくいかない。一定方向の死香の流れが存在せず、場所によって匂いの強さがまちまちなのだ。呼吸の停止した菅谷史博さんの救命のため、医師や看護師が彼の病室に駆け付けている。その行き来により、廊下全体に死香が付着したのだろう。

ひと通り調査を終え、僕は病室の前に戻ってきた。

犯人と思《おぼ》しき人物の移動ルートをまとめると、〈3F病室↓階段↓1Fロビー〉と移動し、その後は、〈↓通用口から外〉である可能性が一番高そうだ。

ただ、可能性だけなら、〈3F病室↓エレベーター↓1Fロビー〉もあり得なくはない。急げば、誰かに見つかる前にエレベーターに乗り込むことはできただろう。また、その後の経路として〈緊急搬送用出入口から外〉もありうる。見咎《みとが》められなければ、通行は可能だったはずだ。

この現場は死香が濃厚《のうこう》で、こっちからこっちへ、という移動ルートを絞《しぼ》り込みづらい。これは僕にとって初めてのケースだった。亡くなった直後の萱谷さんと接触した人数が多すぎるのが原因だ。病院という環境ならではの難しさと言えるだろう。病院スタッフはもちろん他のフロアにも足を運ぶ。それで、三階以外にも匂いが付いてしまっているのだ。

駐車場の死香も、今の時点では解釈《かいしゃく》がいろいろ考えられる。普段の現場なら「犯行後、犯人が車に乗って逃げた」と判断できるが、「死後の処置《しょち》を行った医師や看護師が自家用車で帰宅《きたく》したために付いた」というパターンもありうる。その場合、犯人はタクシーで逃げたことになるだろう。

どうにもすっきりしないが、これ以上粘《ねば》っても仕方ない。報告のため、病室に戻ることにした。

部屋を覗《のぞ》くと、風間さんの姿は消えていた。他の場所でサンプル採取を行っているようだ。

廊下で待っていると、五分ほどで風間さんが戻ってきた。

「どちらでサンプル採取を？」と尋ねると、「スタッフルームだ」という返事だった。看護師たちの前で、あの激しいピストン運動を披露してきたらしい。息が上がっているのはその興奮のせいか。この現場は、風間さんにとっては宝の山なのだろう。

「桜庭くん。そちらはどうかね」

首尾《しゅび》を訊かれ、僕は嗅ぎ解いた内容を風間さんに説明した。

「——ということで、捜査の方向性を決定づけるような進展はありませんでした」

「そうか。難しいようなら、捜査協力の要請《ようせい》を断ることもできるが」

「いえ、やらせてください」と僕は即答した。これまでの方法が通じない、僕にとっては手強《てごわ》い事件だが、引き下がりたくはなかった。ギブアップするには早すぎる。こうして関わった以上、できることをやりきりたい。

「いいだろう。では、いつも以上に丁寧《ていねい》に進めていくことにしよう。まずは容疑者の絞り込みだな。体に付いた死香の強弱で、犯行の可能性を見積もれるだろう」

「そうですね。新見さんに頼んで、病院関係者の死香を確かめさせてもらいましょう」

「善は急げだな。では、申し訳ないが段取りをつけておいてもらえるか。私はいったん車に戻り、サンプル採取用の試験管《しけんかん》を取ってくる」

風間さんはそう言うと、大股でエレベーターの方に歩いていった。各所でサンプルを集めまくった結果、空気を入れる試験管が切れてしまったらしい。これも、普段のサンプル採取では起きない事態だ。

「初物《はつもの》尽くしだな、今回は……」

頭を掻き、僕は新見さんに連絡を取るため、スマートフォンを手に取った。

5

翌、水曜日の午後三時。大学でのアルバイトを切り上げ、僕は昨日に続いて板橋区へとやってきた。殺された菅谷史博さんの父親である、浩太郎さんに会うためだ。

新見さんを通じて連絡を取ったところ、自宅で面会できることになった。最寄り駅は都営三田《みた》線の終点である西高島平《にしたかしまだいら》駅で、四ツ葉総合病院から車で五分ほどのところに家があるのだという。

駅を出て歩道橋を渡り、きれいに整備された歩道を進んでいく。空はまさに秋晴れで、心地よい風が吹いている。

その風に、微かに草の香りが混ざっている。どこかで草刈《くさか》りをしているようだ。その匂いで、実家の近所の風景を思い出した。僕の実家は兼業《けんぎょう》農家で、自分のところで食べる米を作っている。もう収穫《しゅうかく》は終わり、今年できた新米が僕のところに送られてきた。しかし、悲しいことに僕はその柔《やわ》らかくて甘いご飯《はん》を食べることができない。

息子《むすこ》を思う両親の気持ちを考えると、「ご飯が食べられなくなったから、米はもう送らなくていいよ」とはとても言い出せなかった。もちろん捨てるのも忍《しの》びないので、新米は樹《いつき》さんや職場の同僚《どうりょう》におすそ分けした。

早くご飯を食べられるようになりたい。それは僕の悲願だ。七月の事件で入手したご飯の死香の分析は、今も精力的に行われている。いくつかの成分を特定できたが、まだ食材への嫌悪感の克服《こくふく》には至っていない。

風間さんは匂いの上書きという方針《ほうしん》で研究を進めている。白米の死香の「ふりかけ」を作り、それをご飯に掛けることで、本来の米の匂い（僕にとっての悪臭）が消え、ご飯っぽい香り（普通の人にとっては死臭）のする米ができあがるというわけだ。

風間さんはたった一人で、その難題に取り組んでいる。ご飯の死香の分析はまだまだ不充分で、それを打ち消す成分を探す段階にさえ至っていない。

できれば彼の作業を手伝いたいが、僕は科学の素人《しろうと》なので、分析作業に関しては何の役にも立てない。むしろ足手まといになるだけだ。風間さんがふりかけの試作品を作り出すまで待つしかない。

花屋の前を通り過ぎ、何度か角を曲がる。菅谷さんの自宅は、小さな公園の近くにあった。二階にバルコニーのある一軒家で、屋根や外壁の具合からすると、築三十年ほど経っているようだった。この家で、史博さんは父親と二人暮らしをしていたそうだ。

路地に面したアルミ製の門扉《もんぴ》を引き開け、三メートルほどのアプローチを通って玄関へ向かう。

インターホンのチャイムを鳴らすと応答があり、白髪《しらが》の男性が出てきた。菅谷浩太郎さんだ。年齢は七十一歳だそうだが、体つきはがっしりしており、特に肩幅が広い。若い頃はいわゆる逆三角形の体型だったのではないだろうか。

「東京科学大学の桜庭と申します」と名乗り、警視庁云々《うんぬん》と書かれた名刺を差し出す。

「史博の父です。男所帯《じょたい》で散らかっていますが、どうぞ」

浩太郎さんはかすれた声で言い、僕を洋室に案内してくれた。八帖ほどの広さがあり、壁際に並ぶ四台の本棚には文庫本がぎっしり詰まっていた。

中央に置かれたテーブルを挟《はさ》む形で、二脚《きゃく》の椅子が置いてある。浩太郎さんに勧められ、僕はそこに腰を下ろした。

問題のピーナッツバターの死香を、僕は家の手前から感じていた。こうして浩太郎さんと対面してみて、死香の出処《でどころ》が彼自身であることがよく分かった。明らかに彼の体から匂いが感じられる。しかも、かなり強い。

「この度はご愁傷様《しゅうしょうさま》でした。突然押しかけてしまい、申し訳ありません」

「ああ、いえ。謝《あやま》るのは私の方です。本来ならこちらから出向くところをわざわざお越しいただいたわけですから」浩太郎さんは神妙に言い、眉間にしわを寄せた。「それで、今日はどういったご用件でしょうか」

「我々は今、史博さんの病室に立ち入った人の匂いを集めています。臭気分析を活用し、捜査に役立てるためです。気体サンプルを採取させていただけますか」

「どうすればいいですか?」

「座ったままで大丈夫です。注射器で、体の周りの空気を集めるだけですので」

風間さんが使っているのと同じ型のアタッシェケースから、注射器と試験管を取り出す。右手で注射器のプランジャーを持ち、左手で試験管を持ちつつ、外筒《がいとう》を支える。風間さん流のサンプル採取スタイルだ。

空気を乱さないようにゆっくり立ち上がり、浩太郎さんの座っている椅子の後ろに回り込む。ここからが重要だ。僕は深呼吸をしてから、彼の体の線に沿って注射器の先端《せんたん》を動かしつつ、プランジャーを小刻《こきざ》みに引いて空気を集めた。すかさず、持っていた試験管のゴム製の蓋に注射器の針を差し込み、集めた気体を注入する。これでサンプル採取は終わりだ。風間さんほどすばやく、かつ正確にはできなかったが、教わった手順は守れたはずだ。

試験管をケースに戻し、僕は再び椅子に座った。

「サンプル採取は終わりました。少し、事件のことを伺えればと思います。思い出したくないこともあるかと思いますが、ご協力お願いします」

「……事件というのは、どちらのことでしょうか」

「病院で起きた方です」と僕は言った。通り魔事件については警察に任せている。

「分かりました。覚えていることはすべてお話しいたします」

「ありがとうございます。では、事件当日のことをお伺いします。あの日、浩太郎さんはどちらにいらっしゃいましたか？」

「朝は四ツ葉総合病院におりました。隠居の身ですし、時間の許す限り病室にいるように心掛けています」

「ずっと病室に？」

「いえ、風邪気味《かぜ》でしたので、早めに自宅に戻りました。病室に長居して、息子に風邪を移すわけにはいきませんので。家に戻ったのが午前十時過ぎだったと思います」

「移動は車を使われていたんですね」

「そうです。普段からそうしています」と彼が頷く。「家に帰って自分の部屋で寝ていたら、病院から連絡があったんです。午前十一時十分くらいでしたか。息子の容態が急変したと言われて慌《あわ》てて駆け付けましたが、すでに手遅れでした」

警察に何度も同じ話をしたためか、浩太郎さんは言い淀《よど》むことなく、淡々とそう説明した。表情の変化も乏しく、悲しさや悔しさはまったく伝わってこない。まるで達観しているように僕には見えた。

「そのことを証明できますか？」

「……いえ、警察の方にも訊かれましたが、難しいと思います」と浩太郎さんは視線を自分の膝に落とした。

捜査資料によると、病院の正面玄関の監視カメラに、帰宅する浩太郎さんの姿が映っていた。時刻《じこく》は午前九時五十五分なので、彼の証言通りだ。また、午前十一時十八分にも、彼は正面玄関のカメラに映っている。こちらも、今の話と矛盾《むじゅん》はない。

史博さんが亡くなったのは午前十一時頃で、午前十時十五分に看護師が彼の容態に問題がないことを確認している。つまり、浩太郎さんが帰宅した時点では、まだ史博さんは生きていたことになる。

ただ、その後の足取りを証明するものは見つかっていない。浩太郎さんは車で病院に通っているが、その間に監視カメラの類《たぐ》いはないため、彼が本当に帰宅したかは分からない。駐車場に停めた車の中でしばらく待機し、通用口から病院に戻れば、目撃されずに人工呼吸装置の電源を切ることはできる。

「連絡を受けて病院に到着したあと、病室に入られましたか」

「……いえ、廊下にいました。医師や看護師が忙《いそが》しそうにしていたので、邪魔をしてはいけないと思いまして……」

「ご家族で、他に駆け付けた方はいらっしゃいますか」

「下の息子の智則が、私のすぐあとに来ました」

この証言も、監視カメラの映像によって裏付けられている。智則さんは午前十一時二十分に正面玄関を通過して中に入っていた。

「お二人だけでしょうか」

「ええ。家内は五年前に亡くなりましたし、関東近郊には親戚《しんせき》はおりませんので」

亡くなった直後の史博さんに接近したのは、浩太郎さんと智則さんの二人だけのようだ。普段の事件なら、「この二人のどちらかが犯人である疑いが濃厚」と判断するところだが、今回はそうはいかない。彼ら以外に、複数人の病院関係者が遺体と接触しているからだ。医師が二名、看護師が三名、遺体の搬送に関わったスタッフが三名。合計八人も容疑者がプラスされている。

すでに彼らと面会し、匂いを確かめさせてもらったが、全員が濃い死香をまとっていた。彼らの中に犯人がいるのかどうか、今の時点では判断できない。

さらにこの事件を難しくしているのは、部外者犯人説を排除《はいじょ》することができない、という点にある。通用口の存在を知っていれば、誰でも監視カメラに映らずに病院に出入りできる。そして実際に、死香は通用口に残っている。この説が真相だった場合、容疑者の数は爆発的に増加してしまう。今の証拠だけでは、とても絞り込めそうにない。

このまま闇雲《やみくも》に死香を追ってもゴールは遠いだろう。「通り魔事件についても、少し話を伺えますか」と僕は話題を変えた。

「ええ、もちろんです」

「どういう状況だったのでしょうか」

「事件があったのは、九月二日の深夜一時頃でした。息子は近所のコンビニに行った帰りに、何者かに路上で襲われました。柄《え》の長いハンマーのような威力の高い鈍器《どんき》で頭を殴られ、意識を失ってその場に倒れたようです。襲われたのは、この家から徒歩《とほ》で二分くらいの場所です。ほとんど物音がしなかったらしく、午前四時過ぎに新聞配達の男性が発見するまで、誰も息子に気づきませんでした」

「浩太郎さんはその夜はどうされていたんですか？」

「息子が出ていったことも知らずに、ずっと家で寝ていました」と浩太郎さんは沈《しず》んだ声で言った。「警察からの連絡で目を覚ましたんです」

「そうでしたか……。犯人はまだ捕まっていないそうですが、史博さんは誰かから恨《うら》みを買っていたのでしょうか？」

「どう……でしょうね。それはないと思いますが」と浩太郎さんはため息をついた。

「息子は社会に馴染《なじ》めず、二十代の頃からずっと家にいましたから」

それはまだ僕の知らない情報だった。デリケートな話題だが、失礼を承知でもう少し詳しく尋ねることにする。

「史博さんは、どういう人生を歩まれたのでしょうか」

「……予兆《よちょう》は、中学生の頃からありました。息子は内気な性格で、友人を作るのがひどく苦手だったんです。それで学校で孤立《こりつ》し、やがて不登校気味になりました。それでもなんとか高校までは通わせましたが、そこが限界でした。息子は就職《しゅうしょく》も進学もせず、ただ家で無為《むい》に時間を過ごすようになったのです。外出は近所のコンビニだけ。ゲームにマンガにインターネット……飽きもせず、そんなことばかりしていましたよ」

史博さんは四十三歳で亡くなった。引き籠もり生活は二十五年にも及んだことになる。人生の半分以上を自室で過ごしていたわけだ。

しかし、それでも他人との軋轢《あつれき》は生じうる。「インターネット上のトラブルの可能性はありませんか」と僕は質問した。

匿名掲示板《とくめいけいじばん》で罵《ののし》り合いになり、相手が現実世界での反撃《はんげき》に出る――そんな事件も時々起きている。たかがネット、されどネットだ。そこで芽生《めば》えた怒りは、相手の自宅を特定し、直接干渉《かんしょう》するほどのエネルギーを生み出しうる。

「それはあるかもしれません。警察の方も、それを考えているようです。証拠品として息子が使っていたパソコンは提出してあります。ただ、今のところこれといった進展はないようですが」

「……そうですか」

質問が途切れ、室内に沈黙《ちんもく》が満ちていく。

他に訊くことはないだろうか。黙って考えていると、「……家内は、史博のことをずっと心配していました」と浩太郎さんが呟いた。

「家内は癌《がん》で亡くなったんですが、死ぬ間際に『史博を頼む』と言われましてね。私なりに更生させようと頑張ったんですが……約束は守れませんでした。私は父親失格なんでしょうな」

自嘲《じちょう》気味に語り、浩太郎さんは黙り込んだ。

空気が急に重さを増していく。一秒ごとに沈黙が肩にのしかかってくるようだった。

僕は気まずさから逃げるように「車を見せていただけますか。車内の空気のサンプルを集めさせてください」と腰を上げた。

6

それから五十分後。僕は路線バスと鉄道を乗り継ぎ、埼玉《さいたま》県の富士見《ふじみ》市にやってきた。

東武東上《とうぶとうじょう》線の鶴瀬《つるせ》駅から、西に徒歩七分。史博さんの弟の智則さんが住むマンションは、三叉路《さんさろ》や十字路がしきりに現れる、ひどく込み入った住宅街にあった。

まだ新しい五階建てのマンションの玄関に、長い髪の男性が立っていた。グレーのジャケットに黒のチノパンという格好をしている。彼が智則さんだろう。薄くて幅の広い眉や、膨《ふく》らんだ小鼻の形が浩太郎さんによく似ている。

「桜庭です。すみません、わざわざ出迎《でむか》えていただいて」

「いや、ちょうど用事で外に出るところでして」と彼は小脇《こわき》に抱えた封筒《ふうとう》に目をやった。

「これから宅配便を出しにコンビニに行くんです。近くにファミレスがあるので、そこで待っていてもらえますか。部屋が汚《きたな》いので」

　智則さんに店の場所を教えてもらい、いま来た道を戻る。

　智則さんは翻訳《ほんやく》の仕事をしているという。大学の英文学科を卒業したのち、五年ほど企業相手の実務翻訳を手掛ける会社で働き、そのあと独立《どくりつ》していた。今は自宅を仕事場に使っているそうだ。結婚歴はなく、ずっと一人暮らしのようだ。

　五分ほど歩くと、指示されたファミレスに到着した。店の前には自転車がずらりと並んでいる。ガラス越しに見える店内では、制服姿の女子高校生がいくつもの席を占領していた。

　中に入り、出入口から見やすい席に着く。壁際の四人掛けの席だ。幸い、近くの席に食事をしている客はいないようだ。悪臭がほとんど感じられない。

　メニューを見ながら、食べられなくなったものを数えていると、やがて智則さんが姿を見せた。

「どうもすみません」と頭を下げつつ、彼が向かいに座る。彼の体からも、強いピーナッツバター臭が香っている。

互いにドリンクバーを注文し、飲み物を取りに行く。智則さんはホットコーヒー、僕はアイスの緑茶にした。

席に戻り、「この度はご愁傷様でした」と僕は切り出した。浩太郎さんの時と同じように名刺を渡し、話を聞きに来た事情を伝える。

「へえ、匂い成分の分析ですか」

「はい。智則さんからもサンプル採取を行いたいと思います。ここではできませんので、のちほど自宅の方にお伺いします」

「ああ、そうでしたか。すみません、二度手間になってしまいましたね」

「大丈夫です。お気になさらず。ちなみに、四ツ葉総合病院の方へは、どうやって通われていましたか」

「いつも、自分の車を使っていました」

「では、そちらも確認させてください。車中の空気を集めたいと思います」

「車もですか。細かく調べるんですね」

「問題がありますか？」

「いえ、構いませんよ。ただ、大変だなと思っただけです」と智則さんは眉に掛かった前髪《まえがみ》を払った。

　僕は緑茶で喉を湿《しめ》らせてから、「事件当日のことを伺わせてください」と言った。

「あの日は普通に家で仕事をしていました。締め切りの近い案件があったので、朝の五時に起きてずっとパソコンの前に座っていました。午前九時頃に一段落して休憩《きゅうけい》している時に、父のことを思い出したんです。その前夜に電話で話した時に風邪気味だと言っていたので、代わりに兄の様子を見に行こうと思い、支度《したく》をして家を出ました。それで、十時前には病院に着きました。ただ、そこでどうにも眠くなってしまいまして。駐車場で仮眠を取っていました。それで、父からの電話で目を覚ましたんです。兄の人工呼吸装置にトラブルが起きた、という連絡でした」

「なるほど」と僕はメモを取りながら相槌《あいづち》を打った。智則さんは、史博さんが亡くなった直後に病室に姿を見せている。連絡を受けてから家を出たにしては早すぎると思っていたが、今の話が本当ならばおかしくはない。

「ちなみに、当日の行動を証明することはできますか」

「いや、難しいんじゃないですかね。少なくとも、証言してくれる人はいません。移動中の僕の車が、どこかの監視カメラに映ったかもしれない、という程度でしょうね」

　そう話す智則さんは自然体だった。こちらを警戒して表情をこわばらせたり、逆に不自然な笑みを浮《う》かべることはない。ありのままを語っているように僕には思えた。

店内は適度にざわついていて、僕たちの会話に誰かが聞き耳を立てている様子はない。僕はもう一歩踏み込んだ質問をすることにした。

「史博さんの人工呼吸装置は、何者かによって故意に電源が切られていました。単刀直入《たんとうちょくにゅう》にお伺いします。犯人の心当たりはありますか」

「警察の人にも訊かれましたよ。答えはその時と同じく、『ありません』ですね。怨恨《えんこん》の可能性も考えてみたんですが、何も思いつきませんでした。そもそも、恨みを抱いている人間がいるなら、わざわざ殺したりはしないと思うんですよ」

恨んでいたら殺したりはしない？　彼の言葉の意味が理解できず、「どういうことでしょうか」と僕は尋ねた。

「兄が脳に負ったダメージは非常に深刻でした。脳が再生能力に乏しい器官であることはご存じでしょう。今だからオブラートに包まずに言いますが、回復の見込みはありませんでした。そういう意味では、兄はすでに『死んで』いたんです。止めを刺すまでもないと思いませんか？」

智則さんは早口に言い、コーヒーを一口飲んだ。冷徹《れいてつ》な考え方だな、と思ったが、そう指摘《してき》するのも失礼な気がして、僕は黙ってストローで緑茶を掻き混ぜた。

「……お見舞いは、どのくらいの頻度《ひんど》で通われていたんですか」

「僕は週に一、二回です。父は毎日のように病室に通っていたので、その負担を減らそうと思って、時々見舞っていました。話し掛け続ければ脳の神経が活性化し、回復に繋がるのでは——父はそんな風に思っていたみたいですね。個人的にはそんな奇跡が起きるとは思えませんでしたが……まあ、言えませんよね」

そう言って苦笑し、智則さんはふっと息をついた。

「今の話からだと、浩太郎さんは史博さんのことを強く想っていたように感じました。二人の関係はどうだったのでしょうか」

「大学までは家族で高島平の実家に住んでいましたが、僕は就職と同時に引っ越しましたからね……。ここ何年かのことはよく知らないんですよ」

「お父さんとそういう話をされることは……」

「時々連絡は取っていましたが、兄の話題は出なかったですよ」

「史博さんと直接会話をすることはありましたか？」

「いや、皆無《かいむ》でしたね。電話番号もメールアドレスもSNSのアカウントも知りません。おそらく、僕が実家を出てからは一度も口を利いていないと思います」

「失礼ですが、ご兄弟の関係としてはいびつに思えますね」

「兄は他者とのコミュニケーションを拒絶《きょぜつ》していましたからね。唯一心を開いていたのが母でした」

そこで智則さんはテーブルに目を落とした。

「といっても、兄が一方的に命令するだけですけどね。『飯がまずいから作り直せ』とか、『ゲームを発売日に買ってこい』とか、そんな風に兄が怒鳴るのを嫌というほど聞かされましたよ。母は諾々《だくだく》と従《したが》っていましたが、僕はうんざりしていました。ただ、『あの子は悪くないから、そっとしておいてやってほしい』と母が言うので、兄をたしなめたりはしませんでした」

「浩太郎さんはどうでしたか」

「子供の頃は叱《しか》ったり、手を上げたこともありましたが、兄が中学校に入ってからはまったく近寄らなくなりましたね」

「智則さんと同じように、手出しをするなと奥さんに頼まれたからですか」

「それもあるでしょうけど……たぶん諦《あきら》めたんでしょう」と智則さんはぽつりと言った。

「今から更生させても、同級生たちとの遅れを取り戻すのは無理だと判断したんだと思います。父はかつて経済産業省に勤めていましてね。兄がドロップアウトしてからは、ますます仕事にのめり込んでいきました。醜《みにく》い現実から、目を逸《そ》らしたかったんでしょうね」

智則さんの話が本当なら、浩太郎さんと史博さんは長い間没交渉《ぼっこうしょう》だったことになる。だが、浩太郎さんの証言によれば、彼は妻が亡くなったあと、史博さんを社会復帰させるべく努力をしていた。親としての責任を思い出し、厳しい現実と向き合おうとしていたのだろう。

「ちなみに、史博さんが路上で襲われた件については、何か心当たりはありますか？」

「いやー、ちょっと力になれそうにないです」と智則さんは首をひねった。「情報がなさすぎて何も言えませんね」

「そうですか。貴重なお話、ありがとうございました。では、ご自宅の方に戻りましょうか」

「サンプル採取ですね。了解です。ここは払わせてください。経費にできますから」

智則さんは席を立つと、伝票を取ってさっさとレジの方へと向かった。

僕は小さく息をついた。

浩太郎さん、智則さんの二人から話を聞いたことは、無駄ではなかったと思う。菅谷家の過去から現在について、ある程度把握できたはずだ。だが、肝心《かんじん》の死香に関しては何の進展も得られなかった。

今回の事件は、僕の特異体質と相性《あいしょう》があまりよくないようだ。匂いが薄くて手が出せないということはこれまでにもあったが、濃すぎて判断がつかないというのは初めてのケースだ。

捜査に協力したい気持ちはあるが、死香という武器を封じられたら僕は単なる一般人になってしまう。残念《ざんねん》だが、早めに撤退《てったい》することを考えるべきなのだろう。

僕は歯がゆさを感じつつ、智則さんと共にファミリーレストランをあとにした。

7

事件が大きな動きを見せたのは、一週間後のことだった。

大学でのアルバイトのこの日、僕はピーナッツバターの死香について風間さんと検討していた。

教員室のテーブルには、番号の書かれたガラスのサンプル瓶が十本ほど並んでいる。これらの瓶には、四ツ葉総合病院や病院関係者、菅谷浩太郎さん、智則さんから採取した気体が入っている。

この一週間の分析により、風間さんはピーナッツバターの死香を構成する成分の一部を特定していた。4‐メチルペンタンニトリルという物質だそうだ。

今やろうとしているのは、その物質の含有量《がんゆう》と、僕の死香の感じ方がどの程度一致《いっち》しているかの検証だった。もし、僕が感じる死香の強さと、4‐メチルペンタンニトリルの含有量が比例していれば、それがピーナッツバターの香りを生み出す主要な物質である可能性が高まる。逆に相関《そうかん》が取れなければ、別の物質が重要だと分かる。

死香の感じ方を決定づける物質は、必ずしも含有量が多いとは限らない。これは、死香ではない、普通の香りにも起こりうることだ。

例えば、柚子《ゆず》には三百種類以上の香り成分が含まれており、含有量で言えば、リモネンやピネン、シトラールといった物質が多い。ところが、柚子の「柚子らしさ」——他の柑橘類《かんきつるい》との違いを決定づけるのは、それらではなくユズノンと呼ばれる微量物質なのだという。その含有量は、柚子果実一つにつき、わずか一〇〇万分の一グラム。どのくらい少ないかよく分からないくらい少ないとしか言いようがない。こういう性質のものを、微量《びりょう》重要香気《じゅうようこうき》成分と呼ぶそうだ。

死香における、重要香気成分は何なのか。僕の感じている食品の香りが、死香のどの成分に由来するのか。それを解明していくことが、食品への嫌悪感を克服する鍵になる——風間さんはそう考え、様々な死香の分析研究を続けている。

「では、試してみてくれるか」

「はい」

僕は①の瓶を手に取り、プラスチックの蓋を開けて鼻を近づけた。明瞭《めいりょう》なピーナッツバターの死香を感じる。感じた強さを、手元の用紙に書き込む。強い方から、◎〇△×の四段階評価だ。

深呼吸で鼻腔《びこう》をクリアにし、続いて②以降も嗅いでいく。

すべてを嗅ぎ終わり、評価結果の用紙を風間さんに手渡した。彼はそれを一瞥《いちべつ》し、

「ふむ」と呟いた。

「4‐メチルペンタンニトリルの量と君の感覚はよく一致している」

「これで、ピーナッツバターの死香の再現が可能になりますね」

「そうだな。水飴《みずあめ》や脱脂粉乳《だっしふんにゅう》を混ぜて作った高粘度《こうねんど》の液体《えきたい》に4‐メチルペンタンニトリルを加え、黄土色《おうどいろ》に着色すれば、君にとってはピーナッツバターに感じられるものが作れるだろう」

そう語る風間さんの表情に喜びの気配はない。

「事件のことが気になるんですか」

そう尋ねると、「いや」と風間さんは首を横に振った。

「新たに死香の謎が解明できたことは確かに喜ばしい。だが、一番の課題である米の死香の研究は思うように進んでいない。香りを別の香りで打ち消すというコンセプトを実現するには、匂い物質の相性が重要になる。ただ、その相性を理論的に予測する方法が分からないのだ。現状、ランダムに選んだ香料を米に振り掛け、それを君に嗅いでもらう以外に方法はない」

「お手伝いできるならやりますよ」

「それではあまりに非効率だ」

「他に方法がないなら仕方ないですよ。……というかですね、僕は『ご飯もどき』でも構わないかなと思っているんです。ゼラチンで小さな白いグミを作って、それにご飯の死香を加えれば、それっぽいものはできますよね」

僕の案に、風間さんは「それではダメだ」と険しい声音《こわね》で言い、僕をまっすぐに見つめた。「私は君との約束を守らねばならない」

「……約束？」

「今年の六月に、君と将来の話をした。その時、君はこう言ったではないか。『いつか、私と一緒に、実家で作った米を食べたい』と」

言われて思い出した。確かにそんな話をした記憶がある。

ただ、僕はそれを約束だとは思っていなかった。かなり先の未来の、ぼんやりとした目標くらいに考えていた。だが、風間さんはそうではなかったらしい。

風間さんは約束や契約を非常に重要視している。僕がその場の思いつきで言ったことを真剣に捉《とら》え、実現させようとずっと努力を続けてきたのだ。

「……風間先生は、それを気にされていたんですね」

「当たり前だろう。我々にとって非常に大切なことだ。早く、君のご両親に良い報告をしたい」

「大丈夫ですよ、焦らなくても。両親は僕の体質のことを知りませんから」

「しかし、君はご両親に隠し事をしていることになる。不健全な状況はストレスに繋がる。一刻も早く解消せねばならない」

　風間さんが声に力を込めた時、僕の事務机の電話が鳴り始めた。着信音からすると外線のようだ。

　失礼します、と断ってから受話器を取る。

「はい。分析科学研究室です」

「あ、桜庭さんですか。新見です。風間先生の携帯電話の方にお電話したのですが繋がらなくて、それでこちらに掛けているのですが」

「すみません。大事な実験中だったので電源を切っていたのだと思います。今、すぐ近くにいますが、替わりましょうか」

「いえ、とりあえず用件だけお伝えします。状況を簡単《かんたん》にまとめたものは、後ほど先生のメールアドレスにお送りしますので、それを見てご判断いただければと思います」

　新見さんは呼吸を整えるためにそこで一度大きく息を吸い、囁くように言った。

「今朝、四ツ葉総合病院に勤める看護師が遺体で見つかりました。殺されたのは、菅谷史博さんを担当していた、内海という女性です」

　それから二時間後。立ち入り許可が出たということで、僕と風間さんは新たに発生した殺人事件の現場へとやってきた。四ツ葉総合病院から、徒歩十分ほどのところにある三階建てのアパートだった。

アパートの外壁の枯《か》れ草色《くさいろ》のタイルはまだ新しい。インターネット無料サービスが付いており、それをアピールする幟《のぼり》がゴミ捨て場のそばに立てられていた。内海さんはこのアパートの一〇三号室に一人で住んでいた。

彼女の遺体が発見されたのは、今朝の午前八時過ぎ。無断欠勤した彼女を心配して様子を見に来た病院の事務員が第一発見者となった。

遺体はリビングで発見されており、部屋の鍵は掛かっていなかったという。死因は窒息死で、室内にあったスマートフォンの充電ケーブルで首を絞められていた。死亡推定《すいてい》時刻は昨夜の十一時過ぎと見られる、という話だった。

一〇三号室の前には新見さんの姿があった。白手袋を嵌《は》めた手を腰に当て、難しい顔で立ち入り禁止のテープを見つめている。

「新見さん」と僕が声を掛けると、彼女は「ああ、どうも」と回れ左をしてこちらを向いた。「突然連絡してしまい、申し訳ありません」

「いえ、迅速《じんそく》な対応に感謝しています」と風間さん。「自由に調べて構いませんか」

「特例で立ち入り許可は取れましたが、リビング以外の鑑識作業が残っているんです。他の部屋に入らないようにしていただけますか」

「分かりました。ただ、他の部屋のドアを開けることはお許しいただきたい。隙間《すきま》が少しあれば、そこから注射器の先を差し込んで気体を集めることができますのでね」

「了解です。指紋《しもん》を残さないようにご注意ください」と忠告し、新見さんは一〇三号室のドアに目を向けた。「正直なところ、驚《おどろ》いています。なぜ彼女が殺されなければならなかったのか……。現場から彼女のノートパソコンが紛失していますが、現金や貴金属、銀行の通帳《つうちょう》は手付かずでした。単なる物盗《ものと》りとは考えにくいのです。……菅谷さんの事件と関係があるのでしょうか」

「それも含めて調べましょう」と風間さんが自信ありげに言う。「病室に残された死の臭気成分がこちらで検出されれば、事件の早期解決が望めるでしょう」

「ええ、そうですね。期待しています」新見さんはわずかに口角を上げ、目を細めた。

「では、終わったらお声掛けをお願いします。車の中で待っていますので」

新見さんはアパートの駐車場に停めた車の方に向かった。

彼女が立ち去るや否や、「どうだ、桜庭くん」と風間さんが僕の耳元で囁いた。

「ここにいてもしっかり匂いを感じますね。ミントの死香です」

死香は駐車場ではなく、路地の方へと続いている。内海さんを殺した犯人は徒歩で逃げたようだ。

「ピーナッツバターの死香はどうだね」

「それも感じます。ただ、内海さんは菅谷さんの遺体に近づいていますからね……。匂っていて当然かと」

「そうか。では、中に入るとしよう」

白手袋を嵌めた手でドアを開け、半透明《はんとうめい》のシューズカバーを履《は》いて部屋に上がる。部屋の間取りは2Kで、奥の部屋をリビングとして使っていたそうだ。

突き当たりのドアを開け、風間さんが何の遠慮もなくリビングに突入《とつにゅう》していく。僕は部屋の手前で足を止め、目を閉じて合掌《がっしょう》した。

ふっと、内海さんの気の強そうな顔が浮かんでくる。わずかな会話を交わしただけとはいえ、知っている人が殺されたという事実に心が痛くなる。

同じようなことは前にもあった。殺人事件の容疑者だった女性が、捜査中に自宅で殺されたのだ。

自分がどこかで違う行動を取っていたら、もしかしたら命が救えたのではないか。僕はそんなことを考えて落ち込んだ。

その時に風間さんに言われたことを、今もよく覚えている。

他者のために心を痛めるのは美徳だが、一番大事なのは自分の心なのだ——迷いのないその言葉に、僕は前を向く勇気をもらった。

過去を悔やんでくよくよしていても仕方ない。亡くなった人への哀悼《あいとう》を忘れずに、自分の役目に集中する。それが、僕のやるべきことだ。

「よし」と呟き、僕はリビングに入った。

洋間で、広さは八帖ほど。向かって右側に二人用のソファーがあり、左側に液晶テレビが置かれている。その中間に、ガラスの天板のローテーブルがあった。内海さんはそのテーブルの脇にうつ伏せで倒れていたという。状況からすると、犯人に押し倒され、充電ケーブルで首を絞められたようだ。

風間さんは部屋の隅《すみ》で注射器を構え、いつものピストン運動に夢中になっている。

僕はローテーブルの近くにしゃがみ込んだ。床から、強烈《きょうれつ》なミント臭を感じた。それに混じったピーナッツバターの死香もそれなりに強い。内海さんの体に残っていた香りがべっとりとフローリングに付着したようだ。

続いて、壁に沿って室内を歩いてみる。ミントの死香は全体に広がっていた。内海さんを殺害後、犯人は室内を歩き回ったようだ。

そうして部屋を移動している途中で、僕は違和感を覚えた。

ソファーに近づき、背もたれに鼻を寄せて匂いを嗅いでみる。ピーナッツバターの死香は感じるが、遺体のあった場所よりも弱い気がした。内海さんはあまりソファーに座らなかったのだろうか？

僕はいったんリビングを出て、玄関の近くの寝室《しんしつ》に向かった。入るなと言われているので、ドアを少し開けて覗き込む。

隙間から出てきた空気には、ピーナッツバターの匂いが混ざっている。内海さんはここで寝ていたのだから当然だ。だが、彼女が倒れていた付近で感じた匂いに比べると、やや弱い。

ドアを閉め、頭の中を整理する。リビングのソファーのピーナッツバターの死香を1とすれば、寝室もだいたい1だ。対して、テーブルの近くの床は2くらいはある。

この差はおそらく、死香をまとった人数に由来している。内海さんが持っていた1に、別の誰かの1が足されているのだ。その「1を持つ誰か」が、内海さんを殺した犯人である可能性は高いのではないか。

つまり、犯人は菅谷さんの遺体に接近した人間に限定できることになる。

ならば、次に打つ手は――。

容疑者たちに直接会うことだ。

僕は嗅ぎ解いた内容を風間さんに報告すべく、小走りにリビングに戻った。

「犯人を特定できる可能性があります」そう伝えると、風間さんも乗り気になってくれた。（もちろん、彼は事件解決を急いでいるわけではなく、単に犯人から死香サンプルを集めたいだけなのだが）

ということで、僕は風間さんと共に四ツ葉総合病院へとやってきた。

幸い、菅谷史博さんの遺体と接点を持った人たちは全員が院内にいた。さっそく全員と会ってみたが、彼らの中にミントの死香をまとっている人物はいなかった。

残る容疑者は二人。菅谷浩太郎さんと、智則さんだ。

果たして僕の予想は当たっているのか。緊張《きんちょう》感と共に、僕は浩太郎さんの自宅へと向かった。

家の前で車を降りた瞬間、僕は思わず「ああ……」と吐息《といき》を漏《も》らした。あまりにも明瞭なミントの死香を感じてしまったからだ。

犯人を確定したい。だけど、何かの間違いであってほしい。そんな矛盾した気持ちを抱えつつ、僕は玄関のインターホンを鳴らした。

浩太郎さんは、一分ほどで現れた。

「どうされましたか？」

そう尋ねる彼の表情は以前と変わりなかったが、その体から漂うミントの死香は、思わず顔をそむけたくなるほど強かった。

振り返ると、風間さんと目が合った。ここに来た理由を浩太郎さんに明かすべきか、伏せるべきか。僕がその問いを口にするより早く、「君の好きにしたまえ」と風間さんが言った。「責任は私が取る」

「ありがとうございます」

僕はゆっくりと正面に向き直った。

今の段階で自白をすれば、罪は軽くなるはずだ。彼にその機会を与えたいと、僕はそう感じている。浩太郎さんへの干渉は、死香の悪用に当たるのかもしれない。だが、言わずに引き返すことは僕にはできそうになかった。

僕は浩太郎さんをまっすぐ見据《みす》え、「史博さんの看護を担当していた、内海さんが亡くなったそうです。ご存じでしたか」と言った。

「……いえ、初めて聞きました」と浩太郎さんが幅の広い眉をひそめる。

「殺人事件だそうです。今、警察は事件を捜査しています。……たぶん、犯人を特定するまで、そう時間は掛からないと思います」

「なぜそう思われるんです」

「理由は言えません。僕がお伝えしたいことは、一つだけです。もし事件について知っていることがあれば、今のうちに警察に正直に話すべきです。日本の警察は優秀です。逮捕《たいほ》までの猶予《ゆうよ》は短いと思いますから」

「………」

浩太郎さんが唇《くちびる》を噛《か》んで黙り込む。

そこで、風間さんが静かに前に出た。

彼は人差し指を立てると、「私からも一つ、伝えたいことがあります」と言った。

「どうか、自分の命を捨てるような卑怯《ひきょう》な真似だけはしないでいただきたい。そんなことになれば、ここにいる桜庭くんがひどく悲しむことになる。彼を傷つけた人間を、私は終生《しゅうせい》憎しみ続けることでしょう。桜庭くんは、あなたのことを思って言っているのです。あなたを救いたいと、そう願っているのです。そのことをゆめゆめ忘れないでいただきたい」

風間さんの、静かで冷たい声が玄関先に響く。

三十秒ほどの間があっただろうか。

やがて浩太郎さんは深々と頭を下げ、「警察に行きます。タクシーを呼ぶまでここにいていただけませんか」と言った。

「ええ、もちろん」と僕は頷いた。

ほっとしたら、急に目が潤《うる》んできた。

「すみません、ちょっと」と断り、僕は涙《なみだ》を隠すためにその場を離れた。僕の声は震《ふる》えていたが、風間さんは追い掛けてはこなかった。その気遣《きづか》いがありがたかった。

8

パソコンの液晶画面が暗転するのと同時に、僕は我《われ》に返った。

マウスを動かし、スリープモードに切り替わった画面を元に戻す。

作業を再開しようとしたが、どうもやる気が出ない。今日は土曜日で、僕は普段通り秘書のアルバイトに来ているのだが、朝から集中が途切れがちだ。その理由は、昨日の夜、新見さんと事件の話をしたせいだ。

内海さんを殺害したとして、浩太郎さんが自白したのは三日前だ。逮捕されて以降、彼は正直にすべてを打ち明けていた。

内海さんを殺したのは、彼女から脅迫《きょうはく》を受けていたからだった。

浩太郎さんは意識のないままベッドに横たわっている史博さんに、いろいろと話し掛けていた。その一方的な会話の中で、彼は「殴ってすまなかった」と何度も謝罪していたのだという。夜道で史博さんを襲ったのは、浩太郎さんだったのだ。

病室には他には誰もいなかったが、内海さんは廊下でその告白を盗み聞きしていた。これは脅迫の材料になる。そう考えた彼女は病室に盗聴器を仕掛け、決定的なフレーズの録音に成功した。

脅迫は内海さんの自宅で行われており、史博さんがまだ生きていた頃から、内海さんは浩太郎さんを脅《おど》していた。金銭《きんせん》の要求額《がく》は一千万円に上ったようだ。

浩太郎さんは支払額を減らせないか、内海さんと交渉していた。だが、彼女は頑としてそれを聞き入れず、「払えないなら警察に行くだけだ」と言い放った。殺意に火を付けたのはその一言だった。

言われるがままに金を払うくらいならいっそ――そう決意した浩太郎さんは内海さんを絞殺《こうさつ》し、録音データの入ったノートパソコンを持ち去ったのだという。

浩太郎さんの自白を裏付ける証拠はすでに見つかっていた。四ツ葉病院の内海さんのロッカーから、録音データが保存されたUSBメモリが発見されたのだ。彼女はバックアップのつもりで職場にそれを置いていたのだろう。

また、浩太郎さんは史博さん襲撃事件についても素直《すなお》に取り調べに応じている。外に出て仕事を探せという説得に一切応じず、引き籠もり生活を続ける史博さんに我慢《がまん》ができず、思い余って殺すことを決めたと彼は語っていた。

浩太郎さんの犯した罪はそれだけではなかった。

内海さん殺害、史博さん襲撃に加え、彼は史博さんの人工呼吸器を止めたことも自白した。ずっと面倒を見るつもりだったが、回復の見込みのない息子がだんだん不憫《ふびん》になり、発作的に命を奪ってしまった、と浩太郎さんは証言している。

こうして、一連の事件は無事に解決した。ただ、だからといって心が晴れるわけではない。死香があまり役に立たなかったことは仕方ないと思う。それよりむしろ、父と子の関係が、こんな形で終わってしまったことが悲しかった。

とはいえ、いつまでもくよくよしているわけにもいかない。犯罪捜査に関わる以上、どうやっても気持ちのいい終わり方はありえないのだ。頭を切り替えて、自分の日常に戻っていかなければ。

　軽く両頰を叩《たた》いたところで、風間さんが教員室に入ってきた。彼は午前九時から研究室の討論会《とうろんかい》に出席していた。分析科学に関する最新の学術論文の内容について、全員で議論するという会だ。

　僕が「お疲れ様です」を言うより先に、「さっき、廊下を歩いている時に新見刑事から連絡があった」と風間さんはソファーに座った。

「事件の報告ですか？」

「いや、逮捕された父親の次男が、今朝いきなり高島平署に現れたそうだ。彼は、『兄を殺したのは父ではなく自分だ』と主張している」

「智則さんが……？」

「自白はあるが、父親が人工呼吸器を停止させた犯人だという物的証拠は見つかっていない。このままでは捜査が終わらないので、臭気分析を使って真犯人を特定できないか、という相談だった」

　思いがけない展開に困惑しつつ、僕は風間さんの向かいのソファーに座った。

「ピーナッツバターの死香の分析はかなり進んでいましたよね。その情報を利用して、二人のどちらが犯人なのか決められそうですか」

「ふむ。検討してみよう」

　立ち上がり、風間さんが机の上の資料を持って戻ってきた。Ａ４のコピー用紙には、ピーナッツバターの死香に含まれる成分がまとめられていた。

　2,3,5-trimethyl-6-propylpyrazine, 3-methylthio-1-propanol, methyl(methylthio)ethyl disulfide……物質名の羅列《られつ》なので、素人目には暗号にしか見えない。

「このデータは、父親と次男、それぞれが所有している自家用車の車内の空気を分析したものだ。事件から二日後に採取したものなので、殺人に関わったかどうかを判別できる可能性はある。ただ、数値を見る限り、大きな差はない」

「もう一度、サンプルを嗅いでみましょうか」と僕は提案した。「微妙《びみょう》な差を感じ取れるかもしれません」

「分かった。すぐに取ってこよう」

　教員室を飛び出し、風間さんは一分ほどで戻ってきた。現場で集めたサンプルは小分けにして、大学と風間計器《けいき》の二箇所でそれぞれ保管している。

　握り締めるとすっぽり隠れるほどの、小さな二本のガラス容器を受け取る。深呼吸してから、順に匂いを確かめた。だが、感じ方は以前と何も変わっていなかった。どちらもピーナッツバターの死香が濃厚すぎて、微妙な差異が分からない。

「……すみません。やっぱり判別は無理そうです」

「そうか。個人的には、君はやれることをやったと思う。胸を張ってこの事件への協力を終了すればいい」

風間さんがソファーに腰を下ろし、ふっと息をつく。その瞬間、彼の小鼻がぴくりと動いた。

「……この香りは」

「え？」

風間さんがテーブルに置いてあった死香のリストを手に取る。それを上から指でなぞり、「どちらのサンプルにも、γ《ガンマ》‐デカラクトンが含まれている」と呟いた。

「あの、先生？」

風間さんは僕の問い掛けを無視し、死香の入ったサンプル瓶をつまみ上げた。蓋を開けて匂いを嗅ぎ、「分かる。分かるぞ」と目を見開きながら言った。

「か、風間先生……？」

もしかして、死臭漂う現場に足を運びまくった結果、風間さんも死香を嗅ぎ取る能力を身につけたというのだろうか。

僕は恐《おそ》る恐る、「……何が分かるんでしょうか」と尋ねた。

「君は何も感じなかったのか」と風間さんが逆に訊いてくる。「この二本のサンプルからは、うっすらとした金木犀の匂いが香ってくる」

「金木犀……。それは、死香的な意味で、ということですか」

「いや、そうではない。実際の花の香りだ。分析データも私の感覚が正しいことを示している。γ-デカラクトンは、『金木犀らしい香り』に重要な成分なのだよ」

「はあ、そうなんですか」と僕は頭を掻いた。ピーナッツバターの死香が強すぎて、僕は金木犀の香りを感じ取ることはできなかったようだ。「でも、それがどう事件と繋がるのでしょうか」

「現場の病室の写真を覚えているかね？　写っていた花瓶には、金木犀の花が活けてあった。おそらくはその匂いだろう。だとすると……」

風間さんは組んだ足に右肘《みぎひじ》を載《の》せ、手の甲《こう》に顎《あご》を置いた。ロダンの制作した「考える人」の姿勢——風間さんが本気で推理する時のポーズだった。

一分ほどの沈黙ののち、「確実とは言えないが、犯人である可能性の高い人物を指摘することはできそうだ」と言った。

「え、ど、どういうことですか」

「二人の証言を反芻《はんすう》してみるといい」と風間さんは組んだ足をほどいて言った。「どちらがより長く病室にいたのか。それを考えれば、自ずと答えは明らかになる」

9

菅谷浩太郎は、高島平警察署の取調室で相手が来るのを待っていた。

留置所に勾留《こうりゅう》されている人間に義務づけられている腰縄《こしなわ》は、机の脚《あし》に括《くく》りつけられている。取調室の隅では制服警官がじっとこちらを見張っていた。

その厳重な警戒ぶりに、そこまでしなくても、と浩太郎は感じていた。自分は罪を認めており、逃亡する意思など微塵《みじん》もない。取り調べにも素直に応じている。

いや、違うな、と浩太郎は考えを改《あらた》めた。警察が警戒しているのは、逃亡ではなく自殺だろう。目を離した隙に首を吊ったり、階段から飛び降りたりされたら、警察が世間からバッシングを受けることになる。

自殺、という言葉で、風間と桜庭の姿が浮かんでくる。自白を勧めに来た時、彼らは浩太郎が自ら命を絶つことを心配していた。彼らの懸念は正しい。逮捕されるより自殺する方がいいという気持ちは確かにあった。

それを覆《くつがえ》して自白したのは、桜庭が真剣に心配してくれていることが伝わってきたからだった。そんな彼を風間は非常に大切にしている。強い信頼《しんらい》関係が感じられた。

浩太郎には、彼らの関係がとてもまぶしかった。まるで理想の親子像を見せつけられているようで、心が痛かった。

物思いに耽《ふけ》っているとドアがノックされた。入ってきたのは、新見という刑事だった。

「今日は、史博さんの事件でお伝えしたいことがあって参りました」

新見は席に着き、「風間先生のことを覚えていますか」と尋ねてきた。

ちょうど彼のことを考えていたので、浩太郎は一瞬、頭の中を覗かれているのではないかと錯覚しそうになった。

「ええ、もちろんです」

「風間先生は、臭気分析の専門家です。現在、史博さん殺害事件に関して、あなたと智則さんの両者が、『自分がやった』と主張している状況です。しかも、二人ともが単独犯であることをアピールしています。この不可解な状況を打破すべく、詳細な臭気分析を行っていただきました。先生が着目したのは、あなたと智則さんの自家用車の空気でした」

「……車がどう関わるんですか」

「車内の匂いを分析した結果、両方から金木犀の香りが検出されました。あなたに関しては、検出されて当然でしょう。事件当日に近所の花屋で金木犀を買い、病室に持ち込んだのはあなた自身なのですから。では、智則さんはどうでしょうか？」

新見はそこで少し間を空け、浩太郎に鋭い視線を向けてきた。

「彼は最初、『事件発生時は駐車場に停めた車中で寝ていた』と主張していました。ところがそのあとで、『通用口から入って病室に向かったら、誰もいなかった。そこで急に父と兄が不憫になり、発作的に犯行に及んだ』と証言を翻《ひるがえ》しています。史博さんの死を確認して人工呼吸器の電源を再度オンにしたあとは、非常階段から通用口を通り、監視カメラに映らないように自分の車に戻った、と彼は言っています。金木犀の香りは、この証言を裏付けていると考えられます。金木犀が飾《かざ》られた病室に長く滞在していたために、車に匂いが持ち込まれたのです」

「そう結論付けるのは早計です。金木犀なんてどこにでもあります。他の場所で香りがついたかもしれないじゃないですか」

「ええ、その通りです。推理はあくまで可能性の一つであり、裁判《さいばん》に使える証拠にはならない、と風間先生もおっしゃっていました。ただ、調べる対象を一人に絞り込んだことで、新たな情報を得ることができました。あなたが金木犀を買った花屋にいた近隣《きんりん》住民が、自宅に戻るあなたの車を目撃していたんです。その方は一時間以上も店主と話し込んでいたそうで、その後、午前十一時十五分頃にも店内からあなたの車を見ています。史博さんが亡くなった知らせを受けて病院に急行するあなたを」

　新見の説明に、「いや、それはカムフラージュですよ」と浩太郎は反論を繰り出した。

「一度花屋の前を通ってから、別ルートでまた病院に戻り、人工呼吸器の電源を切ったんです。それから、花屋の前を避けて家に戻りました」

「それはありえません。監視カメラがないのは、病院とあなたの自宅を結ぶ最短ルートだけなんです。他のどのようなルートを使っても、病院にたどり着くには監視カメラのある地点を通らねばなりません。しかし、当日の映像にあなたの車は映っていません。このことから、智則さんが史博さんを殺害したものと結論付けました。検察はその内容で起訴《きそ》を行うことになります。異論があれば伺いましょう」

明確な証拠を突きつけられ、浩太郎は言葉に詰まった。

智則が史博を殺したことは、早い段階から察しがついていた。言葉を交わす際に彼が目を逸らしがちになったからだ。直感と言ってしまえばそれまでだが、智則ならやりかねないとは思った。彼が警察に語った動機は本音だろう。

だから、内海の殺害を自供するついでに、史博も自分が殺したことにした。だが、智則は自白してしまった。父親に責任を押し付けることに耐《た》えきれなかったのだろう。

自分は本当に情けない人間だ。長男を再起不能にし、そのことで脅迫してきた相手を殺し、次男を守ることに失敗した。考えうる最悪の結果を引き起こしてしまった。

こんなことになるのなら、最初に襲った時に史博に止めを刺しておくべきだった。あの時点で史博が死んでいれば、仮に犯行が発覚しても、逮捕されるのは自分だけで済んだはずだ。

だが、それはできなかった。「失敗作」である史博をハンマーで殴った刹那《せつな》、浩太郎は自身の行動に激しい恐怖《きょうふ》を覚えた。手が震え、ハンマーを握ることさえできなくなった。結局それ以上何もできず、そのまま浩太郎は自宅に逃げ帰ったのだった。

翌日《よくじつ》、史博が一命を取り留めたと知らされた時、これは運命なのだと思った。二度と目覚めない息子の面倒を見続けることが、自分に与えられた罰なのだ――。その思い込みが、新しい悲劇《ひげき》を引き起こしてしまった。

「……どこかで腹を割って話し合っていたら、結果は違っていたんですかね」

浩太郎はぽつりとそう呟いた。新見はしばらく黙考《もっこう》してから、「……私には、なんとも答えようがないです」と首を振った。

「すみません、今のはただの独り言です」

力なく笑い、浩太郎は「――異論はありません」と目を伏せた。

10

十一月十一日、日曜日。特殊清掃の仕事を終え、僕は午後四時過ぎにまごころクリーニングサービスの事務所をあとにした。

朝から働き詰めだったが、まだ体を動かせる余裕《よゆう》はある。久しぶりに、ジョイフルスポーツジムで汗を流してから帰ることにした。

ウォーミングアップのつもりで軽く走りながら路地を抜け、ジムの入っているビルへとやってきた。出入口のところにある駐輪場には、多くの自転車が停められていた。

階段で三階まで上り、受付カウンターで今日の利用時間を伝えてから、通路を奥へと進む。

いつ体を動かしたくなっても大丈夫なように、外出の際はトレーニングウェアをリュックサックに入れている。更衣室《こういしつ》で手早く着替えを済ませ、廊下の奥にあるガラス扉を押し開けた。

「ああ、桜庭くん」

使い終わったバーベルを片付けていた細呂木さんが駆け寄ってきた。

「お久しぶりです。この間はすみませんでした」と僕は頭を下げた。風間さんからクレームが付いたことに関して、ようやく謝ることができた。

「いや、別に気にしていないよ。そういう電話は時々あるんだ。生徒をウチに通わせている部活の顧問《こもん》の先生なんかが多いかな。今日からは、負荷の軽い内容にしていけばいいんだよね」

「はい。お願いします」

「運動プログラムについては、話し合いながら決めていこうかと思っているんだ。向こうで話そうか。君の先生も来てるよ」

細呂木さんが何気なく口にした言葉に、「はい？」と僕は眉根《まゆね》を寄せた。「今、誰が来てるとおっしゃいました？」

「だから、桜庭さんの上司の風間先生だよ。ほら、あそこ」

彼が指差す先、窓際のランニングマシンで長身の男性が小気味よく体を上下させている。肌に密着するタイプの黒い長袖のシャツと、白いハーフパンツ、それに黒のレギンスという格好だ。腕も足もすらりと長いが、ほどよく筋肉が付いている。特にその太ももは美しく引き締まっていて、僕はターフを駆けるサラブレッドを連想した。

周囲にいる女性がちらちらと視線を送っている。人目を引く、パーフェクトな顔立ちと体型――服装《ふくそう》こそ普段と違うが、軽快に走っているのはどこからどう見ても風間さんだった。

僕は驚きに背中を押されるように、ランニングマシンに駆け寄った。

「風間先生！」

呼び掛けると、風間さんは走る速度を保ったまま、「やはり来たか」と言った。彼の首筋は汗ばんでいて、甘くて爽やかな香りが普段より少し強く感じられた。

「来たか、って……ずっとここで待っていたんですか？」

帰りに急に思いついたので、ジムに足を運ぶことは誰にも言っていない。先回りは不可能なはずだ。

「君の特殊清掃のシフトは把握している。夕食前に仕事が終わること。事件が一段落し、気分が切り替わったこと。湿度《しつど》が低くて運動に適した天候であること。これらの情報から、帰宅途中にスポーツジムに立ち寄る可能性が高いと推測《すいそく》し、早めに来て待っていたのだ」

風間さんはそう説明し、ランニングマシンから降りた。まるでストーカーの思考だよ……と思ったが、口に出すことはしなかった。

「……何のために、わざわざいらしたんでしょうか」

「以前、ジムでの運動強度を落とすようにと忠告したわけだが、自分の発言には責任を持たねばなるまいと思い直し、こうして足を運んだのだ。君の意向を確認しつつ、トレーナーを交えてトレーニング内容を決める。それならば文句はないだろう」

「いや、そこまでしていただかなくても……」

僕の言葉を遮《さえぎ》り、「安心したまえ」と風間さんが言った。「私もここの会員になった。ジムで体を動かす時は、事前に私に連絡しなさい。君が負荷の高い運動をしないように、しっかりとそばで注視しておく」

「……それはさすがに、過保護じゃないでしょうか」

僕が正直な意見を伝えると、「君と私の間に、そのような概念《がいねん》は存在しない」と風間さんは言い切った。

その自信に満ちた表情に、僕は呆《あき》れを通り越して笑ってしまった。明らかに彼の行動は行き過ぎているし、干渉の程度も非常識レベルだと思う。しかし、こんな風にまっすぐな澄んだ眼差《まなざ》しを向けられると、やめてくださいとは言えなくなってしまう。

僕はため息をつき、「分かりました。じゃあ、サポートをお願いします」と言った。

「よろしい。では、トレーナーとの打ち合わせを始めよう」

風間さんが細呂木さんのところにいそいそと歩いていく。その背中を眺《なが》めつつ、たぶんもうこのジムには来ないだろうな、と思った。

いちいち風間さんに「運動したいです」と連絡するのは面倒だし、何より申し訳ない。死香の研究で忙しい彼に、余計な時間を使わせたくなかった。

今日でジム通いは諦めよう。そう思った時、ふと閃《ひらめ》いた。

「――あ、そっか。逆にすればいいのか」

風間さんがジムで運動をしている時に、僕を呼んでもらえばいい。研究の合間の息抜きに同行するという形なら、罪悪感を覚えることはなくなる。さっそくその提案をすることにしよう。

自分の案に満足しつつ、僕は風間さんたちのもとへと歩き出した。

第四話

死を司《つかさど》る悪意は、妖《あや》しく香る

1

金曜日の午後一時。イアン・ニューマンはいつも、大学の自分の部屋でその時間を迎《むか》えることにしている。

毎週この時間に、分析科学《ぶんせきかがく》の専門誌『Analysis of Science』の最新号がインターネットにアップされる。

Analysis of Science――通称ＡＯＳは、いくつかある分析科学系学術雑誌の中でも最も権威《けんい》が高いとされ、掲載《けいさい》された論文が他の論文に参考文献として引用される率も群《ぐん》を抜いている。世界中の分析科学者が、この雑誌への掲載を目指してしのぎを削《けず》っていると言っても過言《かごん》ではない。当然注目度も高く、イアンと同じように、最新号の更新《こうしん》をパソコンの前で待つという研究者も少なくない。

時刻《じこく》は十二時五十八分。デスクの液晶《えきしょう》モニターにはもちろん、ＡＯＳのホームページが表示されている。

昼休み中に買ったカップコーヒーを口に運びつつ、ブラウザ上のリロードボタンを小《こ》刻《きざ》みにクリックする。きっちり一時にならないと最新号が読めないと分かっていても、ついつい運営側のフライングを期待してしまう。

意味のない、しかしどこか楽しい作業を繰《く》り返《かえ》していると、ふいに見慣れない画像が表示された。ＤＮＡをイメージした二重らせんと、その周りにちりばめられた化学物質の立体モデル——最新号の表紙だ。

スクロールしていくと、長方形の枠《わく》が次々に現れる。枠の中には個々の論文のタイトル、著者名、研究内容を端的《たんてき》に表す図がまとめられている。目次のようなものだ。枠の下にリンクがあり、そこをクリックすれば本文に飛べる仕組みだ。

いつも通りに、それをざっと上から見ていく。本文を読まなくても、タイトルと図だけでどういう研究なのかは分かる。

腎臓癌《じんぞうがん》における遺伝子型と薬剤効果の研究。放射光《ほうしゃこう》を用いた溶液界面《ようえきかいめん》の分析における新手法。セルロース繊維《せんい》とカーボンナノチューブを材料とする高感度センサーの開発。薬学系、工学系、化学系と、同じ「分析科学」というくくりであっても、掲載されている研究のジャンルは異《こと》なっている。今号もなかなか読み応えがありそうな雰囲気《ふんいき》だ。

画面《がめん》を下にスクロールしていく途中《とちゅう》で、ある名前に目が留まった。

Yoshihito Kazama——風間由人《かざまよしひと》。日本の東京《とうきょう》科学大学に籍《せき》を置く分析科学者だ。最近、彼は頻繁《ひんぱん》にＡＯＳに論文を投稿《とうこう》している。論文はいずれも、犯罪現場における臭気《しゅうき》の分析に関するものだ。

風間は死体の匂《にお》いを利用して、殺人事件の犯人を特定する手法を編《あ》み出そうとしている。研究のオリジナリティは非常に高い。少なくとも、似たような研究をしている分析科学者をイアンは他に知らない。

　独自性《どくじせい》のみならず、研究そのもののレベルも卓越《たくえつ》している。風間は警察と協力し、事件発生の直後に現場の空気を採取《さいしゅ》することで、「鮮度《せんど》のいい」サンプルを得ているようだ。また、彼は風間計器《けいき》という大手分析機器メーカーの創業者《そうぎょうしゃ》の血族であり、開発中の最新鋭《さいしんえい》の装置を利用できる立場にある。そういった強い武器が、研究のクオリティを押し上げているのだろう。

　ただ、どれほど恵《めぐ》まれた環境にあっても、研究者の能力が低ければどうにもならない。強力なツールを使いこなす知識と経験が必要だからだ。

　その点においても、風間は極《きわ》めて優秀な研究者だ。何度か学会で話したことがあるが、頭の回転が早く、論理を組み立てる才能に溢《あふ》れている。それに加え、研究への強い情熱という武器もある。とにかく、何から何まで研究者向きの人材と言えるだろう。

　風間の新しい論文をクリックし、本文を表示させる。研究の内容は、連続通り魔殺人事件についてのものだった。手掛かりが少ない中で、いかにして犯人の尻尾《しっぽ》を捉《とら》えるか。風間はいくつかの臭気成分をキーに、姿の見えない犯人を追い詰《つ》める方法を編み出していた。

「……被害者《ひがいしゃ》の死臭、か」

論文にざっと目を通し、イアンは椅子《いす》の背もたれに体を預けた。

犯罪捜査に有用な分析技術の開発は、イアンの研究の柱だ。これまでに、指紋《しもん》や汗、体液といった犯罪の痕跡《こんせき》を高精度に分析する手法を論文発表してきた。ただ、臭気についてはまだ手を付けていない。学会誌に、『犯罪捜査において、次に着目すべきは匂いである』といった主旨《しゅし》のコラムを寄稿《きこう》したことはあるが、その程度だ。

風間のような研究を自分もやりたいのだが、残念《ざんねん》ながら一歩も二歩も先を行かれてしまっている。正直なところ、悔《くや》しいと感じる。研究の世界において、ずっと対等に戦ってきた相手に置いていかれることほど屈辱的《くつじょくてき》なことはない。

――それにしても、何がきっかけだったのだろう?

イアンは頭の後ろで両手を組み、天井《てんじょう》を見上げた。

風間が臭気分析に関する論文を発表し始めたのは、ここ一年ほどのことだ。それまではイアンと同じように、毛髪《もうはつ》や唾液《だえき》、血痕《けっこん》に着目して研究を行っていた。そこから研究の方向性を大きくシフトさせる、何らかの発見があったということなのだろうか。

今度、イアンは日本で開催《かいさい》される学会に参加する。会場は東京科学大学なので、おそらく風間も顔を出すだろう。うまく質問すれば、研究の裏話が聞けるかもしれない。

そんなことを考えていると、ドアがノックされた。

「どうぞ」と声を掛けると、イアンの秘書《ひしょ》のマーガレットが部屋に入ってきた。赤毛がチャームポイントの、ちょっと太り気味の女性だ。イアンと同じ三十八歳《さい》だが、いつ見ても歳上《としうえ》に感じてしまう。三人の男の子を育ててきたという、母親としての貫禄《かんろく》の為《な》せる業《わざ》だろう。

「先生。ＦＢＩの科学技術部門の方がお見えになっています」

「ＦＢＩ？　そんな話は聞いていないが」とイアンは眉間《みけん》にしわを寄せた。科学技術部門は、犯罪の証拠品《しょうこひん》の分析や、指紋やＤＮＡなどの情報の管理を受け持つ部署だ。知り合いはいるが、今日会う約束はしていない。

「そうですよね」と彼女がホッとしたように頷《うなず》く。「スケジュール帳にはそんな予定は入っていませんもの。お帰りいただきましょうか」

「いや、通してもらって構わない。午後からは、特に予定はないからね」とイアンは言った。彼らは一般人にはアクセス不可能な、独自の犯罪捜査情報を大量に抱えている。アポなしで足を運んでまで話したいことがあるなら、ぜひ聞いてみたいと思った。

「ちなみに、どんな人だい？」

「髪の長い女性で、アジア系ですね。年齢《ねんれい》は三十代前半くらいでしょうか」

「そうかい。じゃあ、ここにいるから。よろしく」

そのまま部屋で待つこと三分。現れた人物を見て最初に感じたのは、儚《はかな》さだった。身長は一七〇センチ以上あり、体格もしっかりしている。それなのに、強く抱き締めたら壊れてしまいそうな、そんな脆《もろ》さを内包《ないほう》しているように見えた。

「初めまして。ミナミ・アキカワです」

「どうも。イアン・ニューマンです」

互いに名乗り、握手《あくしゅ》を交わす。アキカワはハスキーな声の持ち主だった。黒いスーツを手堅《てがた》く着こなしている。

「私の英語は下手《へた》でしょう」とアキカワが小さく笑う。「アメリカにいたのは六歳までで、それからずっと日本なので。両親が日本人なのです」

「基本に忠実《ちゅうじつ》で聞き取りやすいですよ」

そう返して、イアンはアキカワにソファーを勧《すす》めた。

マーガレットがコーヒーを置いて、部屋を出ていく。イアンが飲んでいるのと同じものだ。大学内のカフェテリアで販売されており、街のコーヒー専門店にも負けない味と香《かお》りを誇《ほこ》る良品だ。

ドアが閉まったところで、「ＦＢＩの科学技術部門にお勧めだと伺《うかが》いましたが」とイアンは切り出した。

「はい。といっても、研究部門ではなく、情報管理部門です。より正確に言うなら、課報部《ちょうほうぶ》になります。公式には存在しない部署名なのですが」

「課報……というと、どんな仕事を？」

「日本の警察には、科学捜査研究所という部署があります。そこで働く職員から情報を得て、ＦＢＩにフィードバックしています。平たく言えばスパイですね。こちらにない技術を盗《ぬす》むわけです」

「そんな仕事があるとは」とイアンは目を見開いた。「明るみに出れば大変なことになりそうですね」

「そうならないように、細心の注意を払って活動しておりますので」

アキカワが微笑《ほほえ》み、コーヒーに口をつけた。だが、その目はまったく笑っていない。

「……それで、なぜそんな方が私のところに？」

「諜報活動中に、非常に気になる情報を得まして。犯罪捜査研究の第一人者である、あなたにご意見をいただきたいと思いました」とアキカワが上目遣《うわめづか》いに言う。「イアンさんは、ヨシヒト・カザマという人物をご存じでしょうか」

「知っています。今も彼の論文を読んでいたところです」

「彼は最近、犯罪現場における匂いに着目して研究を行っています」

「そのようですね。立て続けに革新的《かくしんてき》な発見をしていますね。同じ分野の研究者として、私は彼をリスペクトしています」

「彼は最近になって、研究の方向性を変えました。その理由はご存じですか」

「……いや、しばらく彼とは会っていませんのでね」

「その情報を得たのは、偶然《ぐうぜん》でした」とアキカワは言った。「カザマ氏のことを集中的に調べていたのではなく、焦点《しょうてん》を絞《しぼ》らずに情報を集める中で、たまたま私のセンサーに引っ掛かってきたのです」

「情報……。それは、彼の研究に関わるものですか」

「はい。そうです」とアキカワは言い切り、イアンの顔をまっすぐに見つめた。その視《し》線《せん》には、微《かす》かな高揚《こうよう》が含《ふく》まれていた。

ここから先に踏《ふ》み込むのはまずい——。

頭の中で警報が鳴っていた。だが、好奇心が「答えを知りたい」と叫《さけ》ぶ声はけたたましく、警報の音をたやすく打ち消してしまった。

イアンは唾《つば》を呑《の》み、アキカワの視線を受け止めた。

「その情報を、教えていただけますか」

イアンがそう言うと、アキカワはにやりと笑った。

「——イアンさん。あなたは、『Death Fragrance《死香》』という表現を耳にしたことはありますか？」

2

十一月三十日。その日の特殊清掃《とくしゅせいそう》の作業を終え、僕は樹《いつき》さんと共にまごころクリーニングサービスの事務所をあとにした。

時刻は午後六時。事務所のそばにある惣菜《そうざい》屋の店頭は、夕食のおかずを買い求める人たちで賑《にぎ》わっていた。揚《あ》げ物《もの》の匂いがぷんぷんと漂《ただよ》ってくる。

そんな光景を横目に見つつ、西日暮里《にしにっぽり》駅方面へとぶらぶらと歩いていく。目的地は、ジビエが売りの居酒屋だ。イノシシやシカなど、ハンターが仕留めた野生動物の肉が食べられるという。

「なんかよ、久しぶりだよな」

革ジャンのポケットに手を入れたまま、樹さんがぽつりと言った。今日は彼は帽子《ぼうし》を被《かぶ》っている。メジャーリーグの球団の公式キャップらしい。僕は野球は詳しくないので、エンブレムを見てもどこのチームなのかは分からない。

「飲み会がですか？」

「つーか、潤平《じゅんぺい》と一緒に飲むのがだよ」

「言われてみれば……。最後はいつでしたっけ。去年の年末の合コンですかね」

「それ、潤平が参加できなかったやつじゃねーか。俺の記憶《きおく》だと、去年の六月だな。送別会をやっただろ。あれだよ、あれ」

言われて、その会のことを思い出した。まごころクリーニングサービスに勤めていた女性事務員が退社することになり、会社主催の送別会が開かれたのだった。ちなみに、アルバイトの場合は基本的に送別会は行われない。出入りが激しいからだ。

「ありましたね、そういえば」

「あの頃《ころ》と比べると、変わったよな、潤平は」と、樹さんがしみじみ言う。

「手足に筋肉がついて、顔つきも男らしくなりましたよね」

僕が自分の顔を指差すと、樹さんは不思議そうに首をかしげた。

「いや、顔の造りは前と同じだと思うな」

「あ、そうですか……」

「俺が言いたいのは、忙《いそが》しくなったよな、ってことだよ。大学のバイトとの掛け持ちで休みが減っただろ。それで、飲み会に出る余裕《よゆう》がなくなったんじゃないのか」

「まあ、それはあるかもしれません」

以前にも同時に二つ以上のアルバイトをしていたことはあるので、ただの事務のアルバイトならどうということはない。だが、僕に求められているのは事務仕事ではなく、事件現場の死香《しこう》を嗅《か》ぐことだ。必然的に捜査に協力することも多くなり、休みを削ってあちこち歩き回ることもある。家でのんびりしている時間は確かに減っている。

「だから飲み会に誘いにくかったと」

「食べ物のこともあるけどな。アレルギーで、食べられないものが増えただろ」

「そうなんですよね」と僕は深刻そうな表情を作ってみせた。死香については周囲に伏《ふ》せているので、悪臭《あくしゅう》化して食べられなくなった食材については、突発的なアレルギーということにしている。

「昼飯《ひるめし》も別々ってことが多いしよ。やっぱり気は遣うよな。今日は大丈夫なのか？」

「自分で店を選びましたから」と僕は言った。食べられないものは増えたが、獣肉《じゅうにく》系はまだ大丈夫だ。

「そっか。じゃ、遠慮《えんりょ》なくバクバク喰《く》らうとするか」

話をしながら路地を歩いていると、目的の店が見えてきた。駅に続く大きな通りから一本奥《おく》に入ったところにある、二階建ての店舗《てんぽ》だった。

店内に入り、予約をしてあることを告げる。席は二階だという。

急な階段を上がっていくと、そこに簡素な木のテーブルがあった。

先に来ていた野々口《ののぐち》くんが、「お疲《つか》れ様です」と手を上げる。彼は僕と同い年で、いついかなる時も丸刈《まるが》りという、確固たるポリシーの持ち主だ。正社員としてまごころクリーニングサービスに勤めているが、業務は清掃依頼《いらい》の受付やクレーム対応なので、現場での作業に出ることはない。

席に着き、飲み物と肉を頼む。自分たちで焼くのではなく、店員さんが調理済みのものを持ってきてくれるようだ。味付けはセルフで、香辛料《こうしんりょう》も卓上のものを自由に使うスタイルだ。これなら、胡椒《こしょう》を避けるのは簡単《かんたん》だ。ご飯はそもそも頼まなければいい。

三人で揃《そろ》って生ビールを注文し、「乾杯《かんぱい》」とジョッキを合わせる。

メニューを指差しながら、「この店、ワインの種類が多いみたいだよ」と野々口くんが教えてくれた。「肉とワインって、海外っぽいよね」

「相性がいいんだろうな」と樹さんがメニューを開く。「そこまで高くはねーな。二杯目はワインにしてみっかな。野々口もそうするか？」

「いいですね。実はすでに目星をつけてあるんです」と彼が白い歯を見せる。「桜庭《さくらば》くんも頼む？　ボトルじゃなくてグラスもあるよ」

「あ、いや、やめておくよ。アルコールはなるべく控《ひか》えるように言われてるんだ」

「え？　え？　言われてるって誰《だれ》に？　もしかして、彼女？」と野々口くんが慌《あわ》てたように訊《き》く。

「違うよ。えっと、その、母親にね。ウチの家系は酒に弱いから」と僕はとっさに嘘《うそ》をついた。

本当は、僕に忠告したのは風間さんだった。アルコールの過剰摂取《かじょうせっしゅ》は死香感知に影《えい》響《きょう》が出る可能性がある、ということで、飲みすぎ禁止令が出されたのだ。元々そこまで酒好きでもないので、その指示には従っている。

僕の返答に、「それならいいんだ」と野々口くんが大きく息をついた。「知らない間に恋人を作ったのかと思ったよ」

「その言い方からすると、野々口はまだフリーみたいだな」

「そうなんです、樹さん。彼女と別れてから、全然いい出会いがなくって。……やっぱり、仕事がまずいんですかねえ。合コンなんかでもその話になると、急に女子の顔つきがこわばるんですよ。気持ちが離れていく音が聞こえる気がしますよ。さーって」

「ああ、まあな……」と樹さんが少しビールの残ったジョッキを見て呟《つぶや》く。

特殊清掃のイメージは、正直なところいいとは言えない。実際に働き始めるまで、僕も怖《こわ》い印象を持っていた。それは、おそらくは本能的な嫌悪《けんお》感《かん》なのだと思う。「死」というものは、たとえ痕跡だけになっていたとしても、ダイレクトに脳の原始的な部分に訴《うった》え掛《か》けてくるものがある。合コンに参加していた女性たちが引いてしまったのは仕方がない。ただ、それを表に出さない分別《ふんべつ》はあってしかるべきだと思うが。

ワインを注文し終えたところで、野々口くんが「樹さんの彼女はどうなんですか」と尋《たず》ねた。「仕事のこと、どう思ってるんですか」

「……それについてじっくり話し合ったことはないな。ただ、歓迎《かんげい》されてる感じもしないから、別の仕事があるならそっちがいいと思ってるんじゃないかな」

「そんなので大丈夫なんですか。今度、向こうの実家に挨拶《あいさつ》に行くんでしょう」

「……正直に話そうとは思ってる」と、樹さんは帽子を脱《ぬ》いで頭を掻《か》いた。夏前までは金色に近い茶髪《チャパツ》だったが、今は黒一色だ。相手の親御《おやご》さんに悪い印象を与えないように、最近染めたのだ。

「もし『辞《や》めてくれ』って言われたらどうします？」

「……その時に考えるかな。今の仕事はそもそもバイトだしな……」

「事務の正社員登用に応募《おうぼ》したらいいんじゃないですか。現場の経験がある人は重宝《ちょうほう》されるって聞きましたよ」

僕の提案《ていあん》に、「現場以外は向いてない」と樹さんは苦笑した。「依頼担当のオペレーターをするには言葉遣いが悪いし、パソコンもそこまで使いこなせてるわけじゃないからな」

「そんなこと言わずに、トライするだけしてみてくださいよ。樹さんがいなくなるのは寂《さび》しいですよ」と、野々口くんが切ない声で訴える。

「分かった、分かった」と樹さんは頷き、こちらに視線を向けた。「潤平は将来どうするつもりなんだ。ずっとバイトってわけにもいかないだろ？」

「そうですね……。長く続けたいとは思ってるんですけど」

現場での作業担当は時給がいいし、何より風間さんとの約束がある。死香を感知する体質を維持《いじ》するために、なるべく環境を変えるなと厳命《げんめい》されている。

「大学の研究室の秘書になるって選択はないのか？」

「微妙《びみょう》なところですね。風間先生と相談して決めないと」

「大学！」

突然野々口くんが大きな声を出した。

「どうしたの？」

「桜庭くん」野々口くんがやけに真剣《しんけん》な表情で僕を見つめてくる。「大学の学生さんに声を掛けて、飲み会を開いてくれないか」

「え？」

「学生は桜庭くんを受け入れているんだろ？　特殊清掃への理解も得られやすいんじゃないかと思うんだ」

「研究室の学生さんには、こっちのバイトのことは話してないよ」

「じゃあ、それはいいや。とにかく、出会いのきっかけを少しでも増やしたいんだ」

野々口くんの鼻息は荒《あら》い。テーブルに身を乗り出さんばかりの勢いだった。

「うーん、開催の保証はできないけど、やれるだけのことはやってみようか」と僕は言った。もとをたどれば、野々口くんが彼女と別れる原因を作ったのは僕だ。誘われていた合コンを僕がキャンセルし、野々口くんが代役を務めたことが彼女に露見《ろけん》し、それが最終的には破局《はきょく》に繋がったのだった。僕にも責任がないとは言えない。

「本当かい？　じゃあ、よろしく頼むよ！」

野々口くんが一方的に僕の手を取り、力強く握《にぎ》り締める。樹さんはその様子を眺《なが》めながら、「選挙中の政治家かよ」と笑っていた。


飲み会は午後十時過ぎにお開きになった。

「じゃあ、また」

店の前で樹さん、野々口くんと別れ、一人で帰路につく。

冷たい晩秋《ばんしゅう》の空気が、ほてった頰《ほお》に気持ちがいい。駅へ向かう人々とすれ違いながら、お腹《なか》を撫《な》でる。食べた量は普段通りだが、いつもと違う満足感があった。肉をメインに食事をとったからだろう。

ジビエ焼き肉が看板《かんばん》だけあって、扱っている肉の種類は豊富だった。ウサギ、シカ、イノシシ、キジ、クマ……全種類を一通り試したが、どの肉も臭みはほとんどなく、未体験の風味と強い旨味《うまみ》に溢れていた。初めて訪れた店だったが、なかなかの当たりだったと思う。また機会があれば足を運んでみたい。

久しぶりのほろ酔《よ》い気分を楽しみつつ、路地へと入る。大きめの通りを離れると、いっきにひと気《け》がなくなり、明かりも乏《とぼ》しくなる。この辺りは寺が多い。夜になると寺の敷地《しきち》は闇《やみ》に包まれるので、街全体が暗いのだ。

　車一台分の幅の路地に、僕の靴音だけが響く。さっきまで三人でわいわいとお喋《しゃべ》りを楽しんでいたので、落差に少し寂しくなる。

　夜道を歩きながら、僕は風間さんのことを考えた。今頃、彼は何をしているだろう。

　一年以上行動を共にしているが、意外なほどに僕は風間さんのプライベートを知らない。情報として分かっているのは、代々木《よよぎ》公園の近くのマンションに一人で住んでいることくらいだ。

　もう遅《おそ》い時間だが、大学か風間計器の研究所で実験をしているような気がする。死香の分析は彼のライフワークになっており、寝食を忘れてのめり込んでいる。昼間は学生の指導《しどう》や大学の講義、会議などがあるため忙しい。それらから解放された今の時間帯が、風間さんにとってのゴールデンタイムなのではないかと思う。

　分析装置のモニターを一心に見つめる、白衣《はくい》の風間さんの姿が容易《ようい》に思い浮《う》かぶ。彼のように、自分もなにか夢中になれるものを見つけたい。そんな風に思った。

　もし今、一カ月の自由と、使い切れないほどの金銭《きんせん》を手に入れたとしたら、何をするだろう。旅行？　映画鑑賞《かんしょう》？　読書？　スポーツ？　候補《こうほ》を挙げてみるが、どれもいまいちしっくりこない。むしろ、ひたすらのんびりしたい気持ちが強い。

自分は実は空虚《くうきょ》な人間だったのだろうか。そんな悲しい可能性に行き当たったところで、僕の暮らすアパートが見えてきた。二階建てで各階に五部屋ずつ、すべての部屋が1Kという、築《ちく》二十年ちょっとの単身者用アパートだ。

僕は一階の端の一〇五号室を借りている。

ポケットから鍵《かぎ》を出し、ドアの前に立ったところで、赤ワインの香りを微かに感じた。飲み会の最中に服についたのだろうか。そう思って袖《そで》や襟《えり》を嗅いでみるものの、特に匂いはしない。

おかしいな、と首をかしげたところで、僕は違和感に思い至《いた》る。匂いはドアの方から漂ってきている。

なにか、猛烈《もうれつ》に嫌な予感がした。

解錠《かいじょう》し、そっとレバーを摑《つか》んでドアを引き開ける。

狭《せま》い玄関《げんかん》スペースに足を踏み入れると、ワインの匂いは強さを増した。ドアを閉め、小刻みに鼻から息を吸う。

「……部屋の中じゃない」

僕は振《ふ》り返ってしゃがみ、ドアに取り付けられている郵便受けを覗《のぞ》き込んだ。

そこに、一通の封筒《ふうとう》が入っていた。定形サイズのものだ。

手に取りたい気持ちを抑え、郵便受けに鼻を近づける。

「……これだ」と僕は呟いた。その封筒からは、明瞭《めいりょう》なワインの死香が放たれていた。

3

封筒の存在に気づいた僕は、すぐさま風間さんに連絡《れんらく》を取った。

風間さんは何の迷いもなくそう指示を出した。迎えの車を待つのがもどかしく、僕は駅へと向かうと、普段は使わないタクシーに乗り込んだ。

「今すぐそれを持って来たまえ」

東京科学大学に到着したのは五十分後のことだった。薬学部の前で、風間さんが僕を待ってくれていた。

風間さんは精算を済ませると、タクシーを降《お》りる僕の背中に手を当てた。

「すみません、お金はあとで払います」

「これは研究の経費だ。君が払う必要はない。教員室に行こう」

二人で薬学部の建物に入る。

「問題の封筒は？」

エレベーターの中で二人きりになったところで、そう訊かれた。僕は背負《せお》っていたリュックサックを下ろし、ファスナーを開いて中を見せた。

「底に入っているのがそうです。外気に触《ふ》れないようにラップに包んでいます。触る時は手袋をしたので、僕の指紋は付いていません。ざっと確認しましたが、住所も宛名も消印もありませんでした。直接郵便受けに入れられたのだと思います」

「充分な対応だ。いつ投函《とうかん》されたのか分かるかね？」

「今朝、九時半頃に家を出た時はありませんでした。夜の十時過ぎに帰るまでの間としか言えないですね」

「念のために確認するが、監視《かんし》カメラの類《たぐ》いは？」

「アパートにはありません。住宅街なので、周囲にもたぶんないと思います」

　エレベーターが三階に到着する。さすがにこの時間なので辺りはひっそりしている。小走りに廊下《ろうか》を抜け、風間さんの教員室に到着した。

「君はここで待っていなさい。X線分析装置で中身を確認する」

　風間さんはそう言うと、問題の封筒を持って隣接する実験室に駆け込んでいった。

　僕は教員室に入り、大きく息をついた。ちょっと廊下を走っただけなのに、心拍《しんぱく》が全力疾走《しっそう》のあとのように速くなっている。

　以前にも、似たようなことはあった。死香の付いた荷物が風間さんのところに送られてきたのだ。

　差出人は、月森征司《つきもりせいじ》という男だった。

その名を口にすることは、僕と風間さんの間ではタブーになっている。というよりも、僕の方が話題に出すことを避けているというべきか。あの男が関わった悲惨《ひさん》な事件の記憶は、未だに僕の心にべったりとへばりついている。

月森は、僕と同じ体質の持ち主だ。

ただ、あの男の死香への接し方は、僕とはまるで違っていた。

月森は医師として都内の病院に勤務《きんむ》していた。無数の死が起きる現場で働く中で、月森は強烈な快感を与える死香が存在することに気づいた。それは、どのような犠牲《ぎせい》を払ってでも嗅ぎたくなるような、素晴《すば》らしい花の香りだったらしい。だから、月森はそれを求めて、心の弱った人々を自殺に追い込むという暴挙《ぼうきょ》に出た。「できたて」の死香を集めるために、目の前で首吊《くび》り自殺を行わせていたのだ。

風間さんの尽力《じんりょく》もあり、月森の悪辣《あくらつ》な行為を止めることには成功した。だが、あの男の犯行を立証するほどの証拠は集められず、逮捕《たいほ》には至らなかった。

その後、風間さんは警察と協力しながら、月森の動向を探っていた。ところが、わずかひと月ほどで月森の足取りは分からなくなった。仕事を辞め、住んでいたマンションも引き払ってどこかに姿を消したのだ。今のところ、月森の関与が疑われる事件は発生していないようだが、いつまたあの男が暴走《ぼうそう》を始めないとも限らない。今はただ、風間さんや警察の情報網《もう》に月森が引っ掛かることを願うばかりだ。

不安を感じながら待っていると、十五分ほどで風間さんが部屋に戻ってきた。その表情は険《けわ》しい。

「お疲れ様です。封筒の中身、分かりましたか」

「ああ。一辺が五センチ、厚さが一センチほどの機械が入っていた。大きさ的に爆発物ではないと判断した」

「機械……ですか」

「心当たりはあるかね？」

「いえ、全然……。特殊清掃の同僚《どうりょう》が何かを送ってきたなら死香が付着していても変じゃないですけど、そんな話は聞いていません」

「そうか。……開けてみるほかなさそうだな」

風間さんは白手袋を装着《そうちゃく》すると、カッターで封筒の口を切った。ワインの死香がぐっと強さを増す。渋《しぶ》みの強い、濃い色をした赤ワインの香りだ。

そっと封筒の中に指を差し入れ、風間さんが黒い箱状の物体を引っ張り出した。同時に、一センチ角の水色のかけらがはらりと舞い落ちた。

風間さんは水色のかけらをつまみ上げ、「布だな」と呟いた。

「ワインの死香は、それに強く付着しているみたいです」と僕は言った。

「そうか。死者のまとっていた衣服の一部かもしれないな」

「そっちの機械はなんでしょうね」

「GPS発信機だ」と風間さんは眉根《まゆね》を寄せた。「電源が入っている」

「……それはつまり、どういうことですか？」

「この端末のIDと、登録されているパスワードが分かりさえすれば、ウェブ上から位置情報を取得できる。そういう装置だ」

　風間さんの説明に、僕は唾を飲み込んだ。

「つまり、僕が自宅《じたく》から大学まで移動したことが、差出人にバレたということですか」

「そう考えるべきだろう」

「……相手の意図はどこにあるんでしょう」

「考えられる可能性はいくつかある。しかし、今ここで議論をしても意味はない。まずは、この封筒や布切れや発信機から情報を引き出すことを考えるべきだろう。対応を決めるのはそれからだ」

　風間さんは眉間に鋭いしわを浮かべながら、普段よりも低い声で言った。

「そう……ですね。もう、今日はできることはなさそうですか」

「情報収集はこちらでやっておく。君はゆっくり休みたまえ」

「分かりました。じゃあ、失礼します」

　部屋を出ようとソファーから立ち上がったところで、「待ちなさい」と風間さんに呼び止められた。「差出人は、少なくとも君の住所を知っている。自宅に戻るのは危険だ。ホテルを取るから、そこにしばらく滞在するといい」

「え、でも着替えがないですけど」

「用意して届けさせる。移動も、公共交通機関は避けるべきだろう。一台、君専用の車両を手配しよう。遠慮なく使うといい」

「いや、そんな……申し訳ないですよ」

「何も気に病む必要はない。所詮《しょせん》は金で済むことだ」風間さんが立ち上がり、僕の肩に手を置いた。「君は私にとって、国家予算よりもはるかに価値のある存在だ。絶対に守りたいと思っている。この程度のことは当然だ」

風間さんは僕の目を見ながらそう言った。一切《いっさい》の迷いを感じさせないまっすぐな瞳《ひとみ》を前にすると、彼の思いに応えなければ、という気持ちが湧《わ》き上がってくる。

僕は風間さんと、ずっと研究のパートナーであり続けるという契約を結んでいる。ここで彼の申し出を断ることは、その契約に反する違反行為になりかねない。

風間さんは僕を守ろうとしてくれている。なら、パートナーとして、その思いを受け入れるべきだ。

もう、躊躇《ちゅうちょ》する気持ちは消えていた。

肩に置かれた手から伝わってくる情熱に引っ張られるように、「分かりました」と僕は頷いた。

4

十二月三日、月曜日。この日から、東京科学大学では『環太平洋《かんたいへいよう》分析科学学会』が開かれることになっていた。

風間由人は、会場である講堂のロビーにいた。時刻は午前八時半になろうとしている。開会は九時なので、まだ辺りに人影《ひとかげ》は少ない。学会の準備を担当している事務の人間が数人いるだけだった。

風間は今日の学会で、朝一番のセッションの司会《しかい》を任されている。事前に講演者と軽く打ち合わせをするために、早めに会場入りしていた。

学会が開かれる大ホールに向かう前にやっておかねばならない、重要な義務がある。安全確認作業だ。

風間はロビーのソファーに座り、桜庭潤平に電話をかけた。

「――あ、おはようございます」

すぐに電話が繋がった。潤平は応答がいつも早い。常に身近にスマートフォンを置いているのだろう。

「おはよう。起きていたかね？」

「はい。身支度《みじたく》を終えて、新聞を読んでいました」

潤平は金曜日の夜から、池袋《いけぶくろ》にあるホテルに宿泊《しゆくはく》している。特殊清掃のアルバイトへは、そこから風間の手配した車で通っていた。

「今日の予定に変更はないかね」

「ええ。午後から夕方過ぎまで、特殊清掃のバイトが入っています。それ以外の時間はホテルにいるつもりです」

「了解した。もし直接話し合う必要があれば、私がそちらに出向こう」

「……今日から学会なんですよね。すみません、お手伝いできなくて」

「問題ない。主催は薬学部ではなく理学部だ。会場設営や懇親会《こんしんかい》の準備などはすべて、理学部の事務と、ボランティアの学生だけで行う。我々《われわれ》のすべきことは何もない」

「そうですか……」そこで潤平は小さく息をついた。「例のワインの死香、何か進展はありましたか」

「いや、君に報告できるような新事実はない」と風間は答えた。

潤平の自宅に届けられた封筒を念入りに調べたが、指紋やＤＮＡなど、差出人に繋がる手掛かりは得られていない。差出人は証拠を残さないよう、細心の注意を払っていたようだ。

発信機は電器店やインターネットの各種通販サイトで購入可能なもので、年間何千台も売れているポピュラーな商品だった。浮気調査に使うために、恋人を疑っている女性がよく買っているらしい。装置を解析《かいせき》すればＩＤは割り出せるが、そこから購入者にたどり着くのは極めて難しい。販売者も、誰がどの端末を買ったかという情報は持っていないからだ。

水色の布切れは、Ｔシャツの切れ端であることが分かっている。しかし、繊維の情報から製造メーカーや販売店を絞り込むことはできなかった。

「なにか分かったら教えてください。では、失礼します」

潤平は不安を内包したような小声で言い、通話を終わらせた。

風間はスマートフォンを仕舞い、ため息をついた。今のこの現状は、間違いなく潤平にストレスを与えている。一刻も早く、普段の生活を取り戻させなければならない。

物的証拠から差出人に迫《せま》るのは不可能だ。ならば、「嗅的証拠《きゅうてき》」――死香から情報を引き出せないか？　風間はその視点での検討を開始していた。

ただ、今のところはそれもうまくいっていない。これまでに事件現場を回って集めた死香のサンプルはすべて保管してある。潤平に匂いを嗅いでもらい、どういう食材に感じられるかも分かっている。だが、そのサンプルの中に赤ワインの死香、あるいはそれに似た香りは存在していなかった。封筒に入っていた布切れの死香成分の分析も進めているが、成分的にも過去のサンプルとの一致《いっち》は見られない。

赤ワインの死香が、サンプル採取対象外の事件に由来するならば、調べられなくはない。警察に証拠品が保管されているからだ。だが、もし事件性のない死にまつわる死香だった場合は、もはや匂いの発生源をたどることは不可能だろう。

これは直感だが、差出人は警察の関与していない死の香りを選んだのではないかという気がした。そしておそらく、匂いが付いていると分かっていて、あの布切れを封筒に入れたのだ。潤平をGPS発信機の罠《わな》に掛けるために。

差出人は死香のことを知っている。風間はそう確信していた。

やはり、この手口は……。

風間はあの男の――月森のことを考えずにはいられなかった。あの男が今回の一件に関わっているのではないか。そんな気がして仕方がなかった。

と、その時、ロビーに一人の男が姿を見せた。短く刈った金色の髪と淡い水色の瞳、そして、先端《せんたん》の割れたがっしりした顎《あご》。知り合いの研究者だった。

風間はソファーから立ち上がり、「おはよう」と彼に英語で声を掛けた。

「ああ、おはよう。久しぶり」

イアン・ニューマンは白い歯を見せ、すっと右手を差し出した。

それをしっかりと握り、「一年前の、ハワイの分析学会で会って以来だ」と風間は言った。「元気そうだな」

「ああ。君も。記憶にある姿より、精悍《せいかん》さが増したように感じるよ。最近、立て続けに興味《きょうみ》深い論文を発表していたな。いつも感心しながら読んでいる」

「君も、犯罪捜査に関する分野で活躍《かつやく》しているようだな」

「これまでの研究の延長線上にあるものばかりだ」とイアンは肩をすくめた。「新しい方面にも手を出したいと思っているんだが……」

イアンはそこで言葉を切り、軽く咳払《せきばら》いをした。

「情報源は明かせないんだが、気になる噂《うわさ》を耳にしてね」

「ほう？　どんなものかな」

「死臭を高感度に感知できる人間がいる、という噂だよ。しかも、悪臭ではなく、別の匂いとして感じられるらしい」

「それは興味深いな」と風間は表情を変えずに言った。

「これは私の推測《すいそく》だが、ひょっとしたら君の近くに、その体質の人間がいるんじゃないかい？　君が優秀な研究者であることは知っているが、それにしてもこの一年ほどの成果の出し方は尋常《じんじょう》じゃない。その人物の協力があるからこそ、新しい研究が順調に進んでいるんじゃないかと思ったんだが」

「そういう人間がいるなら、ぜひ会ってみたい」風間は嘘をつくことを選択した。知り合いの研究者であっても、潤平のことを明かすつもりはない。「研究が順調なのは、ただの巡《めぐ》り合わせだよ。たまたまいい発見が続いただけだ」

「そうかい。僕の予想は外れたようだ」とイアンが肩をすくめる。「それはそうとして、僕は噂の真偽《しんぎ》を確かめたいと思っている。もしそういう人物が本当にいるなら、研究に手を貸してもらうつもりだ。場合によっては、君の研究とバッティングすることになる。それでも構わないかな」

「誰が何の研究をしても自由だ。私の専売特許じゃない」

「そうだな。では、遠慮なくやらせてもらうよ」

「君の研究がうまくいくことを祈っている」

「ありがとう。僕も、君の次の論文を心待ちにしているよ」

握手を交わし、風間はホールに向かうイアンを見送った。

——どういうことだ、と風間は心の中で呟いた。

彼が口にした「情報源」という言葉が引っ掛かっていた。

イアンは犯罪科学の研究者だ。死香に関する情報を得る機会は普通《ふつう》の研究者よりもはるかに多いだろう。アメリカに、潤平と同じ体質の人間がいる可能性も考えられる。噂レベルで死香の情報が広まってもおかしくはない。

ただ、タイミングが気に掛かる。潤平の元に届けられた荷物と、付着していた死香。

その差出人が、イアンに何らかの情報を与えた——そう考えたくなるほど、いくつかの出来事が同調して起きている。

頭の中に、月森と対峙《たいじ》した夜の記憶が蘇《よみがえ》る。

月森は印象の薄い顔立ちをしていた。別れて一分後には顔を忘れてしまうほど、特徴のない容姿だった。ただ、顔は思い出せなくても、月森のまとっていた醜悪《しゅうあく》な気配は忘れようがない。理想の死香を得るためなら、殺人も厭《いと》わない。そんな歪《ゆが》んだ思想が言葉の端々《はしばし》から滲《にじ》み出ていた。

自分は考えすぎているのかもしれない。だが、危険分子をこのまま放置しておくわけにはいかない。なんとしても、月森の足取りを掴む必要がある。

講演者との打ち合わせは後回しでいい。月森の捜索《そうさく》状況を確認すべく、風間はスマートフォンを持って立ち上がった。

5

十二月五日、水曜日。僕は東京科学大学の薬学部の前で、風間さんが手配したハイヤーを降りた。

「ありがとうございました」

運転手の男性にお礼を言ったが、彼は軽く会釈《えしゃく》をしただけで去っていった。風間さんの専属運転手さんとは別の人だが、やはり無口だ。何度か話し掛けているが、返事がもらえたことは一度もない。そう振る舞うように教育を受けているのだろう。

午前九時半のキャンパスには、耳の先が痺《しび》れるほど冷たい風が吹いていた。ホテルを出た時はそこまで寒いとは思わなかった。キャンパスを囲う木々が、ぬくもりを求めて熱を奪い去ったのではないか——僕は思わず、そんな空想をしてしまった。

薬学部の建物に入り、エレベーターの方へと向かう。

胸の中にもやもやしたものが立ち込めているせいで、体が重い。依然として、ワインの死香の封筒を投函した人間の情報は得られていない。

とはいえ、特殊清掃や大学の秘書のアルバイトを休むつもりはない。ホテルに泊まっていること以外は、なるべく普段通りに過ごすようにしていた。

エレベーターの前に、小さな人影があった。子ウサギの毛のような、白いふわふわのコート。かごを待っていたのは丸岡《まるおか》さんだった。

一時期、彼女とはぎくしゃくしたこともあったが、最近は普通に会話を交わしている。僕は丸岡さんに駆け寄り、「おはようございます」と挨拶した。

「あ、おはようございます……」

返ってきた挨拶は、明らかに覇気《はき》を欠いていた。

「……あの、どうかしましたか」と僕は尋ねた。何か、彼女の気に障《さわ》るようなことをやらかしてしまったのだろうか？

「いえ、実は、桜庭さんのことで、気になることがあって」

「と言いますと」

「確認のために伺いますけど、最近、風間先生のご両親と会いましたか？」

唐突な質問に、「へ？」と間抜けな声が出てしまう。「いや、会ってませんけど」

「……じゃあ、別の人なのかな」

丸岡さんが首をかしげた時、エレベーターが一階に到着した。二人で乗り込み、三階に上がる。

廊下を歩き出したところで、「実はですね」と丸岡さんが小声で話の続きを再開した。

「先週の金曜日に、薬学部の建物の近くで、男の人に呼び止められたんです。年齢は三十代半ばくらいだと思います。怪《あや》しい感じじゃなくて、きちんとしたスーツを着ていました。それで、その人に桜庭さんのことを訊かれたんです。いつからアルバイトをしているのか、研究室でどんな仕事をしてるのか、風間先生との関係……そんな質問を受けました。相手は素性《すじょう》を明かしませんでしたけど、興信所の職員だと思います」

「そんなことが……」

「あとで周りに確認してみたら、声を掛けられたのは私だけじゃありませんでした。研究室には他にも、似たような質問をぶつけられたメンバーがいます」

丸岡さんは僕の方をちらちら窺《うかが》いながらそう打ち明けた。

「なるほど。でも、どうして先生のご両親が僕のことを調べるんです？」

「紹介されたから、どんな人間なのか確かめようとしたのかなって思ったんです。調査員の人は風間先生のことも知ってるみたいだったので」

「そうですか……誰なんでしょうね、依頼人は」と僕は呟いた。風間さんは無関係としても、何者かが僕のことを調べているのは間違いないようだ。

思い当たる節《ふし》といえば、例のＧＰＳ発信機だ。その差出人と、探偵に調査を依頼した人間はイコールで結べるのではないかという気がした。

ただ、仮にそこに繋がりがあったとしても、「何のために」という疑問は残る。それについて、僕は答えを持っていない。

実験室の前で丸岡さんと別れ、教員室に入る。そこに、風間さんの姿があった。

「おはようございます。講堂の方に行かなくていいんですか」と僕は尋ねた。確か、分析科学の学会は今日までだったはずだ。

「ああ。問題ない。自分の研究分野に関わりのある講演はすべて聞いた。十一時からポスターセッションがあるので、それには顔を出すつもりだ」

「そうですか。面白《おもしろ》い話題はありましたか」

「いや、論文ですでに報告済みの内容の発表にとどまっていた。そこからの進捗《しんちょく》を聞きたかったのだが、データとしてまだまとまっていないようだ」

学会の参加者に配付される講演要旨《ようし》集を見ながら、淡々《たんたん》と風間さんが答える。ワインの死香についての話が出る気配はない。特に進展はないようだ。

そこで会話が途切れ、教員室がしんと静まり返る。

丸岡さんに聞いたことを報告すべきだろうか。迷惑《めいわく》になるかもしれない、と一瞬だけ迷ったが、ありのままを伝えることにした。風間さんは情報の共有を望んでいる。情報として意味があるかどうかは、彼に判断してもらえばいい。

「風間先生。お耳に入れたいことがあります」

興信所の人間が僕の情報を集めていることを説明する。すべてを伝え終わった時、風間さんの表情はぐんと険しさを増していた。

風間さんはスマートフォンを手に取ると、「――私だ。急ぎ、調べてもらいたいことがある」と電話でどこかに指示を出し始めた。

二分ほどで通話を終わらせ、スマートフォンをポケットに戻す。

「今、風間家と付き合いのある探偵事務所に連絡を取った。大正《たいしょう》時代から続く老舗《しにせ》で、国内でも有数の調査能力を誇る一流の会社だ。家で雇う使用人や運転手などの身元を確かめるために使っている。そうして、風間計器の重要資料を持ち出そうとする不届き者を排除《はいじょ》しているのだ」

「はあ、大変ですね、大きな企業を経営するのも」

「その探偵事務所に、君のことを嗅ぎ回っている連中を調べるように依頼した。蛇《じゃ》の道は蛇《へび》という。彼らなら、さほど時間を掛けずに相手の素性を突き止めるだろう」

「そこから、何が分かるのでしょうか」

「今の段階ではなんとも言えない。とにかく、片《かた》っ端《ぱし》から打てる対策を講じていく。相手の攻撃をじっくり見極め、反撃《はんげき》の機会を窺うのみだ」

「……分かりました。とりあえず、そのことは気にしないようにします」

「ああ、それがいい。何か分かればすぐに話そう」

よろしくお願いします、と言って、僕は自分の机に向かった。うじうじ悩《なや》んでいても、仕方がない。調査は風間さんに任せて、与えられた仕事をこなすだけだ。


午後六時過ぎ。僕はその日のアルバイトを終え、教員室をあとにした。

事務に出す書類を書いたり、研究室でストックしてある備品を発注したり、風間さんが採取したサンプルの死香を嗅いで感想を書き留めたり……普段と同じように仕事をするつもりだったが、いつもより手際が悪かったという感覚が残っている。

気持ちを切り替えるのは難しいな、と何かあるたびにしみじみ思う。ドライに物事に接するというのが、僕はどうも苦手だ。風間さんは「それが君の美点だ」と言ってくれるのだが、個人的には改善《かいぜん》したいと思っている。

薬学部の建物を出ると、すぐ目の前に黒のレクサスが停まっていた。風間さんが手配した車に乗り、ホテルへと戻る。大学からだと、だいたい三十分少々かかる。

車中ではいつも、次とその次の食事のことを考えて過ごす。

泊まっている部屋に調理器具はないので、食事はすべて外食で賄《まかな》っている。自炊《じすい》なら苦手な食材を徹底《てってい》的に回避することは可能だが、外だとなかなか難しい。なので、基本的に飲食店を使うことはなく、食べても大丈夫なことが分かっているものをコンビニエンスストアで調達することになる。豆腐《とうふ》、サラダチキン、プロセスチーズ、牛乳《ぎゅうにゅう》……だいたいそんな感じだ。代わり映えしないメニューが何日も続いている。

飽きてきたので、今夜は外食をしたい。この間の飲み会のような、珍《めずら》しい肉を食べたいとふと思った。

スマートフォンで調べてみると、宿泊先のホテルから歩いて十分ほどのところに、ジビエを出す店があった。値段《ねだん》もそこまで高くはなさそうだ。今日の夕食はこの店にしよう。

そんなことを考えているうちに、ホテルに到着していた。

送ってもらったお礼を伝え、車を降りる。部屋に戻るのは面倒なので、少し早いがこのまま食事に向かうことにした。

通り沿いの歩道には、スーツ姿の男女の姿がちらほらと見える。ホテルのあるエリアは池袋駅の南西にあり、飲食店よりは会社の方が多い。駅方面へと歩いている人はみな早足だ。帰宅《きたく》するのか、それとも駅の周りで飲むのか。

彼らに追い越されながら、のんびりと歩いていく。交通量はさほどでもないが、排気ガスの匂いを感じる。風が止まっているからだろう。マフラーなしでも寒くない。

右手前方に、豊島《としま》警察署が見える。懐《なつ》かしさを覚え、僕は足を止めた。以前、とある事件に関わった際にそこを訪れたことがある。事件のあったホテルもすぐ近くだ。

風間さんが池袋のホテルを取ったのは、東京科学大学とまごころクリーニングサービスの事務所の中間にあるからで、特に深い意味はないはずだ。そもそも、風間さんは池袋で事件があったことなど覚えていないように思う。彼の記憶力は、採取したサンプルに含まれる成分や、どういった条件で分析を行ったのかといった分野にのみ発揮される。それ以外のことは速やかに脳から削除《さくじょ》されるようになっているらしい。

あれからもう一年以上が経つのか……。

心の痛みを伴《ともな》う記憶を噛《か》み締めていた時、僕はふと、赤ワインの匂いを感じた。

これは、僕の自宅に届いたあの封筒の……。

その一致に気づいた時、背後から足音が聞こえた。

反射的に振り返る。

髪の長い女性が、僕のすぐ後ろにいた。マスクをしていて口元は窺えない。

彼女は右手に何かを持っていた。

街灯の光を反射して光るプラスチックのボディと、焦《こ》げ茶色のノズル。それが霧吹《きりふ》きであることに気づいた瞬間、彼女が右腕《みぎうで》を僕の方に突き出した。

しゅ、しゅしゅ、と三回連続して音が聞こえた。

冷たい水が、僕の顔に吹き付けられる。無警戒だった僕は、霧状のそれを思いっきり吸い込んでしまった。

「うわっ！」

微かな苦味《にがみ》と、買ったばかりの電化製品のような匂いを感じる。液体《えきたい》が目にも入ってしまったため、前が霞《かす》んでよく見えない。道端《みちばた》にしゃがみ込み、僕は顔を伏せながら袖で目と鼻を強く拭《ぬぐ》った。

誰かに攻撃されたのだ、と気づくまでに少し時間が掛かった。

口元を手で押さえながら顔を上げた時、すでにそこには女性の姿はなく、ただ遠ざかる靴音だけが響いていた。

一体、何が起きたのだろう……？

呆然《ぼうぜん》とその場に立ち尽くしていると、目や鼻、喉《のど》がひりひりと痛み始めた。吹き掛けられたのは、明らかにただの水ではなかった。

混乱した頭に浮かんだのは、とにかく洗い流さなければ、ということだった。僕は顔を洗うため、近くのコンビニエンスストアのトイレへと駆け込んだ。女性を追い掛けるという選択肢《せんたくし》は、完全に思考から抜け落ちていた。

6

「……どうだ？　感じるかね？」

風間さんが、僕の耳元で優しく囁《ささや》き掛ける。

暖房《だんぼう》の利いたホテルの一室にいるのは、僕たちだけだ。

肩に載せられた風間さんの大きな手のひらに、力が籠《こ》もっている。申し訳ないな、と思いながら、僕は首を横に振った。

「……何の匂いもしません」

プラスチックの試験管《しけんかん》をテーブルのラックに戻し、そっと振り返る。風間さんは険しい表情で、ラックに並ぶ試験管を見つめていた。

時刻は、午後八時を過ぎている。食事をしそびれたが、まるで空腹は感じない。

路上で謎《なぞ》の女性に液体を吹き掛けられ、僕はすぐに風間さんに連絡を取った。

ホテルで落ち合うことになり、僕は周囲を警戒しながらコンビニエンスストアを出た。

小さな違和感を覚えたのは、歩き出してしばらく経ってからだった。排気ガスの匂いが完全に消えていたからだ。

風は相変わらず止まっている。それなのに、なぜ急に空気がきれいになったのだろう。

釈然としないままホテルに到着し、十二階の自分の部屋に入る。僕はバスルームに向かい、ハンドソープで手と顔を洗った。

そこで、決定的な異変に気づいた。ハンドソープの柑橘系《かんきつけい》の香りがまったく感じられなかったのだ。

いったん泡を洗い流し、ハンドソープを手のひらに載せて鼻を近づける。やはり匂いはしなかった。

ホテルの人が、補充の際に別の種類に替えたのだろうか。そう思って、フロントに確認してみたが、返答は「特に交換《こうかん》はしておりません」というものだった。

なにか、とんでもないことが起きているのではないか――。

時間が経つごとに、焦《あせ》りが僕の体を満たしていく。居ても立ってもいられず、僕はホテル内の自販機でりんごジュースと缶コーヒーを買った。部屋に戻り、それらを開封して匂いを嗅ぐ。結果はハンドソープと同じだった。どちらも完全な無臭だ。

自分の嗅覚《きゅうかく》に重大な問題が発生していることは明らかだった。頭の中が真っ白で、次に何をすべきか思い浮かばない。ベッドに腰掛けて、風間さんが到着するのを待つしかなかった。

現れた風間さんに、僕は事情を説明した。嗅覚に異常があると伝えた時、風間さんの顔がこわばった。目を見開き、奥歯をぐっと嚙み締めたその表情は、今までに見たことのないものだった。

「……試してみよう」

風間さんはそう言うと、持っていたアタッシェケースから数本の試験管を取り出した。風間計器に持ち込み、分析する予定の死香のサンプルだった。

普通の匂いは無理でも、死香なら――一縷《いちる》の望みを懸けて、僕は試験管に封じられた空気を必死に嗅いだ。

だが、結果はわずかな希望を打ち砕《くだ》くものだった。どのサンプルも同じだ。食材の匂いも、不快な悪臭も感じない。完璧《かんぺき》すぎるほどの無臭だった。

「……いったい、何が起きたんでしょうか」

恐《おそ》る恐る尋ねる。風間さんは僕の肩から手を離し、腕を組んだ。

「スプレーされた液体に、嗅覚に影響を与える薬物が含まれていた可能性が高い。吸い込んだ液体はまだ鼻腔《びこう》内に残っているはずだ。これから病院に向かおう。鼻洗浄を行うと同時に、鼻の粘膜《ねんまく》を採取して噴霧《ふんむ》された液体の成分を調べたい」

風間さんは「急ごう」と部屋を出ようとする。

僕は椅子から腰を上げ、「……洗浄すれば直るでしょうか」と尋ねた。

一秒、二秒、三秒。風間さんはなかなか口を開こうとしなかった。

「あの、先生……？」

「……今は、先のことは考えなくていい」

風間さんは絞り出すように言うと、僕の手を取って強引に廊下へと連れ出した。

案内された病室は、病棟の最上階である十階にあった。個室で、かなり広い。軽く十帖《じょう》はあるだろう。ベッドは大人二人が余裕で横になれるサイズで、見舞客のためのソファーが置かれていた。

僕は用意された入院着に着替え、真新しいシーツが敷《し》かれたベッドに寝そべった。サイドボードの上の時計《とけい》は、午前〇時半を指している。ついさっきまで、僕は建物の二階にある耳鼻科《じびか》の診察室《しんさつしつ》で治療を受けていた。外来受付時間はとっくに終わっていたが、緊急診療ということで特別に診《み》てもらえた。風間さんがコネを発動させたらしいが、詳細はよく分からない。

宿直の医師の手によって、鼻腔内の洗浄が行われた。プールで鼻に水が入った時の何倍も痛いだろうと覚悟《かくご》していたが、それは杞憂《きゆう》だった。多少の不快感《ふかいかん》はあるものの痛みは皆無《かいむ》で、椅子に座って生理食塩水を鼻から出し入れしている間に終わっていた。

治療の効果は、残念ながらまだ出ていない。依然として、僕の鼻はあらゆる匂いに対して無反応のままだ。

なぜ、こんなことになってしまったのか。風間さんは僕が治療を受けている間に、風間計器の研究所で原因究明を行っていた。

結果は思いのほか早く出た。僕の鼻の粘膜を調べたところ、ある化学物質が検出されたのだ。名前は『TNP‐412』という。抗癌剤《こうがんざい》として非常に強い薬効があるのだが、医薬品としての承認は受けていない。臨床試験で多数の副作用が見られたため、開発が中断されたからだ。コード番号のみで、薬剤としての正式名称がないのはそのせいだ。

多くの抗癌剤は癌細胞を殺すと同時に、健康な細胞までも破壊《はかい》してしまう。まさに諸刃《もろは》の剣《つるぎ》だ。だから、効果が高ければ高いほど副作用も強くなる。

TNP‐412には副作用が多い。嘔吐《おうと》、脱毛《だつもう》、めまい、不整脈……そういった作用の中に、「嗅覚の麻痺《まひ》」というものがあった。嗅覚神経細胞へのダメージのせいで、ものの匂いを感知できなくなるらしい。その効果は速やかに現れ、しかも不可逆的——つまり、回復しないとされていた。

市場に出回っていないので、一般人にはＴＮＰ‐４１２を入手することは不可能だ。つまり、「嗅覚を殺す」スプレーを僕に吹き掛けたあの女性は、臨床試験に携《たずさ》わる病院か、製薬企業に関わりがある可能性が高い。

当然、ただのいたずらのために入手困難な薬物をスプレーに入れたりはしないだろう。最初から狙《ねら》いは僕の嗅覚だったと考えるべきだ。

「時間が経てば、もしかしたら嗅覚が回復するかもしれません」

僕を診てくれた医師はそう言っていた。ただ、そのあとで「はっきりした根拠《こんきょ》はないのですが」と申し訳なさそうに付け加えた。水溶液をスプレーで吹き掛けるという前例がないため、薬剤の効果が永続するかどうか分からないのだ。

治療の方針《ほうしん》も立てられないため、とりあえずは経過観察に留めることになり、僕はそのまま入院することになった。風間さんは資料を読むと言って風間計器に戻っていった。

治療の可能性を模索するためだろう。

自分の体に起きたトラブルなのに、静養《せいよう》以外にできることがないのがもどかしい。僕は大きなため息をついて横向きになった。

狙われていることは分かっていたつもりだった。だが、こうして非常事態が発生した以上、警戒が甘《あま》かったと罵《ののし》られても仕方ない。ふらふらと外を出歩かず、ホテル内のレストランに行くか、ルームサービスを頼むべきだったのだ。

相手の目的はなにか。決まっている。僕の嗅覚を奪うことだ。

そんなものを奪ってどうするのか？　その答えまでは分からない。しかし、僕の特別な体質――死香を感じ取れることを、犯人は知っていたに違いない。

赤ワインの死香が付いた布切れとGPS発信機を、僕の自宅に届けた人間。

興信所に頼んで僕を調べさせていた人間。

そして今夜、僕を襲《おそ》った人間。

それらがすべて同一だったとすれば、不可解な出来事を貫《つらぬ》くストーリーが完成する。

まず、相手は僕が死香を知覚できることを確かめた。それと同時期に、僕の周辺情報を得ようとした。たぶん、自宅を出てホテルに滞在していたことも相手に気づかれていただろう。相手は犯行の機会を窺っていた。そして、うかつにも無警戒に外を歩いていた僕に襲い掛かったのだ。

向こうの思惑通りにことが進んでしまっている。嗅覚を奪われたこと自体より、そのことの方が悔しかった。

「……くそっ！」

僕はベッドにうつ伏せになり、枕に拳《こぶし》を叩《たた》きつけた。行き場のない怒りが頭の中に渦《うず》巻《ま》いていてとても眠れそうになかったが、僕は歯を食いしばって目を閉じた。今はとにかく、体を休めるしかない。

7

光を感じて、僕は目を覚ました。両開きのカーテンの中央が閉じ切っておらず、そこから朝の光が差し込んでいた。

入院生活は、今日で三日目になる。まだ、自分のいる環境に慣れることはない。朝を迎えるたびに、ここはどこだろう、と一瞬戸惑《とまど》ってしまう。

午前七時半。あと十五分で朝食が始まる。僕はベッドを降りて、病室に併設《へいせつ》された専用の洗面所に入った。トイレと洗面台、さらには簡易シャワーまで設置《せっち》されている。

用を足して、洗面台のハンドソープをたっぷりと手のひらに出す。その、乳白色の液体に浸《ひた》る直前まで鼻を近づける。その姿勢のまま何度も何度も匂いを嗅いだが、何も感じない。完全に無臭だった。

まだ治ってないか……。

鏡に映る、落ち込んでいる自分の顔を見たくなかった。僕はハンドソープを洗い流すと、さっさとベッドに戻った。

病室にはテレビがあり、スマートフォンを使うこともできる。ＳＮＳをチェックしてみたが、風間さんからの連絡は入っていなかった。

彼は一日に一度、午後九時頃に見舞いに来てくれる。ただ、向こうからメッセージを送ってくることはない。忙しいのだ。風間さんが苦労を口にすることはないが、僕のこの症状を改善する方法を探すため、必死に情報を集めているに違いない。

一方、僕はと言えば、ただ病室のベッドでゴロゴロしているだけだ。午前中は診察と鼻腔の洗浄があるが、それ以外の時間は完全にフリーだ。風間さんから病院の外に出るなと指示を受けているので、特殊清掃のアルバイトは休んでいる。もちろん、大学の秘書の仕事もだ。何もすることがない。

何をして過ごそうか。病室に届いた新聞に目を通しながら、ぼんやりと今日の予定を考えてみるものの、特に思い浮かぶことはない。

そうこうしているうちに、朝食の時間になった。

病院のスタッフが、食事の載ったトレイを置いて部屋を出ていく。今日のメニューは、ご飯と味噌汁《みそしる》、小松菜《こまつな》の煮浸《にびた》し、卵焼《たまごや》きとアスパラのベーコン巻き、味付け海苔《のり》と納《なっ》豆《とう》、それとデザートにゴールデンキウイというラインナップだった。

きちんとした陶器《とうき》の食器に盛《も》られた食事を眺める。目の前に並んでいる料理の大半は、死香の副作用によって食べられなくなったメニューだった。味噌汁や煮浸し、卵焼きや味付け海苔は和風ダシを使っているからアウト。ベーコンもダメだ。納豆も、ダシの入ったタレは使えない。唯一大丈夫なのはデザートのみだ。

僕は「いただきます」と手を合わせ、ご飯の入った茶碗を持った。今年取れた新米だろうか。米の一粒一粒《つぶ》が照り輝《かがや》いている。そこに箸《はし》を差し入れ、思い切って口に運ぶ。しっかり鼻で息をしながら、いつも以上に時間を掛けて咀嚼《そしゃく》する。

口の中のものを飲み込み、僕は息をついた。

何の問題もなく、食べられる。ただ、美味《おい》しいとは思わない。不思議なもので、匂いが完全に消えると味まで薄らいでしまうようだ。米らしい甘みはほとんど感じず、柔らかい粒状のものを食べたという感覚しかなかった。

しかし、「食べられずに苦しんでいた米を食べられた」ことは事実だ。死香の副作用を克服《こくふく》したいという僕の願いは、思いがけない形で叶《かな》えられたことになる。何のことはない。嗅覚を破壊してしまえばそれで済む話だったのだ。

達成感は何もなかった。むしろ、風間さんに対して申し訳なさを感じる。彼は死香の成分を特定し、食材への嫌悪感を消す方法を今も模索し続けている。その努力を裏切っているようで心が痛かった。

食べることへの罪悪感は強かったが、今は栄養を取らなければならない。僕はただ無心で、ＡＩに支配された世界の食事のような、何の匂いもしない料理を口に運んだ。

食事を終えると、十時の診察まで何もやることがなくなる。ベッドで横になるのにも飽きた。僕は窓際に立ち、眼下に広がる灰色の街並みを眺めた。

今日は風が強いのか、街路樹が小さく揺《ゆ》れている。枝に飾《かざ》られたクリスマス用のイルミネーションも一緒に揺れていた。もうすぐ今年も終わりだな、と感じる。

思い出されるのは、一年前の冬に関わった、連続通り魔殺人事件のことだった。あの事件では犯人を捜し出すのに本当に苦労した。手掛かりがあまりにも少なかったため、非効率的で、成功の見込みの薄い方法を取るしかなかった。自分でも無茶なやり方だと思ったが、死香をたどることでかろうじて犯人にたどり着くことができた。今にして思えば、あれはかなりの幸運だった。

僕は窓際を離れ、クローゼットに入れてあるスポーツバッグのファスナーを開けた。そこに、自宅から持ってきた大事なものを入れてある。

銀行の通帳や印鑑を入れたケースの中から、封筒を取り出す。

中に収めてあった薄い紙を引き抜き、テーブルの上に広げた。それは、連続通り魔殺人事件が解決した直後に風間さんとの間で交わした誓約書《せいやくしょ》だった。

〈私、桜庭潤平は、下記の事項を厳守することを、ここに誓約いたします。

1．今後三十年間にわたり、風間由人の研究活動に協力すること。

2．研究パートナーとして、体調管理に充分に留意すること。

3．研究内容について、無断で他者に漏洩《ろうえい》しないこと。

遵守事項《じゅんしゅ》のあとに、日付と僕の署名が入っている。僕はあの時、深く考えずに風間さんの勢いに押される形でサインをした。もしかしたら、冗談《じょうだん》というか、形式的な書類に過ぎないのではないかと思っていたが、そうではなかった。風間さんはこの誓約書を重視しており、これまでに幾度となく内容を守るように僕に忠告をしてきた。

誓約を結ぶと同時に、風間さんも僕を守る義務を負うと宣言していた。そして彼はそれを忠実に履行し続けている。時に鬱陶《うっとう》しく感じるほど僕の体調を気遣《きづか》ったり、理不尽な暴力から体を張ってかばってくれたりした。

「……ダメだな、僕は」

ぽろりと、喉の奥から言葉がこぼれ落ちた。

誓約書の文字が涙《なみだ》で滲んでいく。風間さんの想いを、僕は裏切った。たった一年で、遵守すべき事柄《ことがら》を破ってしまった。本当に情けない。

涙で汚れないように、誓約書を封筒に戻し、またバッグに仕舞う。僕はベッドに腰掛け、溢れてくる涙を入院着の袖で拭い続けた。

と、その時。ノックもなしに病室の引き戸が開いた。

「おはよう、桜庭くん」

挨拶と共に、風間さんが部屋に入ってきた。いつもと違う時間に現れた彼に、僕は思わず天井に目を向けていた。

「なぜ上を見ている?」

「あ、いえ、監視カメラがあるのかなって……」

「室内には設置していない。セキュリティ的には廊下にあるもので充分だろう」と風間さんは真顔で答えた。登場があまりにタイミングばっちりだったので、泣いているところを見られたのかと疑ってしまった。

「今日はどうしてこの時間に?」

「試したいことがある」

風間さんはアタッシェケースを開くと、単一乾電池くらいの大きさの、褐色《かっしょく》のガラス瓶を数本取り出した。

「それは……?」

「粉末状にした漢方薬《かんぽうやく》から成分を煮出《にだ》したものだ。漢方薬の組み合わせを変えたものをいくつか準備してきた。鼻詰まりによく効くとされ、古来中国で愛用《あいよう》されてきたものだ。安全性は確認してある。これを試してみたい」

促《うなが》され、僕はベッドに仰向《あおむ》けになった。

風間さんが、ガラス瓶からスポイトで薬液を吸い上げる。液体の色は瓶と同じ褐色だった。

　風間さんは慎重《しんちょう》にスポイトの先を僕の鼻の穴に近づけ、右、左の順で、それぞれ一滴だけ薬液を垂《た》らした。ひんやりした液体が鼻の奥に入っていく。しばらくすると、液の一部が口の中に下りてきた。いかにも薬っぽい苦味とえぐ味を感じる。麻痺しているので分からないが、たぶん匂いもきついのだろう。

「そのまま安静にしていたまえ。口は閉じたままでいい」

　風間さんが椅子を持ってきて、ベッドのそばに腰を下ろした。

「君のことを調べていた人間について、探偵から報告があった」

　横を向きたかったが、まだ薬液が鼻に残っている。天井を見たまま、小さく頷いた。

「調査を請《う》け負ったのは、北区《きた》にある興信所だった。依頼があったのはひと月前で、電話で連絡があったそうだ。依頼者の顔を見た人間はいない。インターネット上のファイル共有サービスに、調査報告書を入れるように指示があったという話だ。また、調査費用は、前払いの形で興信所の郵便受けに投函されていたそうだ。身元が特定されることを強く警戒している様子が見て取れる」

　風間さんはそう説明し、「現時点で分かっているのは、相手の名前だけだ」と続けた。

「依頼者は電話口で、アキカワ・ミナミと名乗っていた。女性の声に聞こえた、と担当者は言っている。偽名の可能性もあるが……心当たりはあるかね」

　僕は口をつぐんだまま首を振った。知らない名前だ。

池袋で僕にスプレーを掛けた女。あれが、アキカワだったのだろうか。今の時点ではなんとも言いようがない。

「調査内容は、君の生活習慣や交友関係などだ。特殊清掃のアルバイトをしていることや、私のところで働いていることも報告書に記載されていた。また、調査はつい最近まで継続して行われており、君が宿泊していたホテルの情報も報告済みだという話だ」

僕は唇《くちびる》を噛んだ。そこの調査員に尾行されていたらしいが、まったく気づかなかった。

「報告は以上だ。調査は継続させているので、なにか分かればまた共有しよう」

風間さんはそう言って立ち上がり、僕の顔を覗き込んだ。

「鼻の具合はどうかね？」

「……特に、何も変化はないです」と僕は鼻の頭を掻いた。嗅覚が少しでも戻れば、漢方薬の匂いを感じたはずだが、依然として僕の鼻は死んでいる。

「そうか」と呟いた風間さんの顔に、落胆《らくたん》の色はなかった。「では、今度はこちらを試してみよう」

アタッシェケースから風間さんが取り出したのは、透明《とうめい》なプラスチックの試験管だった。尖《とが》った底に、無色の液体がほんのすこしだけ入っている。

「それは……」

「これまでの研究で特定した、米の死香の構成成分を溶かした生理食塩水だ。米の香りは、君が初めて感じるようになった死香だ。そこに含まれる成分には、嗅覚に働き掛け、強い反応を引き起こす特別な効果が期待できる。それを試してみたい」

風間さんの手の中にあるのは、この数カ月間の努力の結晶ということだ。僕は唾を飲み込み、「よろしくお願いします」と頭の位置を調整した。

「では、行くぞ」

新しいスポイトで米の死香の溶液を吸い取り、風間さんが慎重にそれを僕の鼻の中に垂らす。水道水と変わらない、粘《ねば》り気《け》のない液体が鼻の奥に染み込んでいく。

僕はゆっくりとした呼吸を心掛けながら、変化が起きるのを待った。

首を動かすことはできないが、視界の端に風間さんの姿が見える。彼は背筋《せすじ》を伸《の》ばした姿勢で、僕の顔をじっと見つめていた。

効いてほしい。僕は風間さんの視線を感じながら、ひたすらそれだけを祈り続けた。

どのくらい時間が経っただろう。

ふいに、鼻の奥に小さな疼《うず》きが起きた。くしゃみの前兆《ぜんちょう》に少し似たその感覚は、現れた次の瞬間には消えてしまっていた。

疼きに続いて、今度は鼻の奥に熱を感じた。内側からじんわりと温かくなる感じは、鼻血を出してしまった時のそれに似ていた。

「あの、先生、鼻から血が出てませんか」

思わず口を開くと、「何も出ていないが」と風間さんに言われた。自分の手で確認してみる。鼻の穴の近くをまさぐってみたが、指には何も付いてこなかった。

「違和感があるのかね」

「少しだけ、なんというか、こう……」

きちんと説明しようと鼻から息を吸った刹那《せつな》、まぶたの裏でオレンジ色の光が弾《はじ》けた。前触れのない閃光《せんこう》に、僕は強く目をつぶった。

その時、僕の頭の中に、紺色《こんいろ》の茶碗のイメージが現れた。僕が実家にいた頃に使っていたものだ。少しだけ縁の欠けたその茶碗には、湯気の出ているご飯が盛られていた。米粒はひと目で炊《た》きたてだと分かる、瑞々《みずみず》しい光を放っていた。

美味しそうだな――。

自分の置かれている状況も忘れ、僕はシンプルにそう思った。

「……あれ？」

慌てて体を起こし、自分の鼻に手を当てる。

感じる。ほんの微かだが、確かにご飯の香りを感じる。

「先生。匂いが……嗅覚が、戻ってきたかもしれません！」

僕は風間さんの顔を見た。

視線が合うと、風間さんは小さく頷き、そしてわずかに口角を上げた。彼のそのささやかな笑みはどこか神々《こうごう》しさを帯びていて、僕は心からの深い安堵《あんど》に包まれた。

8

翌日《よくじつ》、午前六時。僕は風間さんと共に、まだ薄暗《うすぐら》い池袋の街へとやってきた。

車を降り、僕はその場で深呼吸をした。

「調子はどうだね？」

「問題ありません」と僕は言った。排気ガスと埃臭《ほこりくさ》さの中に、微かに饐《す》えた匂いが漂っているのを感じた。

抗癌剤のスプレーによって仮死状態だった僕の嗅覚は、昨日のうちに完璧に元の状態に戻っていた。それに伴い、死香を感知する体質も復活した。

今日、こうしてここに足を運んだのは、僕にスプレーを掛けた犯人の足取りを追うためだった。襲われる直前、僕は赤ワインの匂いを感じた。あの時は混乱していて忘れかけていたが、あれは死香だった気がするのだ。

襲撃からすでに三日半が経っている。どの程度死香が残っているかは分からない。ただ、その香りは今の僕たちが手にしている唯一の手掛かりだ。時間経過で完全に消えてしまう前に、やれることはやっておきたかった。

宿泊していたホテルを出発し、風間さんを先導《せんどう》する形であの夜に歩いた道を慎重に進んでいく。ずっと封じられていた反動だろうか。嗅覚が、以前よりも鋭くなったような気がする。

やがて、僕は自分が襲われた場所に到着した。路上にしゃがみ込み、アスファルトに残された匂いを確かめる。

「……感じます。ワインの死香です」

死香は雑居《ざっきょ》ビルに挟《はさ》まれた狭い路地に続いている。

「いいですか、進んでも」

「無論だ。不審者《ふしんしゃ》への警戒は私に任せて、君は匂いにだけ集中したまえ」

「了解です」と返し、日の当たらない狭い道へと入る。薄汚れた室外機から、冷たい風が吹き出している。他のところから飛んできたのか、破れたチラシ、くしゃくしゃの新聞紙などが辺りに散乱していた。風間さんが一緒だから平気だが、もし夜にここを一人で歩けと言われたら尻込《しりご》みしてしまいそうだ。

すでに、死香はほとんど感じない。しかし、ここは一本道だ。犯人はこの裏路地を抜けて逃走《とうそう》した可能性が高い。

死香は犯人の痕跡だが、屋外でそれだけを頼りに追跡するのは難しい。だが、犯人の逃走ルートをたどることで、相手の宿泊エリアを絞り込める可能性がある。犯人は僕の行動を監視するため、池袋周辺に宿を取っていたはずだ。

読みが当たっていることを願いつつ、廃墟めいた路地を進んでいく。すると、住宅街に出た。一軒家は一つもなく、二階建てのくたびれたアパートが建ち並んでいる。あちらこちらから聞こえる会話は、明らかに日本語ではなかった。外国人が多く住んでいるエリアなのだろう。

姿は見えないものの、視線は感じる。朝からやってきた見慣れない人間を警戒しているようだ。だが、そんなことを気にしている場合ではない。道は左右に延びている。犯人はどちらに向かっただろうか。

路上の匂いを確かめると、ほんの微かに、左手からワインの死香を感じた。

「こっちのような気がします」

「今、地図を確認する」風間さんがスマートフォンを操作しながら言う。「この路地沿いに、三軒の宿泊施設《しせつ》がある」

「順番に中に入ってみましょう。外よりは匂いが強いはずです」

道端に死香が残っていないか確認しつつ、車一台分の幅の道を進んでいく。

一軒目の宿泊施設は、三階建ての縦に細長いホテルで、外れだった。フロントに死香は残っていない。

二軒目は、長期滞在者向けの、家具付きマンションだった。こちらも匂いは感じない。

僕たちの予想は外れていたのだろうか。不安を感じながら、三軒目へと向かう。

そこは二階建てで、外壁はツユクサの花のような色をしていた。一泊三千九百円からという、このエリアでは最低価格帯の値段設定のホテルだった。

「入ってみます」

風間さんに声を掛けてから、入口のガラス扉を押し開ける。

ここだ、と僕は確信した。今までよりも明らかに強く、赤ワインの死香を感じる。

幅が一メートルほどしかないカウンターに、ぼさぼさの髪の女性が座っていた。年齢は二十代半ばくらいか。赤紫色のセーターを着た彼女は、スマートフォンで遊ぶパズルゲームに熱中していた。

部屋を見せてほしい、と頼むと、「イイヨ、ドウゾ」と不自然なイントネーションの返事があった。日本の人ではないらしい。

各階四部屋ずつで、今は半分が埋《う》まっているという。廊下は薄暗い。二本ある蛍光灯《けいこうとう》の片方が切れているせいだ。

ワインの死香をたどっていくと、一番奥の一号室が最も匂いが濃いと分かった。空室《あきしつ》だというので、中を確かめさせてもらう。

そこは六畳《じょう》の和室だった。奥の方に、トイレとシャワーだけのユニットバスがある。

室内はかび臭かったが、赤ワインの死香は明瞭に感じ取れた。

「いま警察に確認を取った。このホテルで死者が出たことはないそうだ」

「じゃあ、あの女が残していった死香で間違いなさそうですね」

風間さんをその場に残し、フロントに戻って一号室の宿泊者について尋ねる。

泊まっていたのは女性で、宿の台帳には「秋川美波《あきかわみなみ》」という名前が書かれていた。興信所に僕を調べさせた依頼者と同じ名前だった。

秋川の部屋に他の人間が出入りしていた様子はあるものの、素性は分からないという。セキュリティ意識の低い宿のようだ。彼女はあえてそういう場所を選んだのだろう。

一号室に戻ると、風間さんはサンプル採取を始めていた。室内の気体だけではなく、畳《たたみ》に残った塵《ちり》や毛を集めたり、専用パウダーと化粧筆《けしょうふで》で指紋を採取したりしている。彼がそういう作業をするのを見るのはこれが初めてだった。僕は素人《しろうと》なのであくまで印象だが、風間さんが手を動かすスピードは早く、作業に精通している様子が見て取れた。

部屋の隅《すみ》から見守っていると、「出た」と風間さんが呟くのが聞こえた。「洗面台の裏側に指紋が残っていた」

見せてもらうと、指紋がくっきりと白く浮かび上がっていた。風間さんはそれをスマートフォンで撮影《さつえい》し、「照合してみよう」と言ってノートパソコンを起動した。

「警察のデータベースに繋げるんですか」

「いや。私の端末に保存されている指紋との一致を確認する。あの男のものだ」

あの男、という言い方だけで、それが誰かすぐに分かった。月森のことだ。

固唾《かたず》を呑んで見守ること二分あまり。風間さんはノートパソコンの蓋《ふた》を閉め、「一致した」と神妙に言った。「拭《ふ》き損《そこ》ねたものだろう」

「……やはり、今回の一件にあの男が関わっていたんですね」

これではっきりした。月森は秋川を名乗る女性と手を組み、僕に攻撃を仕掛けてきたのだ。こちらに足取りを摑まれないように、自らの存在を徹底的に伏せて。

「相手に、君が死香を感知できることを知られてしまった」と風間さんは眉間に深いしわを浮かべながら首を振った。「すまない。防げなかったのは私の責任だ」

「いえ、そんな。先生はベストを尽くしてくださいました」と僕は言った。

それは心から出た言葉だった。

今回、僕は嗅覚を失うという非常事態に陥《おちい》った。そこで初めて、僕は風間さんとの約束を守れなくなる怖さを知った。パートナー失格の烙印《らくいん》を押されたくない——その想いが思っていた以上に強いことを自覚した。

自分は風間さんに振り回されてきたと今までは思っていた。だが、僕はたぶん、無意識にその状態を楽しんでいたのだろう。だから、こうして元の状態に戻れたことがこんなにも嬉《うれ》しいのだ。風間さんには感謝の気持ちしかない。

「あの男は、私への復讐《ふくしゅう》のために君の嗅覚を破壊しようとした。今回はなんとかしのぐことができたが、同じようなことがまた起こらないとも限らない。……やはり、『計画』を実行に移すしかあるまい」

風間さんはスマートフォンを手に取ると、どこかに電話をかけ、「今から作業を始める。よろしく頼む」と指示を出した。

前々から準備を進めていたようだが、計画というフレーズに思い当たる節《ふし》はない。

「あの、何の作業なんでしょうか」と僕は尋ねた。

「君の引っ越しだ。ホテル暮らしは不便だろう。何より、安全性も担保《たんぽ》できないことが分かった。ならば、よりセキュリティの高い場所に引っ越すしかない。そこで君には今日から、私と一緒の部屋で暮らしてもらう」

とんでもない爆弾発言に、「ええっ⁉」と僕はのけぞった。

「さっそく出発しよう。これから私のマンションに行く。荷物の運び入れに立ち会う必要がある」

ぐいぐいと僕の手を引き、風間さんが廊下を歩いていく。

あまりの急展開に頭が追いつかない。ただ、その力強さに、僕はもはや抵抗の余地はないことをはっきりと悟《さと》ったのだった。

9

「——先生」

軽いノックと共に、マーガレットが部屋に入ってきた。

「来たかい？」

「はい。通しても構いませんか」

「ああ。悪いが、大事な話があるんだ。私がいいと言うまで、誰も部屋に近づけないでくれるかな」

「承知しました」と会釈し、マーガレットが出ていく。

一分後。イアンの部屋に、ミナミ・アキカワが姿を見せた。前回、この部屋で会った時と同じ、黒のスーツを着ていた。

「ご無沙汰《ぶさた》しています。日本での滞在はいかがでしたか」

ソファーに座るなり、アキカワがそう切り出した。表情や口調は柔和《にゅうわ》だが、相変わらず目は笑っていない。

「学会の会場でカザマと会ったよ。少し話をしたが、彼は死香を感知できるパートナーの存在を認めなかった」

「そうですか。では、確認の意味はあったわけですね」とアキカワが微笑んだ。

「僕が渡《わた》した遺留品を使ったのか」

前回の面会の際に、「任務に必要なので、遺体《いたい》が着ていた服を一着手に入れてほしい」と頼まれ、イアンは警察に連絡を取ってそれを手配していた。交通事故で死んだ若者のシャツだ。

「ええ。GPS発信機に死香のついた衣服の切れ端を入れることで、調査対象者が死香の感知能力を持っていることがはっきりしました。ジュンペイ・サクラバという二十六歳の男性です」

「そのサクラバが、カザマのパートナーというわけか」

「そうです。彼はカザマ氏と行動を共にしています」

つまり、カザマはイアンに嘘をついたことになる。それに対して腹立たしさは一切感じなかった。自分が彼の立場でも同じことをしただろう。

「いかがでしょうか」とアキカワがソファーから身を乗り出した。「私のお伝えしたことが真実だとご理解いただけましたか」

「……ひとまず、それは認めるとしよう」と言って、イアンは足を組んだ。「しかし、気になる点はある。なぜ、僕に死香のことを明かしたのか、その真意が理解できないんだよ」

「理由は、前回お会いした時に伝えました。あなたが犯罪科学の第一人者だからです」

「だからと言って、一介《いっかい》の科学者に情報を漏らすメリットは薄い。うまく使いこなせば、犯罪捜査に革命を起こせるだろう。国家機密レベルと言ってもいい。ＦＢＩの外に持ち出すべき情報ではない」

「隠す意味はないという判断です」アキカワがすかさず反論する。「カザマ氏は、いずれその概念《がいねん》を論文発表するでしょう。公《おおやけ》になる見込みがあるのです。研究上の遅れを取り戻すために、あなたのような実績のある研究者への協力を打診するのは妥当《だとう》な判断ではありませんか」

「いや、彼は死香の存在を隠そうとしている。論文を読めばそれが分かる。もし発表するつもりがあるなら、死香を感知できる人間がいることを明かした上で、『その特異な体質がいかなるメカニズムで発生するのか』という方向の研究を始めるはずだ。根源的な問いに答えを出したいというのは科学者の本能だ。彼はそれに逆らい、上質だが常識の範疇《はんちゅう》に収まる内容の論文しか発表していない」

　イアンの反論に、アキカワは口を閉ざした。イアンはさらに続けて言う。

「カザマは慎重な男だよ。死香を感知する人間の存在を口外するような真似《まね》はしないはずだ。君は調査中にそれをたまたま知ったと説明していたが、僕には違和感しかなかった。だから、君のことを調べた。……ＦＢＩに問い合わせたが、ミナミ・アキカワという人物は在籍しないと言われたよ」

「それは当然です。私は日本の科捜研《かそうけん》を調査する極秘任務を負っています。ＦＢＩのデータベースには登録されていません」

「そんな任務はそもそもないんだよ」とイアンはソファーの背に体を預けた。「東西冷戦下ならいざ知らず、今は科学的発見をどんどん発信していく時代だ。科学捜査でもそれは同じだ。警察組織の中でだけ使われている技術があるとは考えにくい。コストと外交リスクを負ってスパイを忍《しの》び込ませるなんて、非効率もいいところだ」

　イアンの指摘《してき》にも、アキカワが表情を変えることはない。まだ余裕が感じられる。自分の方が上だと確信していなければできない表情だった。

「改めて訊きたい。君はなぜ、身分を詐称《さしょう》してまで僕のところにやってきたんだ」

「……死香の研究に手を貸していただきたいからです」アキカワがイアンを見据《みす》えながら言う。「私は、死香の成分を解明したいのです」

「犯罪捜査のためにか」

「いえ、違います。その体質を改善するためです。死香を感知する能力と引き換えに、その人間は代償《だいしょう》を払う必要があります。匂いの認識の交換です」

「……交換というのは？」

「例えば、死香がバラの香りだった場合、本物のバラの香りがひどい悪臭に変わります。

ユリの香りに感じた場合はユリが悪臭になります」

「なるほど」とイアンは言った。面白い現象だ。

「私の望みは、その副作用の克服です。日常生活を支障《ししょう》なく送るために必要なのです」

「つまり、実際にその副作用に苦しんでいる人間がいるということか。さっき君が言った、サクラバという若者のことか?」

「いいえ、違います」とアキカワは首を振った。「他の誰かではありません。私自身なのです」

「君が……?　じゃあ」

顔を指差すと、アキカワは大きく頷いた。

「そうです。私は死香を感知する能力を持っています。もし疑うのであれば、試験をしていただいても結構です」

アキカワの告白に、イアンは腕を組んで唸《うな》った。

「試験はあとでやらせてもらう。しかし、なぜ、前回ここに来た時にそれを言わなかったんだ?」

「カザマ氏に私の存在を知られたくなかったからです。最初はあの場であなたに話すつもりでしたが、日本でカザマ氏と会うと聞き、先送りにしたのです」

「彼に知られるとまずいことがあるのか?」

「パートナーにしたいとカザマ氏が言い出す可能性がありました。彼は非常識な人間です。死香の研究のために、モルモット扱いされる恐れがあります」

「そんなに悪い人間ではないよ」とイアンは苦笑した。「確かに強引な面はあるが、パートナーを粗末に扱うことはないはずだ。死香感知の特異体質を失えば、研究は頓挫《とんざ》するわけだからな。むしろ、過保護なくらいに大切にするのではないかと思う」

「そうでしょうか？」

「納得《なっとく》できない、という表情だな。君は個人的に彼に悪印象を抱いているのか？　言葉に棘《とげ》があるように感じるのだが」

「データから導き出した結論です」とアキカワは目を逸《そ》らした。嘘だな、とイアンは感じたが、それ以上踏み込むことは避けた。誰にでも、言いたくないことの一つや二つはあるだろう。

　アキカワは居住まいを正し、イアンをまっすぐに見つめた。

「確認させてください。死香の研究を手掛けていただけますか」

「私以外の研究者との接触を禁じさせてもらうが、それでもいいかい？」

　イアンの問いに、アキカワは「当然です」と即答した。「全力であなたの研究に協力させてもらいます」

「なら、断るという選択肢はないな。一人の科学者として、死香に非常に興味がある。

やってみるとしよう」

「ありがとうございます」

これで、カザマと戦える。イアンはそのことに興奮《こうふん》を覚えた。周回遅れではあるが、同じフィールドに立つことができた。研究はおそらく長期に及ぶだろう。先を行くカザマに追いつくチャンスはあるはずだ。

「君は今はホテル暮らしだったな。住宅の手配など、今後のことはこちらで手を回そう」

「助かります」

「ただ、そのためには一つ、確認しなければならないことがある」イアンは足を組み替え、顎に手を当てた。「この間ここで会った時に、カップコーヒーを出したことを覚えているかい」

「ええ。大変美味しくいただきました」

「君が本物のスパイだったら、絶対にあれには口をつけなかっただろうね。究極の個人情報を守るために」とイアンは笑ってみせた。「カップについた唾液から、君のＤＮＡが抽出《ちゅうしゅつ》できたよ」

アキカワの口元がこわばる。イアンは間髪をいれずに言った。

「染色体を調べたら、興味深いことが分かった。性染色体のペアが、ＸＹだったんだ。

つまり、君は生物学的には男性ということになる。ナイーブな話題で申し訳ないが、性別を偽《いつわ》っていた理由を聞かせてもらえるかな」

「……理由は、気持ちを切り替えるためです」とアキカワは答えた。「諸事情により、私は自分の容姿を変える必要に迫られました。どうせならば、性別も変えてしまおうと思ったのです。あくまで見た目だけですし、この髪はカツラですが」

「……犯罪を犯したのか」

「いいえ、それは違います。私が犯罪者ならば、出国自体が不可能でしょう。日本での生活に支障が出たので、こうしてアメリカに来ただけです」

アキカワの話し方に淀《よど》みはないが、真実を喋っている気はしなかった。あらかじめ受け答えを用意していたのかもしれない。

「まあ、詮索はやめておこう。私が知りたいのは、君の名前だ。長期滞在となれば、就労《しゅうろう》ビザの取得が必要になる。偽名だとまずいんだよ。調べたところ、ミナミというのは女性に使われることの多い名だそうだが、君の本名か？」

「いいえ、違います」とアキカワは首を振った。

「本当の名前を聞かせてもらえるかい」

アキカワは「どうか、他言無用でお願いします」と微笑み、バッグからパスポートを取り出した。

受け取り、プロフィールのページを開く。

そこには、こう書かれていた。

TSUKIMORI　SEIJI——月森征司と。

10

スマートフォンのアラームが鳴っている。

アラームを解除しようと枕元《まくらもと》に伸ばした手が、硬《かた》い板にぶつかった。

——あれ？

体を起こし、室内を見回す。

真っ白な壁。天井付近に埋め込まれたエアコン。ベージュとブラウンの、ツートンカラーのカーテン。見慣れない風景の中に、プラスチック製の三段の衣装ケースやパイプハンガー、二七インチの液晶テレビ、食事用の白いローテーブルなど、僕が数年間使っている家具が置かれている。

「ああ、そうか……」と僕は呟いた。僕は昨日、風間さんのマンションに引っ越してきた——というより、家具ごと強引に連れてこられたのだ。

スマートフォンは、ベッドのヘッドボードの上に載っていた。

アラームを切ってからベッドを降り、腰に手を当てて背筋を伸ばす。驚《おどろ》くほど体が軽いのが分かる。

「やっぱりすごいな……」と僕はベッドを眺めた。

前の家では、ベッドを置くスペースが確保できなかったので、僕はずっと床に布団《ふとん》を敷いて寝ていた。新居でもそうするつもりだったのだが、来てみて驚いた。風間さんがベッドを準備してくれていたからだ。

形は正方形に近く、大人二人がゆったりと並んで寝られる幅がある。いわゆるキングサイズだろう。マットレスは硬いが、寝そべってみると全身を優しく支えてくれるような心地よさがあった。載っている布団は軽くてふわふわなのに、中に入るとうっとりするほど暖かい。ベッドをあまり使わない僕でも、それがかなりの高級品であることは容易に窺い知れた。

「お礼を言わなきゃな……」

ベッドを買ってくれたのは風間さんだ。自分の愛用品と同じものをわざわざ海外から取り寄せてくれたそうだ。「合わなければすぐに交換しよう」と言ってくれたが、まったくその必要はない。素晴らしい寝心地だった。

ここは、賃貸《ちんたい》ではなく風間さんが所有している物件だ。とある分析技術の特許料で購入したものだという。渋谷《しぶや》駅から徒歩《とほ》数分という立地と、３ＬＤＫという広さを考えると、購入には確実に億の単位の費用が必要だったはずだ。

時刻は七時十五分。風間さんはもう起きているだろうか。ドアを開けて廊下に出たところで、香ばしい香りが鼻に届いた。焼き立てのパンの匂いだった。

いい匂いだなと思ったのは一瞬だけで、すぐに僕は違和感に襲われた。以前に関わった不可解な連続自殺の捜査で、僕はパンの匂いがダメになってしまった。つまり、いま僕が感じているこの「いい香り」は、パンから放たれているものではない、ということになる。

「……これって、まさか」

もしこの匂いが死香だったとすれば。

風間さんの身に何か起きたのだ——！

その可能性に思い至った瞬間、僕は匂いの方へと駆け出していた。

ドアが並ぶ長い廊下を駆け抜け、リビングにたどり着く。

「風間先生っ！」

ドアを勢いよく押し開ける。二十五帖の広さを誇るリビングには、南向きの大きな窓があり、淡い水色の冬空が見えた。ソファーにも床にも風間さんの姿はない。

「やあ、おはよう」

すぐ右側、リビングと繋がっているキッチンから風間さんの声がした。慌ててそちらに目を向けると、真っ赤なエプロンを身につけた風間さんが立っていた。

「お、おはようございます。あの、今ですね、パンの匂いを感じまして……」

「そうか。つまり、実験は成功だったということだな」風間さんは満足げに言い、大理石でできたダイニングテーブルを指差した。「もうすぐできあがる。座って待っていてくれるか」

「は、はあ……」

頭の寝癖《ねぐせ》を直しつつ、言われるがままに席に着く。

やがて、風間さんが銀色のトレイを持ってやってきた。トレイに載ったバスケットには、狐《きつね》色をした丸いパンが盛られている。その隣には、白いバターの入った小さなカップと、黄金色のマーマレードが詰まったガラス瓶も見える。

「それは……」

「見ての通り、私が作ったパンだ」と言って、風間さんがトレイをテーブルに置いた。

「ちなみに、バターとマーマレードも自家製だ。今、牛乳を持ってこよう。千葉《ちば》にある農場から直送させた、新鮮《しんせん》な牛乳だ」

「手作り……なんですか」

僕は首をかしげつつ、銀のトングでパンを掴んで小皿に載せた。

皿を手で持ち、パンに鼻を近づける。香ばしい匂いは間違いなくこのパンから香っている。

「私もいただくとしよう」

風間さんはガラス製の大きなミルクピッチャーからグラスに牛乳を注ぎ、僕の向かいに腰を下ろした。

「あの、風間先生。このパンなんですけど……どうしていい匂いなんですか」

「研究の成果だ。以前、副作用克服用のチョコレートを作った技術を応用した。要点は二つある。第一に、パンの本来の香りを可能な限り低減すること。第二に、君の感じているパンの死香を忠実に再現すること。この二点だ。パンの香りについては、ノナナールや、オクタン酸《さん》エチルなどが『パンらしさ』に寄与していることが知られている。そこで、この匂いがなるべく発生しない小麦粉《こむぎこ》やイースト菌《きん》を選定した。パンの死香については、すでに二十を超《こ》える成分を特定している。これらをバランスよくミックスしてスプレーを作り、焼き上がったパンに噴霧した」

「めちゃくちゃ手間が掛かってますね……」と僕は嘆息《たんそく》した。

白い皿に載っている握り拳ほどの大きさのこのパンに、膨大《ぼうだい》な検討の末に導き出した科学的技術が詰め込まれているのだ。そう思うと、つやつやと輝くパンがまるでダイヤモンドのように見えてきた。

「食べてみなさい」

「はい。いただきます」

　手を合わせ、ちぎったパンを口に運ぶ。「うわぁ……」と思わず声が漏れた。もっちりした食感と、バランスのいい甘さと塩味。僕が人生の中で食べたパンの中でも、間違いなく最上位に位置する素晴らしい味だった。

「美味しいです、すごく！」

「それは何よりだ。バターと文旦《ぶんたん》のマーマレードも試してみたまえ」

　言われるがままにそれらをパンに塗《ぬ》って、残りを一気に頬張《ほおば》る。

　まず、バターの美味しさに驚いてしまう。ホイップクリームのように口当たりが軽いのに、口いっぱいに濃厚《のうこう》なコクが広がっていく。

　わずかに遅れてやってきたマーマレードの香りが、バターの旨味を何倍にも広げてくれる。苦味はなく、爽《さわ》やかな風味と甘味がパンの生地と調和し、未体験の新たな味の世界を作り出していた。

「……すごいです、どれもこれも。でも、パンはともかく、バターとマーマレードは手作りしなくてもよかったんじゃないですか。僕の苦手な食材ではないです」

　僕がそう言うと、風間さんは食事の手を止め、ふっと口元を緩《ゆる》めた。

「君と初めてこの家で食べる食事だ。私が一番いいと思えるものを、君に食べてもらいたかった。ただそれだけのことだ」

「そのために、わざわざこれだけの準備を……？」

風間さんは当然とばかりに頷いた。

「他の人間には任せられないことだ」

そこで僕は気づいた。僕がいま感動しながら食べているこのパンには、死香の成分がまぶされている。僕にとってはパンの香りだが、普通の人にとってはそうではない。無臭ならまだマシだが、生ゴミのような悪臭に感じられる場合もある。いずれにしても、風間さんは変な匂いのパンを食べていることになる。

「先生、そのパン、嫌な匂いじゃありませんか？　無理に食べなくていいですよ」

「無臭だ。何も問題はない」

風間さんは表情を変えずに、パンを上品にちぎって口に入れた。

本当に匂いはしないのだろうか。彼は僕を気遣って嘘を言っているのではないか。

残念ながら、今の僕にはそれを知るすべはなかった。だから、僕は「最高の朝食をありがとうございます」と礼を言った。「今後はパンを主食にできると思います」

「喜んでいるところを悪いが、まだこれはゴールではない」と風間さんが神妙に言う。

「米を食べられるようにならなければ、主食を取り戻したとは言えないだろう」

風間さんは眉根を寄せ、「やはり、米は難しい」と呟いた。

「チョコレートやパンのように、複数の材料から作るものなら、匂いのコントロールは比較《ひかく》的やりやすい。取り除いた材料を補完《ほかん》する代替品《だいたいひん》を加えることができるからだ。だが、米はそうはいかない。単一の食材を加熱しただけというシンプルさゆえに、材料での工夫が通用しないのだ」

「ああ、なるほど……」

「米の匂いを米の死香で打ち消すという方法も、今のところ大きな進展はない。だが、方向性は見えている。米の死香の解析と並行して、今後は米の匂いの分析も行っていく予定だ。君の嫌悪感の元凶《げんきょう》となる香り成分を特定し、遺伝子改変でその香りの少ない品種を作り出せばいい。そうすれば、このパンと同じ方法が使える。君の実家でその品種を育ててもらえば、『ご両親と共に米を食べる』という目標も達成できるだろう」

あまりにも壮大《そうだい》なプランに、頭がくらくらしてくる。

僕のためだけに、僕しか美味しいと思えない米を作ると風間さんは言っている。恐ろしいほどの技術の無駄遣いだ。

だが、プランを語る風間さんの表情は真剣そのものだ。自分のアイディアを実現させることが使命だと言わんばかりの気合の入りようだった。

とてつもない難題に本気で挑む風間さんをすぐ近くで見ることができる。それは、世界で自分だけに許された特権なのだ。僕はそう思った。

僕は濃厚な牛乳をぐいっと喉に流し込み、背筋を伸ばした。

「先生。いつまで続くか分かりませんが、これからしばらくお世話になります。よろしくお願いいいたします」

「ああ、こちらこそよろしく」

エプロン姿の風間さんが、真顔で右手を差し出す。格好《かっこう》と表情のギャップに微笑みつつ、僕は彼と力強く握手を交わした。

本作品は書き下ろしです。
またこの物語はフィクションです。実在する人物、団体等とは一切関係ありません。

中公文庫

死香探偵《しこうたんてい》

——哀《かな》しき死《し》たちは儚《はかな》く香《かお》る

2020年3月25日　初版発行

著　者　喜《き》多《た》 喜《よし》久《ひさ》

発行者　松田 陽三

発行所　中央公論新社
〒100-8152　東京都千代田区大手町1-7-1
電話　販売 03-5299-1730　編集 03-5299-1890
URL http://www.chuko.co.jp/

DTP　平面惑星
印　刷　三晃印刷
製　本　小泉製本

Published by CHUOKORON-SHINSHA, INC.
Printed in Japan　ISBN978-4-12-206850-6 C1193

尊き死たちは気高く香る
死香探偵
DETECTIVE OF DEATH FRAGRANCE
YOSHIHISA KITA
喜多喜久
イラスト／ミキワカコ
さて、現場の謎を嗅ぎ解こうじゃないか！
STORY
特殊清掃員として働く桜庭潤平は、死者の放つ香りを他の匂いに変換する特殊体質になり困っていた。そんな時に出会ったのは、颯爽と白衣を翻し現場に現れたイケメン准教授・風間由人。分析フェチの彼に体質を見抜かれ、強引に助手にスカウトされた潤平は、未解決の殺人現場に連れ出されることになり!?　分析フェチのイケメン准教授×死の香りを嗅ぎ分ける青年の、新たな化学ミステリ！
中公文庫

死香探偵

連なる死たちは狂おしく香る

DETECTIVE OF DEATH FRAGRANCE
YOSHIHISA KITA

喜多喜久

イラスト／ミキワカコ

死香を知り尽くした君だからこそ
たどり着けた方策だ。
実に尊い！

STORY

人気作家のサイン本に1冊だけ付いた甘いチョコレートの死香。慰安旅行先の旅館で遭遇したセロリの香りと消えた死体。死香を「食べ物」の匂いに変換する潤平と、分析学のエキスパート・風間は不審な事件を次々と〈嗅ぎ解く〉が、バナナの甘い香り漂う殺人現場で風間に異変が。容疑者の謎の美女に過剰反応し、潤平を初めて現場から遠ざけて？　人気シリーズ第二弾。

中公文庫

Chemistry detective
Mr.Curie Yoshihisa Kita
化学探偵
Mr.《ミスター》キュリー
重版続々
大人気シリーズ
第一弾！
喜多喜久　イラスト／ミキワカコ
もし俺が警察なら、
クロロホルムを
嗅がされたという被害者を
最初に疑うだろう。
STORY
構内に掘られた穴から見つかった化学式の暗号、教授の髪の毛が突然燃える人体発火、ホメオパシーでの画期的な癌治療、更にはクロロホルムを使った暴行など、大学で日々起こる不可思議な事件。この解決に一役かったのは、大学随一の秀才にして、化学オタク（？）沖野春彦准教授――通称 Mr. キュリー。彼が解き明かす事件の真相とは……!?
中公文庫

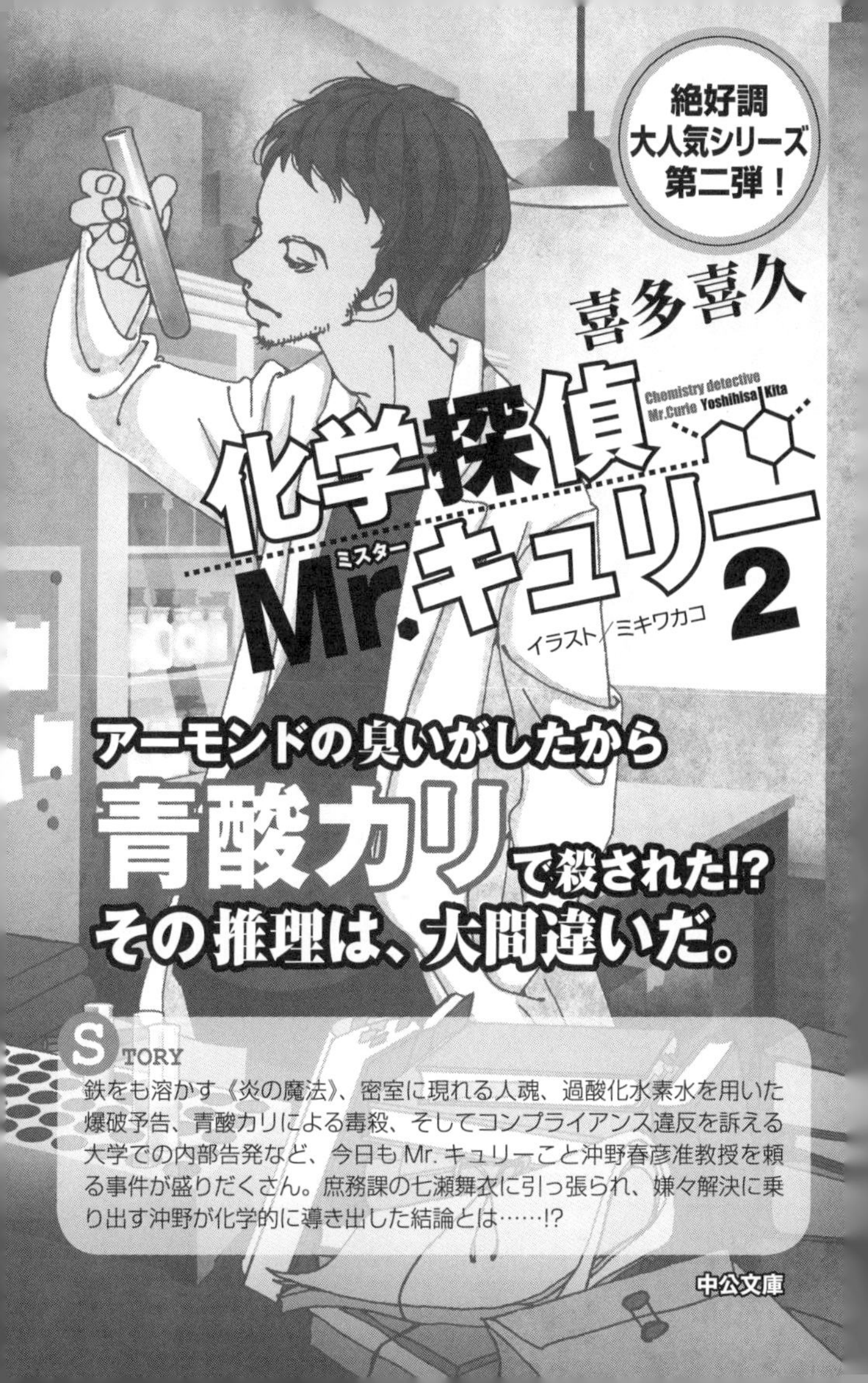
絶好調
大人気シリーズ
第二弾！
喜多喜久
Chemistry detective
Mr.Curie Yoshihisa Kita
化学探偵
Mr.《ミスター》キュリー2
イラスト／ミキワカコ
アーモンドの臭いがしたから
青酸カリで殺された!?
その推理は、大間違いだ。
STORY
鉄をも溶かす《炎の魔法》、密室に現れる人魂、過酸化水素水を用いた爆破予告、青酸カリによる毒殺、そしてコンプライアンス違反を訴える大学での内部告発など、今日もMr.キュリーこと沖野春彦准教授を頼る事件が盛りだくさん。庶務課の七瀬舞衣に引っ張られ、嫌々解決に乗り出す沖野が化学的に導き出した結論とは……!?
中公文庫

桐島教授の研究報告書

テロメアと吸血鬼の謎

喜多喜久

Professor Kirishima's Research Report
Yoshihisa Kita

先生は今、ただの
可愛い女の子なんですよ!
犯人は、ちゃんと話を聞いてくれるんですか!?

STORY

拓也が大学で出会った美少女は、日本人女性初のノーベル賞受賞者・桐島教授。彼女は未知のウイルスに感染し、若返り病を発症したという。一方、大学では吸血鬼の噂が広まると同時に拓也の友人が意識不明に。完全免疫を持つと診断された拓也は、まず桐島と吸血鬼の謎を追うことになり!? 〈解説〉佐藤健太郎

イラスト/もか

中公文庫